图书在版编目（CIP）数据

爸爸不是超人 / 清扬婉兮著. —重庆：重庆出版社，2022.6
ISBN 978-7-229-16394-5

Ⅰ.①爸… Ⅱ.①清… Ⅲ.①长篇小说—中国—当代 Ⅳ.① I247.5

中国版本图书馆 CIP 数据核字 (2021) 第 265885 号

爸爸不是超人
BABA BUSHI CHAOREN
清扬婉兮 著

选题策划：李　子
责任编辑：李　子　李　雯　刘星宇
责任校对：刘　艳
封面设计：鹤鸟设计

重庆出版集团
重庆出版社 出版

重庆市南岸区南滨路 162 号 1 幢　邮政编码：400061　http://www.cqph.com
重庆天旭印务有限责任公司印刷
重庆出版集团图书发行有限公司发行
E-MAIL:fxchu@cqph.com　邮购电话：023-61520646
全国新华书店经销

开本：890mm×1240mm　1/32　印张：12.25　字数：400 千
2022 年 6 月第 1 版　2022 年 6 月第 1 版第 1 次印刷
ISBN 978-7-229-16394-5
定价：69.80 元

如有印装质量问题，请向本集团图书发行有限公司调换：023-61520678

版权所有　侵权必究

目录

楔　子　/1

第一章
一头"猪"引发的血案　/5

第二章
生而为奴　/37

第三章
叫你生二胎！　/54

第四章
跳槽，or 跳坑？　/84

第五章
人人都有病　/102

第六章
一切为了 KPI　/125

第七章
中产者是怎样走向贫穷的　/154

第八章
我们是一个 community　/180

楔 子

对于一个六年级的男生来说，快乐就是拥有一个没有补习培训班的周末，如果能去博物馆畅玩一个下午，出来后再去吃一个肯德基超大全家桶，那这一天就非常完美了。

因为吃得太饱，六年级男生夏天不断地打着饱嗝，他跟在爸爸身后，一边打嗝一边对爸爸怀里的妹妹做鬼脸。两岁的小女童拿着肯德基赠送的小玩偶，对着哥哥"咯咯咯"地笑。中年男人夏峻的腰上绑着抱娃神器，神器正好卡在他的肚腩上，使他看上去有点像企鹅，又有点像袋鼠。

公交车到站了，目测有座，夏天跟着爸爸上了车，找到空位坐下来。上车后，夏天依然接连不断地打嗝儿，爸爸鄙夷地回头，嗤笑道："要是你们班谢嘉艺这会儿突然上车来，那就有意思了。"

夏天瞬间慌了，拼命憋气依然无济于事，四处张望着，确定只是虚惊一场，嘻嘻笑起来："可不能让女神看到我这副德行。呃！呃！呃！"

说话间，下一站到了，开门关门，又上来一拨人，车内瞬间拥挤起来，一个清秀高挑的女生站在了夏天的身边。他一抬头，瞬间脸就急红了，噌地站起来，说话都结巴了："谢，谢，谢嘉艺，你坐。呃！呃！"

那女生就大大方方地坐下来，看着夏天打嗝儿的怪样子，咯咯咯地笑起来："你怎么了啊？哈哈哈！"

突然，公交车"突突"地颠了两下，一个急刹车，车上的人被摇得险些跌倒，几秒钟后，车子忽然发癫似的启动，像一匹失控的野马，朝前面横冲直撞起来。路上的行人惊慌地躲闪逃窜，一车人惊叫起来，有人嚷起来："司机晕倒了，司机晕倒了。"

夏峻离司机最近，只见那司机匍匐在方向盘上，面色苍白，已不省人事，手还紧紧抓着方向盘。夏峻慌了，一车人性命攸关，来不及多想，他把女儿塞到儿子手里，迅速解下抱娃神器，两步跨进驾驶座，抓住了方向盘。

惊慌失措的乘客们暂时安静下来，有人过来帮忙搬开了司机，乘客里有一位护士，主动为司机做急救，焦灼地喊："要赶快送医院，快！"

夏峻抓着方向盘，心里有点发怵。他的驾驶Ａ证是两个月前拿到的，在练车场也练习过驾驶公交车，但他从来没有体验过真正驾驶着公交车行驶在马路上，原来是这样高高在上的感觉啊！拥挤的马路上，那些私家车像小虾米一样，缓慢地朝前挪行。他就像一个指挥千军万马的将军。

儿子在身后发出惊叹："爸爸你好厉害！"

儿子的女同学也啧啧艳羡不已："哇！你爸爸真牛，还会开公交车。"

同车的人也投来感激钦佩的目光，夏峻有点飘飘然起来。

这种飘飘然没坚持多久，那位给司机施救的护士乘客着急地叫起来："不行不行，要赶快送医院，快！"

车子已开出了两站，行至一个十字路口拐弯，夏峻望着南来北往的车辆，慌了神，出了一身冷汗。最近的医院离这里大约三站路，畅通无阻的情况下，开过去约十分钟。救人一命，胜造七级浮屠。他强令自己镇定下来，目视前方，握紧了方向盘，开了出去。

十分钟后，公交车在市中心医院门口停下来，乘客和赶来的医务人员将司机送进了急救诊室。夏峻离开驾驶座，用力攥了攥双拳，再舒展开，心有余悸地从儿子手中抱回女儿，随乘客们下了车。劫后余生，惊魂初定，有同车的乘客对他啧啧赞叹：

"兄弟老司机啊！这车开得溜！"

"那会儿司机昏倒差点撞隔离墩了，今天可多亏了你啊！那一把方向盘打得帅。"

"大难不死，必有后福啊！"

连夏天的女同学也悄悄地对夏天说："你老爸真帅！"夏天那小子得意地挑挑眉，他的打嗝儿也在极度的紧张中停止了。

夏峻尴尬又不失礼貌地笑着。

说话间，交警队和公交公司的人已闻讯赶来处理问题，更有消息灵通、嗅觉灵敏的媒体赶来，话筒对着他，那记者说了许多冠冕堂皇的话，说他"见义勇为，挺身而出，临危不惧"，然后抛出一个疑问："您也是公交公司的老司机吧？"

"不是。"夏峻如实回答。

"那你怎么会开公交车的？"

"我考过 A1 驾照。"

"为什么会想起来去考 A 照？"

提到这个，夏峻的脸上满溢着兴奋，眼神也亮了，说："我从小就觉得，开一辆公交车特别威风，我觉得公交司机的工作也好，把每个乘客安全送到他们想要到达的地方，特别有意义。"

"那您现在的工作是什么？"记者兴致盎然。

"嗯！呃！"夏峻犹豫了一下，看看怀里的小女儿，再看看身边的夏天，说，"我现在是一个全职爸爸。"

记者和众人都愣住了。

夏天脱口而出："我爸不光会开公交车，他还会做船舶模型，还会做饭，还会唱戏，我爸爸是超人。"

超人是动漫里的英雄。他有着与生俱来的超能力和极强的正义感与同情心，每每在危急时刻，便穿上蓝色紧身衣，披上红色斗篷，挺身而出，行侠仗义，拯救苍生。而夏天说，他的爸爸是一个超人，一位超级英雄。

周围有几个人善意地窃笑起来，夏峻有点不好意思，讪讪地笑了笑，摸了下夏天的头："傻儿子，哪有什么超级英雄？"

记者的采访也到此结束了，年轻的记者对着摄像头做最后的陈词："是的，现世没有超人英雄，做好身边的每一件小事，就是自己人生的英雄。"

镜头对准了夏峻，他略显局促地牵动嘴角，露出哭笑不得的表情。超人？英雄？一年前，大家可不是这么说他的。

一年前……

第一章

一头"猪"引发的血案

* 1 *

据官方统计,每年有数十人会在长星证券所对面的大楼天台上选择跳楼自杀,但成功率为零,因为大楼的旁边分别是派出所和消防大队,他们排忧解难,解救百姓于水火,劝解谈判和解救危难的技术一流。夏峻无数次看到过万念俱灰、一心求死的股民被民警劝服,垂头丧气地从天台上走下来;也有人精神失控,挣扎着,被几个人钳制着塞进警车;偶尔会有人成功地从天台跳下,在经历一个不甚优美的自由落体后,跌入消防大队提前备好的气垫,"砰"的一声,围观群众发出惊叫,待命多时的120医务人员一拥而上,抬走了昏迷的当事者,那人惨白着脸,悠悠地醒转,嘴里犹在念叨着:"三十万变五万,活不成了,活不成了啊!"

此刻,夏峻望着眼前这个要跳楼的男人,这是今年的第十位。男人还年轻,三十多岁,戴一副金边眼镜,听说是个教师,是夏峻的客户,二十万积蓄投入股市,赔得血本无归,心灰意冷,精神错乱,选择了轻生。

夏峻打了一个寒战,他觉得有义务劝劝他,这个人是他的客户。

这栋大厦并不高,六层,但跳下去不死也半残。从楼顶望下去,围观的人不少,冬天楼顶的风割脸,夏峻刚刚从暖气充足的营业部出来,缩了缩脖子,心里掂量着要说的台词。

这时，楼下的围观群众激奋起来。

有人起哄："跳啊！快跳啊！大冷的天，不能让大家伙白等啊！"

有人尖酸刻薄地火上浇油："抗压能力真差，动不动就寻死，寻死还犹豫不决，看你也干不成什么大事，懦夫！"

跳楼的男人情绪激动起来，他把脚朝边沿又挪了一点，双腿在发抖，依然没跳，忽然"呜呜呜"地哭起来。民警在身后慢慢靠近，给夏峻使了个眼色。夏峻心领神会，开口："股市有风险，人生也是一场冒险，对吧！这点事和漫长的人生遇到的那些坎比起来，根本不算什么，兄弟，看开点！"

"你闭嘴，要不是你忽悠我，我能这么惨吗？"那人忽然转过身来，用手指着夏峻，像一把无声的手枪，随时要将他毙命。

夏峻没有闭嘴，依然说道："留得青山在，不怕没柴烧。你死了，你老婆孩子怎么办？你父母怎么办？"

这话不说则已，一说正好触到了这人的痛处，他的泪水无声地流下来，忽然疯癫地笑了，嘴里念叨着："老婆孩子？我有老婆孩子吗？老婆跑了，孩子，孩子，我的孩子，现在还躺在医院里，就快死了。对，不行，我不能死，我要去陪着他，要死一起死。"

说着，这人打算自己从天台上下来，谁知神思恍惚中，一个趔趄，一脚踩空，民警飞身去扑，扑了个空，那人仰面朝天，瞬间跌了下去。"咚"的一声，人群发出尖叫，夏峻心痛地闭上了眼睛。

120急救车发出刺耳的警报声，楼下人声鼎沸，夏峻拔腿往楼下跑。这栋楼是一座老旧的居民楼，没有电梯，六层楼的楼梯，窄小而陡。他走得跌跌撞撞，好几次差点摔倒。他跑得很急，觉得这座楼正在他身后倒塌，轰然之声接连不断，他离开一层就倒塌一层，这座楼仿佛是背负了太多的压力，终于不堪重负倒下了。他不知道自己跑下去能做什么，那个人是死是活和他其实一点干系都没有，但他就是想去看看，哪怕给他说一句毫无用处的"留得青山在，不怕没柴烧"。

等他终于气喘吁吁地跑到楼下刚才的围观地时，那里已经没几个人了，只有两个老太太在唏嘘："真可怜！上有老下有小的。""不死也要半残了。"

冬日的城市天空雾霾浓重，他觉得呼吸不畅，嗓子里像是堵了一团干涩的棉花,吐不出咽不下,他剧烈地咳嗽起来。这时,手机响起来,他接起,听筒里传来妻子陈佳佳因为颤抖而失真的声音:"夏峻,孩子丢了,孩子,玥玥丢了。"

他的脑子仿佛轰的一声炸开了,他又跑起来,雾霾隐去了万物,世间仿佛就剩下他一人。他很快跑回单位楼下的停车场,开出了自己的车子,朝老婆说的地点狂奔。城市交通依然拥堵,只是他以为自己在狂奔,他连闯了两次红灯,很快到达了老婆所说的那家商场。

陈佳佳正在商场三层,跪地崩溃大哭,向四周人请求帮助,她的四周,有几个围观的路人,还有两个保安,保安正敷衍推脱:"大姐,我私人可以帮你找一找,但是我没有权利要求保安室全部人都出动帮你找啊!""我让广播帮你发一条通知。"

"没用的没用的,她还只是一岁大的孩子,不是走丢,是被偷了啊!刚才,就坐在婴儿车里,就在这里。"

陈佳佳眼泪横飞,失神地摇着头,一抬眼看到了夏峻,马上站起来扑向他:"老公,怎么办?玥玥被人偷走了,我一扭头,孩子就不见了,她就在这里坐着,安全带系着的。"

一旁的粉色婴儿车空着,安全带也松开着。夏峻强令自己镇定下来,想着对策。陈佳佳见夏峻来了,也稍稍安心,低声而急促地对他说:"我在网上看新闻说,有人在商场里丢了孩子,父母砸了一楼金店,保安室把他们当劫匪,然后报警,封锁了所有的出口,报警等警察来,最后在商场卫生间找到了孩子。老公,赶快试试吧!再拖时间就来不及了。"

"蠢!"他拿出手机开始拨打电话。这时,一个来电挤了进来,他马上挂断,对方又很快打了进来,是人事部的人,无奈接起来,对方语气急躁:"夏峻,你在哪里?马上到会议室来,开会了,就差你了。"

夏峻火急火燎,应付道:"我有点事在外面,回不去。"

对方不依不饶:"不行,这个会很重要,和你关系重大,赶快回来。"

"回不去。开会开会,整天工作,这破工作老子不干了。"他忽然冲着电话叫嚣,气冲冲地挂断了电话。

他定定神,再次拨通了之前要打出的那个电话。电话很快接通,那边传来婴儿啼哭的声音,他语气急迫,短暂急促地说明了情况:"嗯!情况紧急，快点！谢了兄弟。"

陈佳佳一脸困惑，很快，面前的保安接到了电话，转头对身边的同事耳语了一番，开始拿对讲机部署工作，通知封锁所有出口。一时间，商场所有的保安、保洁，甚至商场的中高层人员纷纷出动，十分钟后，一位保洁在洗手间发现了一位形迹可疑的妇女，那妇女抱着啼哭不止的孩子，手足无措，孩子的脚乱蹬着，两只鞋子已不知掉到了哪里，光着脚丫也不管。那位保洁上前询问，那女人神情慌张，胡乱应付着就往外逃，出了洗手间，就把孩子交给一个光头男人。孩子哭得撕心裂肺，夏峻迎面走来，从男人手里夺下孩子交给陈佳佳。光头男人见势不妙，拔腿要逃，被夏峻一把拽住衣领掀翻在地，飞脚踹在对方胸口上。那人痛苦地蜷缩在地，口中求饶，夏峻仍不解恨，一边怒骂，一边从地上拖起他，朝墙上撞去。一旁的保安吓坏了，忙阻止了他："大哥大哥，好了好了，会出人命的，交给警察，交给警察。"

混乱中，一个胡子拉碴、戴着眼镜的年轻男子扒开人群挤进来，看看夏峻，再看看地上按住的光头男，气势汹汹地问："人抓住了吧？就是这个人渣吗？"

夏峻喘了口气，咬牙切齿："对，就是这个畜生，再晚个五分钟，孩子就被带走了。"

骨肉分离，想想都后怕，陈佳佳紧紧地抱住了孩子，泪水止不住，身体依然在瑟瑟发抖。

那年轻男子忽然一脚飞踹到光头男的背上，俯身抓起对方，左右开弓，拳头没轻没重地落在光头男的脸上、身上。那人凄厉惨叫求饶，两个保安去拉那年轻男子，无奈他火力太猛，等闲都不能近身。夏峻虽气愤，但看着他那张扭曲的脸，也有点害怕了，劝阻道："马佐，马佐，好了，好了。"

来人叫马佐，正是刚才夏峻电话求助的神秘"大佬"。

马佐依然没有停手的意思，拳打脚踢，人贩子的脸被血糊了。这时，商场的经理赶过来，冲上去拉住了马佐，一脸恭敬："马总马总，息怒息怒，商场发生这样的事，是我们安保工作的疏忽，走，您跟我到办公室休息休息，喝口茶！"

"不喝。"马佐没给对方面子，一口啐在光头男脸上，怒斥道，"这种畜生，就应该千刀万剐下地狱。"

围观的人纷纷点头附和，经理也连声点头称是，下一秒，定睛看到马佐的尊容，经理又忍俊不禁，却使劲憋着。

只见马佐的头顶，用彩色皮筋扎了一个很小的鬏鬏，像一个麻雀尾巴一样翘着，额头还有一个口红顿下的红点，活像年画娃娃。围观的人也注意到马佐奇怪的装扮，指指点点，家有小女的人都知道，他一定有一个两三岁的软萌的小闺女，想把爸爸打扮成这条街最靓的仔。

马佐浑然不觉，下意识地摸了摸自己的脸。夏峻颇觉尴尬，拉过马佐，用手捋下他头上的皮筋，低声说："兄弟，这儿没事了，一会儿警察来会处理的，你先回吧！大恩不言谢。"

"没事，我陪你，看看还有什么能帮上忙的。"

"你公司也忙，别耽误事。"

"不耽误，我，我今天没上班。"

这么热心的朋友，夏峻也不好再劝他回了，只好说："好吧！你去洗手间洗把脸吧！"他用手点了点自己的额头，暗示马佐。

马佐这才恍然大悟，十分尴尬地朝旁边的洗手间走，这时，他的手机响起来，一接起，里面传来孩子的哭闹和一个女人焦急的声音："马先生，你什么时候回来啊？你女儿闹得不行，要找爸爸，我哄不好啊！"

马佐揉揉头发，一阵莫名的心烦意乱。他没有告诉夏峻，他不仅是今天没上班，他已经从昨天、前天、大前天之前的好多天，包括明天、后天、大后天以后的好多天都不用上班了。他现在在家带孩子，老婆离家出走，保姆辞职，他一天二十四小时无休带孩子，好不容易接到一个电话，还是夏峻的求助电话。这个求助电话，像一个特赦令，一个光荣正义的借口，他告诉自己，这是人命关天的事，自己必须去帮，于是把孩子托付给了并不太熟的邻居家，让邻居的保姆照看。谁知，他出门不到半个小时，索命追魂 call 就打了过来。

马佐心烦意乱，也不去洗手间洗脸了，气急败坏地往出口走，从人贩身边经过时，又控制不住地踢了一脚，怒骂："人渣！"

马佐走后，警察很快来了，现场做了简单的笔录，陈佳佳和一个警察带孩子去医院检查，另一个警察将夏峻和嫌疑人以及一些目击者都带回所里协助调查。从派出所出来，记者也闻讯赶来，要采访夏峻，问他如何斗智斗勇，抓住了人贩，问他用怎样的妙计，让商场配合他迅速封锁出口，找出了人贩。夏峻被问得不耐烦，愤懑地喊道："没有什么妙计。斗智，什么砸金店引来警方迅速出警，不存在，我只是恰好认识这家商场的老板，给他打了个电话。斗勇，没错，我把人贩打了，我觉得打得还不够重，应该再狠一点，往死里打。"

这条新闻后来在本地电视台的都市新闻播出，题目叫做《一爸爸与人贩斗智斗勇，成功解救一岁女儿》，这不是夏峻第一次上电视，过去他在电视台财经频道作为专业的业内人士做过节目，他西装革履，正襟危坐，在镜头前侃侃而谈，说得头头是道。而这一次，他完全是另一副面孔，他对着镜头，面容扭曲，露出愤怒而涨红的脸，咬牙切齿，凶神恶煞地说："应该再狠一点，往死里打。"

从派出所出来后，他去医院接回了孩子和老婆，孩子受了点惊吓，没什么大碍，在妈妈怀里睡着了，眼角还挂着泪滴，偶尔还在睡梦中抽搐一下。夏峻余怒未消，看着孩子，心里涌出无尽柔情和心疼，忍不住埋怨："你能干啥？连个孩子都看不住？"

陈佳佳自知疏忽，心里愧疚，小声辩驳了一句："路过玩具店，玥玥喜欢一只小猪玩偶，我去拿，一转头，再回头，孩子就不见了。"

"高姐呢？怎么没和你一块儿出来？"

高姐是家里的保姆，四十多岁，是岳母从老家找来的，人勤勤恳恳，从玥玥出生前就一直在夏峻家里做，一年多了，一家人省心不少。

陈佳佳叹口气："昨天就辞工回老家了，说是儿媳妇怀孕了，要回去照顾。我看这走了，就难再回来了。可能，她上次提要涨工资，我没同意，她心里不舒服吧！其实我一直觉得挺对不住她的，人家是看我妈的面子，工资确实没多要，比家政公司的保姆工资低很多。"

"事已至此，走就走了吧！回头再找一个。"

"玥玥现在大一点了，我觉得我一个人带也行吧！"陈佳佳有点心虚地说。毕竟她刚刚一个人带娃一天就丢"人"了。

睡梦中的孩子忽然又受惊似的，小嘴一咧，"哇"地哭出来。车子又遇到下午高峰期，堵在路上，夏峻心烦意乱，觉得妻子的想法异想天开，刻薄地埋怨道："你一个人？你能干啥？上一次你一个人带孩子，把娃从车里翻出来头都磕青了；上上次你一个人，把孩子折腾感冒了；这一次，你一个人，让人贩子把孩子抱走了。你自己说说，你能干好啥？"

孩子哭闹不止，陈佳佳本来这半日又惊又怕，夏峻不但没有一句安慰，反而一顿数落，她心里的委屈更甚，忍着眼泪，心里不忿，怒道："你以为带两个孩子容易啊？那么累，难免有疏忽的时候。你行你来啊！……"

"带个孩子做做家务有多累？女人不都这么过来的吗？"夏峻不以为然。

陈佳佳气结，正要反驳，忽然想起来，看了眼仪表盘上的时间，低呼："完了完了，已经六点半了，快掉头，去接夏天。快！"

夏峻爆了句粗口，猛打一把方向盘，朝儿子的学校驶去。

夫妻俩竟然双双把老大给忘记了。

* 2 *

他们回到家时，夏天已经独自去跆拳道馆上完了自己当天的跆拳道课，玩了两把王者荣耀，正在楼上房间里摆弄自己的轮船模型。

一整天状况不断，陈佳佳心有余悸，扑上去就把儿子抱住："吓死我了，对不起儿子，妈妈忘了去接你了。"

五年级的大男孩，已经对母子间这种夸张的情感表达有点抗拒，身体僵硬着，等妈妈抒发完感情，他面无表情地说："以后也不用接了，我可以自己回家了。"

夏峻附和道："也是，都这么大了，我们小时候，哪有人接送啊？"

陈佳佳白了夏峻一眼。

夏天又说："刚才跆拳道馆的教务老师告诉我，该续费了，寒假续费有优惠。"

陈佳佳犹豫了一下，看了看夏峻，和儿子商量："要不以后不上跆拳道了吧？这对升学也没什么帮助，你爸现在一个人上班挣钱，省着点吧！"

这一次，是夏峻白了陈佳佳一眼，对儿子说："别听你妈瞎说，喜欢就继续上，明天我就去给你续费。"

"嗯！学校今天放寒假了。"夏天又说。

"放假了？"

"放假了？"

夫妻俩异口同声。

这一次，轮到夏天分别白了爸爸妈妈一眼："我是你们亲生的吗？"

夫妻俩面面相觑，讪讪地笑，夏峻摸了摸儿子的头："去你的，臭小子！"

"还有，大后天要开寒假家长会。"

夏峻想也没想就拍胸脯："没问题，爸爸去参加。"

陈佳佳和儿子双双把目光投向他，异口同声："你，你有时间？"

"有？还是没有呢？鲁迅说，时间像海绵里的水，挤一挤总还是有点的。再说吧！"夏峻又不确定起来。

说话间，楼下卧室里传来哭声，玥玥又醒了，夫妻俩前后下了楼。陈佳佳抱起孩子，轻声拍哄，孩子仍啼哭不止，夏峻急了："她到底怎么了？怎么还哭？医生不是说没事吗？"

陈佳佳泪水忽然无征兆地唰地落下来。中年人的崩溃常常是瞬间发生的，一根弦绷了太久，一颗心紧紧揪着，一团火在胸口积聚着，如火山爆发一般，她咬牙切齿压低声音道："她饿了，要喝奶，你去冲；我也饿了，一天没有吃饭，你去做。现在，马上。"

一看到老婆流眼泪，夏峻慌了，想伸手去擦她的眼泪，伸出的手被她目光吓得缩了回来，手忙脚乱地去掀开奶粉罐子，手哆嗦着用小勺子舀奶粉，回头问妻子："几勺啊？是用温水对吗？我记得是温水。三勺够吗？"

他的问题并没有得到回应，看着妻子怒气冲冲的样子，又不敢再追问，只好根据自己的理解冲了奶粉，将奶瓶递给她。孩子喝上奶，马上不哭了。

夏峻毕恭毕敬站在一边，小心询问："你想吃什么？我去做。"

"随便吧！"陈佳佳的火气消了一些。

夏天下楼来，手里拿着一个粉色的小猪玩偶，在妹妹眼前晃了晃，妹妹马上咧开嘴笑了，伸手去抓。陈佳佳定睛一看，这玩偶正是白天在商场看到的那一只,便问:"哪儿来的小猪?妹妹今天就喜欢上这个,后来没买。"

"我赢的,帮谢嘉艺打游戏,'杀死'了对方七个人。她感谢我,送了这个。拿去玩吧!"

夏天把小猪塞给妹妹,一溜烟上了楼。陈佳佳在楼下喊:"说了多少遍了,少玩点游戏,马上就升六年级了,是不是作业太少了啊?我和你们老师说说。"

夏峻进了厨房,左翻翻右翻翻。厨房里菜倒是不少,但夏峻会做的食物实在有限。他看到锅里还有一些剩米饭,打算做蛋炒饭,鸡蛋敲开,手一抖,蛋液滑到了地板上。他手忙脚乱收拾到垃圾桶,重新打了一个蛋,去放盐,发现盐罐空了,心想冰箱里还有一瓶香菇酱,把米饭热一热凑合拌着吃也好,又去热米饭,打开电饭煲闻了闻,饭已经有点馊了。一时沮丧涌上心头,坐在厨房里,打开了手机点外卖。

感谢外卖平台和外卖小哥,这个晚上的晚餐还算丰富,海鲜比萨、肉酱意面、奶油蘑菇汤,夏天吃得很开心,玥玥也享用到她喜欢的土豆泥,唯独陈佳佳只喝了点汤,就没有了胃口。她心事重重,夏峻以为是白天丢孩子的事让她心情沮丧,也没有多问。

夜深人静,孩子们终于睡了,大人们紧绷了一天的身体也放松下来,夫妻俩却都睡不着,一个敷面膜,一个玩手机。人说有了孩子的父母晚上熬的不是夜,是自由,他们如饥似渴地享受着这点自由的时间。

敷着面膜的陈佳佳心情平静下来,聊起白天的事,问:"今天你打电话叫来的那个人是谁啊?他一通知,保安就态度大变,商场就全员出动了。这人这么牛?"

"马佐啊!你不认识了?以前的一个同事,玥玥满月的时候还来了的,你忘了?"

"好像有点印象,记不清了。这人是干吗的?看着也不像大老板啊!怎么商场的经理对他那么恭敬?"

"这家商场,算是他家的产业吧!"

"哦!是富二代啊!你看,跟同事搞好关系准没错,多个朋友多条路,你今天跟打电话通知你开会的人发脾气,就是你的不对,你给人解释一下。"

"我当时不是着急嘛！再说了，办公室政治，很复杂的，你知道什么啊？给你说了你也不懂！"夏峻想起人事部的那个电话，心里忽然一阵烦躁。他想起网上的一个段子来：在公司，老板千万别随便骂90后，他们分分钟辞职给你看，要骂就骂中年人。他们是软柿子，他们有车贷房贷，有妻儿有父母，说不定还正打算生二胎；他们是软柿子，随便敲打随便捏，随便批评，他们一般都会忍受，人到中年就是怂。

想到这里，夏峻在昏暗中自嘲地叹了口气。

但那句"给你说了你也不懂"再次激怒了平静下来的陈佳佳，她一把掀开面膜，直起身，一脸正色："夏峻，把妈叫来帮忙带孩子吧！或者再尽快找个保姆。我要去上班了。"

"你上班？开什么玩笑？现在刚毕业的大学生一抓一大把，都找不到满意的工作，你去上班？谁要你？异想天开。"

夏峻嗤之以鼻，语气虽不屑，但说的也是实情。陈佳佳已经离开职场太久，生了夏天后带到三岁，她去上过一年时间的班，后来生了场病，做了个手术，在家休养。夏峻事业发展得不错，两人一商量，她索性就回家做了全职太太。夏峻说得没错，她确实已经脱离职场太久了。

"随便你怎么说，反正明天我就去找工作。你看着办吧！"陈佳佳倒头睡下，给他一个后背。

夏峻只当她说的气话，根本没当回事，轻描淡写地说："别闹了，睡吧！"

夏峻一夜辗转难眠，他想了，他应该马上找个靠谱的保姆，或是有个可信任的家人帮忙照料家里，他才可以安心去上班。陈佳佳的父母身体欠佳，老两口就在临市，和陈佳佳的哥哥住在一起，不能过来帮女儿，他现在唯一能倚仗的，是他的母亲了。

上班路上堵车的时候，他给母亲夏美玲打了一个电话，电话很快接通了，夏美玲听起来气喘吁吁，大概是还在排练，那头传来越剧咿咿呀呀的音乐声，她总是精神饱满情绪高涨："峻峻，怎么了？想妈妈了？过阵子我去看你们啊！不过这几天不行啊！年底了，我们要排一场大戏——《红楼梦》，唉！我老了，现在只能演王夫人了，想当年，黛玉和宝钗任我挑啊！不说了，我要排练去了。"

夏峻还来不及说出自己的问候以及隐藏在问候后面的诉求，就被挂断了电话。

从小，他就从夏美玲那里学到一句话——戏比天大。戏就是她的信仰，是她的命，不让她唱戏，那就是要她的命。

夏美玲是专业的越剧演员，年轻时是个大美人，每台戏的A角不二人选，追求者甚众。她趾高气扬，挑花了眼，没想到有一天旅行回来，竟抱回来一个婴儿。这个婴儿在她所在的剧团和那座南方小城里，掀起一阵不小的波澜，一时流言四起，有人说孩子是某某官二代的种，夏美玲被玩弄感情抛弃了，有人说曾经看到夏美玲在食堂吃完饭后突然呕吐，原来是害喜啊！有同行的竞争对手说看到她在化妆室里用绷带束腰，那孩子还能出生真是一个奇迹……说什么的都有。夏美玲一开始会无辜地解释，这孩子是我捡的啊！听到的人假装笑笑，没有人相信，渐渐地，她也就不解释了。一个未婚的女子，渐渐可以娴熟地捆扎婴儿的褴褛，冲泡奶粉，把屎把尿，唱摇篮曲哄睡孩子，也会在深夜抱着高烧的孩子敲开医院急诊的门，会花枝招展、摇曳生姿地出现在管户籍的一个所长的办公室里，娇滴滴地说话，只为给孩子上个户口。那个色眯眯的所长用力按了按她的手，怜香惜玉地说"你也不容易啊"，她的私生子便有了户口，她给他取名叫夏峻。

在夏峻漫长的成长中，他不止一次从那些不怀好意的人口中得知，他的身世和那些普通孩子不一样：有人说他可能天生有什么隐疾，一出生就被亲生父母抛弃，夏美玲捡来了他；有人说夏美玲作风败坏，和很多男人睡过觉，他只是一个无人认领的私生子；甚至有一次，一个好事者指着一个从黑色小轿车里下来的男人说，看，那就是你爸爸，他不要你了。夏峻不止一次为那些中伤他和夏美玲的话打过人，也不止一次追问过夏美玲，她总是挑挑眉笑一笑，笃定地说，你是我的儿子。在他过完十八岁生日那天，他终于确切地从夏美玲口中得知，她只是他的养母，他是她从火车站捡来的。她对他讲起他们初次的相遇，这场母子尘缘的开始。

那时她刚刚从一列夜班火车上下来，结束了一场长达一个月的旅行。她常常就是这样，没有大戏要演的淡季，就会请假去旅行，恃宠而骄，剧团里的领导也拿她没办法，不愿得罪她这样的台柱子。她在火车站的垃圾桶旁边看到他。20世纪80年代的火车站，敝旧简陋，暖气不足，黑黑瘦瘦的婴儿，脸已被冻得乌青发紫，奄奄一息，或许是那奇妙的缘分指引，夏美玲经过时，婴儿发出一声微弱的啼哭，像猫叫一般。

夜里的火车站凄清诡异，工作人员躲在室内昏昏欲睡，那一声啼哭像一把小小的钩子，钩住了她的心。她抱起他，用自己在旅游地买的新的羊毛围巾包裹着他。婴儿的身边有奶瓶和奶粉，她笨拙地抱着他，到火车站的开水处接了水，为他冲泡奶粉。孩子含着奶嘴吸吮到乳汁的那一刻，睁开了双眼，婴儿蓝的眸子凝望着她，然后露出了满足的笑。她少女的心融化在那个婴儿的笑里。

遗弃他的生身父母没有在他身边留下只言片语，关于他出现在火车站之前的身世，夏美玲一无所知。她曾想过将他交给福利机构，也曾隐隐期望他的生身父母有一天寻了来，但这两件事始终没有实施和发生。这段命运强塞给她的母子情缘，让她永远地失去了姻缘。美人的身边永远不会缺少男人，也有深爱她的男人曾想努力一试，最终在舆论、家庭、父母的压力中退缩了。她倒也不甚在意，在舞台上依然是光彩照人的A角，排练的时候，就把儿子放在舞台下的婴儿车里。他长大一些，上了小学，每年暑假母子俩都去旅游，他曾以为自己的出现毁坏了夏美玲的人生，但在夏美玲相伴他成长的时间里，她总是开开心心，她没有普通家庭妇女的畏手畏脚，怨天尤人，过得不知多自在。她常常说，儿子，你是上天给我的礼物。语气诚恳，眼神真挚，证明她所言不虚。

夏美玲把他的身世讲给他听时，夏峻并没有感到太多意外，这么多年的流言，早已使他完成了自己的心理建设。他对自己的亲生父母是谁并不在意，他甚至觉得夏美玲不是他的生身母亲这个事实有点小小的遗憾，他觉得她是这世上最好的妈妈，所以，当他听完那些，只是笑了笑，笃定地说，你就是我妈妈。

十八岁那个暑假结束后，夏峻离开妈妈来到这座北方城市上大学，毕业工作后在一次朋友聚会中认识了陈佳佳，顺理成章地恋爱、买房、结婚。像他曾经设想的一样，他一结婚就把妈妈接来一起住，婚后不久，夏天出生了，三代同堂，母慈妻贤，他以为的幸福生活就是这样了。夏美玲在儿子的家里共住了一年零七个月，夏天半岁的时候，有一天，她忽然毫无征兆地提出要回老家绍兴去，不容挽留，火车票都已买好了。他以为自己怠慢了母亲，或者陈佳佳与婆婆暗里龃龉不和，问起妻子，她却说并没有发生过不快。后来，偶然听妻子和岳母聊天，陈佳佳抱怨，夏美玲每天早上要在阳台吊嗓子，她产后睡眠不足，感到严重困扰，就委婉地向婆婆提出异议。夏峻恍然大悟，想起母亲一人独居，作为儿子，他有些难过，但想起她一个人总是能把寂静的生活过得风生水起，心里就释然了。

走进公司的时候，他发现前台又换了一个小妹，经过人事部的时候，他决定放下公文包就来和人事部的李总监道个歉，谁知，刚放下包喘了口气，总裁秘书就来请他去总裁办公室一趟。

总裁是新来的，名校海归，有华尔街工作背景，很年轻，九零后，做事雷厉风行，说话也开门见山。

"夏经理，我听说，你因为上个月业绩垫底，昨天向人事提了辞职。"

"业绩垫底？怎么可能？我带的团队每次业绩都是第一。"

总裁把一张表推过来，面无表情："这是业绩报表。至于你的辞职申请，我和人事部门已经慎重考虑过了……"

夏峻大吃一惊，打断了他的话："辞职？我说了吗？"

在这个比自己几乎年轻一轮的年轻人面前，夏峻感到一种莫名的压力。认怂是一种智慧，他心里清楚，这份工作虽然不尽如人意，但他干了许多年了，积累了人脉和经验，收入可观，不能随便辞职。

"根据连月来你的业绩表现，昨天我们已经开会讨论过了，你的辞职申请，公司批准了。"年轻的总裁微笑着说。

夏峻本可以再解释一些什么，比如昨天没出席会议是因为家里遇到突发状况；他也可以卖卖惨，比如说说上有老、下有小、房贷车贷生活不易什么的。可在这张年轻的充满欲望的脸面前，他忽然感到一阵巨大的无力感，陶渊明不愿为五斗米折腰，到乡下做个农夫也自在，他又何必对着一个年轻人低声下气？想到这里，他站起来，故作轻松地说："也好，好的。"

去人事部办理离职手续时，昨日打电话给他的老李颇感内疚和无奈，说："都怪我，昨天应该早点给你打电话的，你到底干什么去了？"

夏峻没有回答他的问题，只是淡淡地说："不怪你。"

从公司出来的时候，有好几个同事出来送他，一个年轻的下属帮他搬整理箱，他们依然称呼他为夏经理。有人说，很快会有猎头挖夏经理，下一份工作肯定前程似锦；有人马上反驳，干吗还给人卖命，看人脸色，夏经理可以自己创业；也有一个天真的年轻人说，好不容易可以休息了，总该去看看诗和远方。那年轻人有点地方腔，听起来像"四个远方"，"四个远方"这样的酸话逗笑了大家，夏峻也笑了，这场突然发生的"被辞职"在愉快的氛围中结束了。他开着那辆老款奥迪驶向回家的方向。老奥迪发动机有点老了，冬天常常半天打不着火，他本想过完年换辆新车，现在想想，缓一缓再说吧！

车子经过一家家政公司时，他想起早上要重新找保姆的打算来，车子在家政公司门口放慢了速度，他犹豫了一下，又离开了，将车拐到一家超市门口。

家里米快没有了，油也见底，记得佳佳说要中筋面粉给孩子们蒸包子，他在超市转一圈，很快把这些东西买齐了；大件的重物，佳佳平时一个人不方便买，他顺路就带回去了。夏峻一直自诩是一个合格的丈夫。

经过婴幼儿用品的柜台，一位导购小姐正热情地为顾客推荐某品牌的新款纸尿裤，夏峻想起早上佳佳说玥玥的纸尿裤快用完了，便凑上去看，导购正在为大家演示："瞧，这个魔术贴比老款的粘贴更牢固，可以有三档调节，调整腰围。而且这种魔术贴很柔软亲肤，不会划伤宝宝皮肤的。您看，这个魔术贴是这样子粘的……"

夏峻觉得不错，打断了导购员："我知道，这个我会，拿两包吧！"

导购笑盈盈地拿了两提纸尿裤给他，不吝赞美："一看您就是一个爱娃顾家的好父亲。"

夏峻谦逊地笑笑。

这个爱娃顾家的男人，回家后马上有机会实践了换纸尿裤。当时玥玥正哭得厉害，小脚乱蹬，厨房里正在煮什么东西，陈佳佳正手忙脚乱地去抓妹妹的小脚，夏峻眼明心亮，自告奋勇说："去吧去吧！我来我来。"

"去洗手。"陈佳佳瞪他。

夏峻乖乖去洗了手，过来接手，佳佳进厨房了，还不放心地回头问："你会吗？"他冲她摆摆手，让她放心。

都说女儿是爸爸前世的情人，玥玥一见到爸爸，马上安静下来，甚至咧着嘴笑了笑。夏峻信心大增，嘴里夸着"乖女儿"，正打算研究怎样解开纸尿裤，只见女儿眉头一皱，小脸憋得涨红，忽然一个响屁，伴随着一阵恶臭，完了，看样子，玥玥拉便便了。他好容易找到纸尿裤的魔术贴，撕开，打开一看，一股不可描述的气味直窜鼻腔。他皱皱眉，扇扇风，一时无处下手，嘴里嘟囔着："啊哟我的闺女，你可是个大姑娘啊，怎么能拉这么臭的屎！"

玥玥拉了便便神清气爽，欢快地蹬起了腿，以为爸爸在讲什么笑话，"咯咯咯"地笑起来。眼看着一只小脚蹬在了便便上，夏天正好进门，见状忙冲过来，抓住了妹妹的腿，像个小大人一样讽刺老爸："有个名人说过，女神也会拉屎。"

"怎么收拾啊？"在这一刻，夏峻才意识到自己在育儿中的缺席，生了两个孩子，他竟然连孩子的纸尿裤都没换过一次。

夏天气定神闲地指挥他："卫生间洗脸池下有个粉色的小盆，接一些温水，那边，那包湿纸巾拿过来，再拿一个新的纸尿裤，还有隔尿垫。"

父子俩身份颠倒，夏峻像个听话的孩子一样，听儿子的指挥，找到那些东西，在卫生间喊："隔尿垫是什么？"

夏天撇嘴叹气，露出无语的表情，还好夏峻很快找到了，东西备齐，夏天把妹妹的脚丫交给他，一板一眼地指导："用一只手把两只脚提起来，注意不要提得太高，以免闪了女神的小蛮腰，然后用纸巾把屁屁上的脏东西擦掉……"

还好玥玥很配合，夏峻根据儿子的指示，按照步骤完成了擦屁屁换纸尿裤这项壮举。玥玥一身轻松，眉开眼笑，爬到一边去玩了，一股成就感在夏峻心底油然而生，感慨道："也没那么难啊！"

末了，也不忘夸夏天："没想到你这一套一套的，哥儿们你这学贯古今，啥都懂啊！"

夏天嫌弃地白了爸爸一眼，说："老师说，要深入生活，善于观察。没吃过猪肉，还没见过猪跑啊！"

训完爸爸，不待他反驳，夏天一溜烟上楼去了。

陈佳佳做好了饭，过来给玥玥冲奶粉喂奶，夏峻忙去厨房盛饭端菜。

不知道为何，丢了工作，他觉得有点心虚。陈佳佳的脸色很难看，失去了高姐这个左膀右臂，她已经被孩子和一堆家务搞得焦头烂额，处于崩溃的边缘。为了避免不必要的争端，他尽量不去招惹是非。

还好，玥玥喝完奶就睡着了，一家人得以安安静静吃个饭。

夏峻把盛好的米饭递给陈佳佳，把盘里的排骨夹给她，难得说了一句暖心的话："老婆辛苦了，多吃点！"

陈佳佳并没有发现他的异常，疲倦让她已经没有力气挑剔和进攻，她接过碗，默默地吃饭。夏天看出端倪，说了句："无事献殷勤，非奸即盗。"

夏峻心虚，给儿子也夹了一块排骨："快点吃饭，吃完赶紧去写寒假作业。"

夏天狡黠地看看爸妈，三下五除二扒拉完饭，上楼写作业去了。

餐厅里静悄悄的，只有筷子勺子和杯盘碰撞的声音，夏峻一直在心里暗忖，失业的事要怎么说出口。以前他看过一部电影，叫《开往春天的地铁》，徐静蕾演的，那时他还年轻，并不能理解主人公的感受，为什么工作没了不可以跟女朋友讲，每天来来回回坐着地铁瞎转悠？现在他有点理解了。说什么相濡以沫，同甘共苦，那不过是中国传统文化里理想中的感情模式，其实中国大部分男人都有些大男子主义，觉得天塌下来应该男人扛着，不能让身边的女人担惊受怕，即使自己扛不起来。夏峻就是这样的男人。不过，夏峻对自己的实力还是有信心的，他相信自己会很快找到工作，这次失业只是一个小小的插曲而已，他和妻子都不应在意。所以，他觉得说出来也没什么大不了。

两人忽然同时开口。

"老公，我有事对你说。"

"老婆，我有事对你说。"

陈佳佳放下了筷子："那你先说。"

夏峻谦让："你先说。"

陈佳佳脸上隐隐流露喜色，又夹杂一丝焦虑："我找了一份工作，我要去上班了。"

"工作？什么工作？什么时候的事？你闹什么啊？"夏峻忽然心烦，顿时没有了胃口。他刚刚失业，"后院又起火"，老婆撂挑子，内忧外患啊！

听完"闹"字，更激起了陈佳佳的决心，她心一横，语气很坚定："我没闹，我考虑很久了，其实前几天高姐在时，我已经去面试了，我被录取了。我要去上班。"

夏峻放下筷子，提起一口气，又吁一口气，饶有兴趣地笑笑："什么工作？不会是餐厅端盘子吧！现在餐厅很欢迎大妈去端盘子。"

佳佳以前做过培训机构的教务，私企的文员，他并不清楚她工作能力如何。在他看来，那些都是没什么技术含量的随时可以被取代的职位，而佳佳已离开职场数年，他实在想不出，哪家公司会要一个家庭主妇。

夏峻的话音刚落，佳佳用力把筷子按在桌上，两眼怒视："瞧不起谁啊！我上班的企业是全国五百强，我是坐办公室的白领。再说了，餐厅端盘子的大妈怎么了？凭双手吃饭，你凭什么瞧不起？职业没有高低贵贱之分，人格倒是有高低贵贱之分。夏峻，你三观不正，直男癌晚期，夜郎自大，目中无人，不懂感恩，自私冷漠，嘴巴比砒霜还毒，心眼比针眼还小……"

陈佳佳战斗力瞬间爆表，把攒了好几年的怨气一股脑儿发泄了出来，骂声"余音绕梁"，惊动了夏天，夏天趴在二楼栏杆，喊道："妈，我支持你去上班。女人要有自己的事业，要独立，你看我们班许婧涵的妈妈，工作两个月，就喜提宝马了呢！加油！我支持你。"小子做了一个加油的手势，又钻进了房间。

夏峻在佳佳的攻击力面前瞬间偃旗息鼓，本着息事宁人的原则，态度软和下来，说："想上班就去吧！发那么大的火干吗！就当出去透透气散散心，干得不开心了，再回来。"

"那孩子怎么办？你给妈打电话了吗？你找保姆了吗？"陈佳佳把这个现实问题抛给他。

夏峻心里"咯噔"一下，马上顺坡下驴，仿佛他辞职的事有了一个有利的台阶，故作轻松地说："你不用管了。我给妈已经打过电话了，今天也去家政公司看过了。放心吧！实在不行，家里还有我，孩子我带，我还能顶几天。"

陈佳佳没听明白："你带？开什么玩笑？"

"我想休年假，我整天跟陀螺似的，已经有两年的年假没有休了。"

不知为何，失业的话到了嘴边，又咽了下去。老婆撂挑子，"揭竿而起"，家里时局动荡，他就不能再是不安定因素，他要做的，就是维稳。

陈佳佳松了口气，释然道："那太好了，我正发愁呢！那你先顶几天，也好好体会一下我平时带孩子的辛苦。"

听到妻子这么说，夏峻不以为然，开始整理餐桌、收拾碗筷："多大点事！整天喊累，能有上班挣钱累吗？你也去好好体会一下上班的辛苦。"

陈佳佳提起一口气，咬牙切齿想要叫板，最终什么都没有说。

别的家务不敢说，论洗碗，夏峻是一把好手，厨房里响起哗啦啦的流水声和他愉快的口哨声。

陈佳佳上了楼。作为全职妈妈，她还有一项工作，就是辅导儿子的作业，近一两年，眼看着这个小学五年级的孩子作业越来越难，她这个大学本科生已经辅导不了了，只能每天装模作样地来督促检查一下。夏天早已看出了妈妈的心虚，偶尔会挑衅地问："看得懂吗？"如此毒舌，每每免不了一顿女子单打。

陈佳佳上楼不久，楼上果然就传来一阵杀猪似的嚎叫，很明显，夏天又挨揍了，听他哭叫的声音和节奏，可以推断陈佳佳用的武器是那种木质的衣架。

夏峻实在想不通，陈佳佳为什么现在脾气这么暴躁，以前的她多么温柔啊！如果他上去劝她，免不了也被她劈头盖脸一顿臭骂，次数多了，面对夏天被"毒打"，他也只能袖手旁观，要么就是当夏天被吼时，他从旁边经过，给他一个"兄弟，自求多福"的表情，然后悄悄溜掉。惹不起，躲得起。

伴随着夏天的哭喊，玥玥被惊醒，扯着小嗓门哭起来，夏峻擦干手，去抱孩子，顺便以此为借口，为夏天解围："老婆，玥玥醒了，你快来看看，要不要喝奶啊？"

楼上传来尖锐刺耳的斥骂："你不是从明天开始带孩子了吗？连这个也要问我。"

话虽这么说，她还是放下武器下了楼，从他手里接过女儿，余怒未消，说："你去管你的宝贝儿子，我管不了了。"

夏峻上了楼，看到夏天在地板上盘腿坐着，梗着脖子望着窗外。夏天正在叛逆期，是个"顺毛驴"，陈佳佳的方式对他并不管用。

夏峻走过去，也顺势在地板上坐下来，问："犯啥事了？"

父子俩关系不错，夏天撇撇嘴，说："玩王者，没写英语作业。"

"不是说好写完作业了才玩一会儿游戏吗？"

"放寒假了，玩一下怎么了？"

夏峻靠近儿子，悄悄附耳说了句话，夏天马上喜出望外："真的？你最近休假，可以陪我玩游戏？"

"嘘！"夏峻瞟瞟楼下，悄声说，"别让你妈听见。明天，等她出去了，就咱三个在家，我陪你打。"

夏天无声地做了一个"耶"的手势。

夏峻指指书桌："现在，去把英语作业先写了。"

"OK！"夏天眉开眼笑。

安抚好儿子，他准备下楼去，到了门口，又转过头，说："这个世界的真相是，接受规则，遵守规则，就不会被生活惩罚。懂吗儿子？"

夏天转过头与他对视，一头雾水，似懂非懂地点了点头。

下了楼，佳佳和女儿正在爬垫上游戏，母亲慈爱，女儿呆萌，让人看了也心情愉悦起来。

夏峻坐到女儿身边，拿了一个球球丢给女儿，对佳佳说："我看书上说，从人类演化角度来说，女性的情绪能量远远超过男性，母亲是家庭的灵魂，母亲快乐则全家快乐，母亲焦虑则全家焦虑。老婆，你笑起来最漂亮，你应该多笑笑。"

糖衣炮弹还是管用，陈佳佳撇撇嘴，露出似笑非笑的表情，还是嘴硬："少给我戴高帽子，母亲是家庭的灵魂，父亲是家庭的什么？父亲是山，杵那儿不动。"

"动啊！我动啊！动次打次，动次打次……"夏峻做着鬼脸，扭着屁股，迈着魔鬼步伐，玥玥看着他的怪样，开心地笑起来。

夏峻的人生新乐章，即将奏响。

❋ 3 ❋

奶爸第一天上任,并没有实现陪儿子打游戏的小小承诺。他有很多事要做:给女儿喂奶、换纸尿裤、洗衣服、做辅食、打扫家里卫生、陪女儿游戏、督促夏天写寒假作业。

早晨陈佳佳临出门时千叮咛万嘱咐,最后颇有报复性地扔下一句:"你干一天试试。"

夏峻心想,小意思!

等他真正接手,他才发现,女儿哪里是父亲前世的情人啊,这简直是前世的仇人这辈子来寻仇的。小人儿一会儿要抱,一会儿要下地,一会儿要吃,一会儿拉了,他被折腾得团团转。不知不觉已经下午一点了,夏天饿得嗷嗷叫,玥玥又开始闹觉哭起来,他分身乏术,没空做饭,只好一手抱着女儿,一手拿手机点外卖。

"比萨?意面?还是汉堡?还是炒菜米饭?"他问夏天。

夏天挑衅道:"我晚上就告诉我妈,你没做饭,点外卖,给我吃地沟油做的垃圾食品。"

"你确定想吃我做的饭?"夏峻坏笑。

一想到爸爸惊天地泣鬼神的黑暗料理,夏天马上嬉皮笑脸地服软认输:"不不不,做饭太累了,您歇着!点外卖,外卖吧!我吃比萨。"

夏峻很快点餐下单,然后哄睡了女儿,悠哉地躺在沙发上,等待外卖送达。他甚至有闲情自拍了一张他瘫在沙发上双腿放在搁脚凳上的照片,发给了陈佳佳,带了一丝挑衅:"你在干吗?"佳佳说找了工作去上班,他竟然忘了问到底是什么工作,这傻老婆,好几年没上班了,被人骗了怎么办?若真是正经工作,她要长期做,家里这一堆事,又该怎么办?想想真让人头疼。

等了一会儿,佳佳没有回复,他便去刷招聘网站,看了一会儿,眼皮不知不觉沉了,竟睡了过去。

他是被门禁电话吵醒的,以为是外卖到了,去开门,没想到夏天跑得比他还快,火急火燎地去开门,喊着"饿死我了",一开门,却愣了一下,又很快开心起来,上前就对来人捶了一拳,兴奋地叫:"小野叔,你怎么来了？"

被称作"小野叔"的人，叫钟秋野，是陈佳佳的姨表弟，也就是夏天的表叔。只见他用力揉揉夏天的头，虚情假意地说："想你了呗！"

夏天嗤之以鼻，瞅了瞅野叔膝下的小男孩："切！又来共享育儿了？我妈今天不在家。"

听夏天这话的意思，钟秋野以前没少来共享育儿啊！夏峻望着眼前这一大一小不速之客，有点意外。

浩浩四岁了，虎头虎脑，长得漂亮可爱，但每次和钟秋野同时出现，都是一副邋里邋遢的村娃模样。夏天也用力揉揉浩浩的脑袋，揪住他只露出一角的衣领，调侃道："今天的穿搭走的是乡村非主流风啊！很帅。"

夏峻迎上来，客气地请这父子俩进屋。夏峻对妻子这个不务正业的表弟平日很看不惯，碍于情面才客客气气。

浩浩跟着爸爸进了门，玥玥已被响动吵醒了，自己从婴儿床上爬起来，看到浩浩，咿咿呀呀说着婴语："哥，哥哥！"兴奋地同他打招呼。浩浩犹犹豫豫，想马上和妹妹玩，又有点迟疑，扯了扯爸爸的衣袖："爸爸，你别走好吗？"

正好外卖也送到了。夏峻接过外卖盒，客气道："吃午饭了吗？一起吃点？"

钟秋野急着脱身："不吃了不吃了，我今天有点事要出趟门，孩子在你这里放半天，晚上我过来接走。"

夏峻一听急了，一把揽住钟秋野，避过孩子，低声问："你什么意思？你还嫌我不够乱啊！你姐不在家，这两个就要了我半条命了，你再送来一个，你是魔鬼吗？"

钟秋野一脸无耻，嬉皮笑脸："一只羊也是放，一群羊也是赶，你就是捎带手的事。"

"这是捎带手的事吗？这可不是羊，这是一个电量满格的孩子啊，战斗力和攻击力十级的孩子啊！"夏峻咬牙切齿。

"哥，大哥，我真有重要事，你就辛苦一下吧！"

"少唬我！你能有什么重要事？你前些天刚辞职，在家闲着也没事。"夏峻一语拆穿。

"哥，帮帮忙，帮帮忙，这个事很重要，有个画展，是我很喜欢的那个日本画家的，我必须去看。"

说起这个钟秋野，可称是一股清流，一朵奇葩，堪比《月亮与六便士》里的心怀梦想的男主人公，是怀才不遇的李商隐，是郁郁不得志的李太白。他从小爱画画，其他功课一团糟，后来，考入美术学院后主攻油画，毕业那年，在毕业画展联展上，认识了承办那次画展的策展公司的负责人李筱音，两人一见钟情。结婚后，李筱音声称支持丈夫追求梦想，她主外，也不指望他养家。钟秋野一开始在一家杂志社做美编，后来在广告公司做设计，也在少儿培训机构做过美术教师，但做得都不开心，有一搭没一搭的，每一份工作都不长久，他不是在辞职，就是在辞职的路上。李筱音生下孩子，婆婆和娘家妈妈都来帮忙过，钟秋野依然是个甩手掌柜。李筱音产后满月就重返职场整日满天飞，后来婆婆妈妈都因故回去了，家里请了保姆，失业游民钟秋野偶尔搭把手，孩子稀里糊涂便已四岁了。

"那你带着儿子一起去啊！让他受点艺术的熏陶啊！"夏峻预感不妙，抓住了钟秋野的胳膊不让他走。

两个人暗暗撕扯着，钟秋野脸上笑着，手下用力挣脱着："这不是不方便吗？"

"有什么不方便的？"夏峻压低了声音，"你是不是还和那个女人混在一起？"

"什么叫混在一起？说话怎么这么难听。我和她只是朋友，志同道合的朋友，我们是清白的。"钟秋野心虚地辩解着。

"行了行了，不用给我解释。孩子你带走，我可不帮你望风放哨做挡箭牌，你就作吧！哪天让李筱音发现了，你吃不了兜着走。"夏峻把李筱音搬了出来。

要不是夏峻上个月亲眼所见，他实在不敢相信，在李筱音面前如小奶狗一般的钟秋野，竟然敢在太岁头上动土。他和那女孩当街搂搂抱抱，让夏峻这个老男人看着都脸红。当天回来后夏峻就把所见告诉了陈佳佳，陈佳佳第二天就把钟秋野叫到了家里，夫妻俩恩威并用，把他好好地教育了一番。钟秋野死不承认，坚称和对方只是关系更好一点的朋友，信誓旦旦地说"还没上床，我们是清白的"，夏峻一听这话乐了，抠字眼："还没上床,那就是有这计划?"钟秋野羞愧难当,百口莫辩:"哥你这么说就抬杠了。我们真的没什么。"夏峻心想,我信你个鬼,不过天真的陈佳佳信了,最后暗松口气,警告他要悬崖勒马。临走时陈佳佳送他到门口,悄悄拧他胳膊,他龇牙咧嘴,小声保证:"分分分,马上。"夏峻在一旁听得清清楚楚。

"这都约好了。哥,哥,帮帮忙,就这一次,下不为例。"钟秋野低声下气,就差磕头作揖了。

孩子像烫手山芋似的,被钟秋野塞给夏峻,他转身慌不择路地逃走了。

浩浩是常客,孩子们都是熟人,已经熟络地玩到一起。浩浩是带着礼物来的,一只粉色的小猪玩偶,和夏天送给妹妹那只一模一样。小孩子间也有各种心思。玥玥大概因为已经有了一个同款,对浩浩带来的这只并不感兴趣,推给他,奶声奶气地拒绝:"不,不!"是不要的意思——姐姐我啥也不缺,小恩小惠打动不了我;浩浩小哥哥瞬间霸道总裁附体,又把小猪推过来,说:"我有好多,好多,家里好多。"——本少爷有钱,本少爷家里有的是钱。

夏峻在一旁看得直笑,喊着"吃饭了",才暂时让他们之间的问题搁置。

比萨、土豆泥、奶油蘑菇汤,全是孩子们爱吃的。吃完饭不用洗碗,盒子丢掉万事大吉,夏峻再帮玥玥换了个纸尿裤,玥玥已迫不及待地爬到爬垫上和浩浩玩起了小猪玩偶。山中无大王,夏天这只猴子也下山了,打开了电视,拿着平板,一边看电视一边打游戏。夏峻乐得清闲,也不说什么,嘱咐了一句,就去卫生间抽烟躲清闲去了。

谁知,一支烟还没抽完,客厅就传来哭声,夏天惊慌失措地大喊:"爸,爸,你快来!"他冲出卫生间一看,三个孩子,三个都哭了。

玥玥的额头正在冒血,小孩子血旺,顺着眼睛流下来,瞬间糊了半张脸,哭得撕心裂肺的;浩浩手里拿着"凶器",一把挖沙的塑料小铲子,看到玥玥的爸爸出来,他小嘴一咧,也委屈地哭起来;夏天平时天不怕地不怕,可他哪里见过妹妹流这么多血啊!小男人也被吓哭了:"爸!怎么办?"

夏峻心里"咯噔"一下,二话不说,拿一块干净的纱布按住玥玥的伤口,胡乱给孩子裹上羽绒服,抱起就往门外跑。还好,小区门口就有一家社区医院,夏峻百米冲刺,身后,夏天拉着浩浩,犹犹豫豫跌跌撞撞地跟着,夏峻转头呵斥:"回屋去,添什么乱啊?"

社区医院不大,大概今天是打疫苗的日子,许多家长带着孩子在排队,哭声此起彼伏,人满为患。夏峻心急如焚,也来不及挂号,冲进一间诊室,抓住医生的袖子,一个大男人,几乎急得哭出来:"大夫,求求你先看看我女儿,流这么多血,快看看吧!"

医生二话没说,先帮孩子查看伤口,夏峻焦灼不已:"没事吧?不严重吧?没伤到眼睛吧!不会留疤吧?"

就在这时,他的电话响起来,也没细看,就接起来,那头传来一声杀猪般的嚎叫:"姐,佳佳姐,你快来,快来,李筱音疯了!姐,我要死了,我要被李筱音打死了,啊……"

很显然,这是钟秋野打给陈佳佳的求助电话,情急之下拨错了。

夏峻气不打一处来,冲着电话喊道:"活该!你就该被剁了,该!"

* 4 *

玥玥和浩浩发生流血事件的同时,在钟秋野和李筱音的家里,也发生了一场血战。

李筱音,天蝎座,某策展艺术公司主管,上能刚柔并济挟天子,下能以德服众镇山河,文能提笔写文案,武能操刀剁渣男。

"你给野女人们是怎么编排姑奶奶的?姐姐我月经不调,有血崩之疾,姐姐我性冷淡?嗯?"

李筱音有自己的骄傲,即使被绿了,也绝不能称小三为"狐狸精",狐狸精是对一个女人容貌和性魅力的最高赞美。如果有一只狐狸精,那只能是她自己,她不允许自己用这个词去赞美别的女人。

"我没有啊!你不要相信她,老婆,你相信我,我,我没有做对不起你的事,都是林初夏主动的,是她勾引我的。她就是学妹,我和她只是朋友,真的什么都没做。"

李筱音攥紧了拳头,骨关节微微作响,一双杏目圆睁,一把抓住钟秋野,一个利落的过肩摔,钟秋野重重地跌在木地板上,嗷嗷叫痛,她俯身,怒目逼视，以手肘抵在他胸口，冷笑道："什么都没做？真的什么都没做？"

她眼中寒光凛凛，杀气腾腾，他被揪起来又按在沙发上，动也不敢动，嘴唇打颤，结结巴巴："也就吃吃饭，聊聊天，就，就拉过手。"

"哈哈哈！真可笑！"李筱音气极反笑了，怒斥道，"吃吃饭，聊聊天，拉拉手，真美好啊！中学生谈恋爱吗？她可不是这么说的。以前光知道林初夏是个画家，这次我是长见识了，不当作家真是可惜了，那绘声绘色，那细节描写，心理描写，简直能写一本艳惊文坛的情色小说了。"

钟秋野大呼冤枉："老婆，你相信我，我真没和她上床，你相信我，别听她瞎说，那个女人有毛病，自作多情，我是爱你的，你相信我。"

"你还狡辩？这样诋毁一个女人，一点男人的担当也没有，我真瞧不起你。你给我闭嘴。"说着，她再次将他提起来，抬脚就是一记飞腿侧踢。李筱音练过跆拳道，已是红带二级，属于脾气上来了控制不住自己的级别，内心修炼不够，但攻击力绝对够了。钟秋野的头磕在桌角，马上起了一个红肿大包，他哭天抹泪地胡乱叫起爹妈来。

"我说呢！怎么隔三差五给孩子买小猪玩偶，还都是同款，哈哈，原来还成双成对的啊，女款小母猪在情人那里！套路不错啊！姐姐我这就要夸夸你了！泡妞还知道给我省钱，你说，你这是抠门呢？还是心疼我挣钱辛苦？"

她越说越气，抡圆了手臂，朝他脸上呼去。钟秋野下意识一躲，那个巴掌从他的脖颈划过。

她怒目圆睁，那张漂亮脸蛋因气愤而扭曲，眼角嵌了两道皱纹清晰可见。她三十六岁了，大钟秋野七岁。当初两人在画展上相识，她成熟迷人，他年轻帅气，温柔浪漫。他主动追求她，她在情场也摸爬滚打过几次，她以为遇到了对的人，女大男小，从来没有觉得有什么不对。她上个月刚刚过了生日，步入中国传统意义上的本命年，老人们常说，本命年是个坎，有一劫，要穿红内裤系红腰带。李筱音不信这个邪，笑说，自己不迷信只迷人，就是这个坚持不穿红内裤的自信的女人，劫难很快就来了，她被绿了。

他的耳根和脖子后面出现一道细细的血痕，凉凉的，痒痒的，血珠子冒出来，顺着脖子流下来。钟秋野用手一抹，慌了，声音发紧，声带哭腔："老婆啊！筱音，姐姐，亲姐姐，你是我亲姐，你下手轻点，你带啥暗器啊？你这是谋杀亲夫啊！……"

看到他脖子上的血，她也慌了，看看自己的手，那枚结婚钻戒在灯下依然闪闪发光，是它惹的祸。这是她和钟秋野的结婚戒指，她至今仍记得他为她戴上戒指那一刻的心情，感动和温柔在心头涌动，后来她一直戴着，此刻，这枚冷硬的戒指像一个笑话，深深地刺痛了她。她把戒指褪下来，狠狠地拍在茶几上，心一横，对他的伤视而不见，咬牙切齿："我知道，这不是第一次了。说，除了那个林初夏，还有吗？几个？"

"没，没……"他一开始想否认，一看到李筱音的眼神，心里一紧，又改口，"有，也就三，三四个吧！我真的只是聊聊天，没干别的。别问了！筱音，我错了，我真的错了。"

"到底是三个，还是四个？"李筱音觉得自己真是疯了，事到临头，竟然还在纠结他出轨的次数。人说出轨只有零次和无数次，那么一次和三四次或无数次又有什么区别？她像那些平常的小妇人一般，乱了阵脚，失了分寸，没了仪态。

钟秋野心一横，眼一闭："四个。"

李筱音的手颤抖了一下，松动了，回头看看沙发上的小猪玩偶，喘了一口气，又问："那小猪不是三个吗？"

她脸上的表情让钟秋野有点害怕，像是愤怒散去后趋于平静，平静中又隐隐流露一丝杀气。他战战兢兢，如实回答："还有一只，浩浩带给小玥玥了。你知道的，你儿子和我一样抠门，他万一再带回来，你看到了，还是跟我没完。"

李筱音起身，立在原地，凄然地笑了："四个，很好，四个，证明我眼光真是不错，我男人是万人迷。"

笑声恐怖，钟秋野不敢轻举妄动，慢慢直起身，顺势在沙发边跪下来，一把抱住她的小腿："老婆，我错了，筱音，我错了，我知道错了，我真的错了，你原谅我。"

好男人出轨比坏男人出轨更伤人。钟秋野虽然事业没什么起色，但对李筱音体贴入微，无可挑剔：她在公司加班，无论多晚他都会去接，理由是她太累了，开车让人操心，打车也不安全，他开车去接，她还能在车上多睡一会儿；她晚上要吃宵夜，无论多晚，他都愿意爬起来去做；

她去出差，行李永远都是他收拾的，感冒药、腹泻药、晕机药、解酒药一应俱全；她生孩子的时候，是剖腹产，术后医生挤压肚子排恶露，伤口太疼，她没哭，他先哭了。

就是这样一个男人，他出轨了。

望着他做小伏低、卑微悔恨的样子，她脑海里全是他和别的女人在床上云雨巫山的样子，只觉得胸口胃液翻涌。她经历过几段感情，分手原因各不相同，有异地恋和异国恋的无奈放手，有细节击败爱情后的黯然神伤，有保质期后的疲倦懈怠，但遭遇出轨，她还是第一次。骄傲如她，面对的不仅仅是要么忍要么滚的问题，她信奉的所谓爱情像沙子堆砌的城堡一样，被潮水轰然推翻了，只留下一堆残沙和泡沫，幸福突然被打断，痛苦的指数反而要高于那些平日就龃龉不和的婚姻。她很难过，她快要疯了。

她无法令自己冷静，忽然撕心裂肺地咆哮一声，一脚踹翻了他，拳头没轻没重地落在他身上："钟秋野，活着不好吗？活着不好吗？"

钟秋野在被追打中，慌乱中躲进卫生间，情急之下向陈佳佳求助，拨错了电话。

半个小时后，他被看似已经气消的李筱音塞进车里，前往医院。

钟秋野伤得不重，额头磕在桌角，肿了个大包，左胳膊两道抓痕，脖子上的划伤流了很多血，都是皮外伤，但他心里着实是害怕了，李筱音刚才的样子，活脱脱像一头发怒的狮子，恨不能生吞活剥了他才解恨。他老老实实坐在副驾驶，不敢造次，李筱音一边开车，一边流眼泪，泪水糊了视线，她用手背一抹，继续开车，他也不敢帮她擦眼泪，不敢说什么。半路上，李筱音接了个电话，是助理打来的，提醒她晚上有个工作饭局，她答了句"知道了"就挂了电话。

到了医院，把他交给医生，她在诊室外打了两个电话：一个打给请假的保姆，让她马上回来，去接孩子；另一个电话是打给陈佳佳，感谢她这半日对孩子的照顾，说稍后保姆会去接孩子。

诊断完毕，钟秋野从诊室出来，还要去敷药包扎，李筱音面无表情，把医疗卡递给他，又从包里拿了一沓现金给他，语气冷静："这是医疗卡，这是营养费。明天早上去离婚。"

说完，李筱音像没事人一样，踩着十厘米的高跟鞋扬长而去。

钟秋野一人凌乱，站在原地愣怔了半天才缓过神来。去诊室包扎完，伤口才后知后觉地疼起来。真疼！

他坐在医院的椅子上发了一会呆。

过了一会儿，陈佳佳来了。夏峻接到那个打错的电话，本对钟秋野恨得牙痒痒，回头一想又怕真的出了什么乱子，还是打电话告诉了老婆。陈佳佳正好下班了，又打电话给钟秋野，一听说在医院，马上火急火燎地赶过来。

看到他头贴纱布鼻青脸肿的鬼样子，陈佳佳吓了一跳："怎么搞的？她打的？下手这么狠？到底怎么回事？"

钟秋野自嘲地笑笑："我活该呗！"

陈佳佳恍然大悟："她知道了？"

钟秋野流露出后悔莫及的表情，叹气："怎么就被她知道了呢？我平时很注意的，微信聊天都删得干干净净，不留痕迹。……"

话音未落，陈佳佳狠狠地捶了他后背一拳，为李筱音抱不平，怒斥："原来你是为保密工作没做好而悔恨啊！你还没意识到自己的错？"

钟秋野后背有伤，疼得缩了缩，口中求饶："我知道错了，知道错了，我错了。疼！"

"筱音呢？谁送你来的？"

"走了，好像是晚上有个工作饭局。这女人，真狠！"他又皱皱眉，吸着凉气喊疼。

"要不怎么说你英勇呢！铤而走险，以身试险，厉害，佩服。"陈佳佳恨铁不成钢，不忘奚落他。

钟秋野百思不得其解，嘀咕着："你们女人是不是天生的侦探啊！她什么时候知道林初夏的？俩人还能不吵不闹，跟姐妹似的，沆瀣一气，给我上套，约我出去，给我玩请君入瓮啊！这是福尔摩斯啊？"

一抬头，陈佳佳正一脸无奈地看着他，盯了几秒，默默地从自己的公文包里拿出一份文件来，认真地说："啥也别说了，弟弟，我觉得你应该买一份我们公司新推出的人身意外保险，很适合你。记得受益人写我小姨，你被剁了，还能给你妈留点钱养老。"

"你什么意思啊？啥时还卖上保险了？"

陈佳佳霍地站起来，忍无可忍，怒道："我觉得李筱音下手太轻了，你还活着在这儿和我说话，真是个奇迹。"

"你还是我姐吗？怎么帮着别人说话，我也有苦衷啊！李筱音整天忙得两脚不沾地，我有时半个月都见不着，我找个人聊聊天解解闷还不行？我都冤死了，林初夏这个蠢货，还污蔑我，我真是冤死了，早知担了个虚名，我就，我就……姐，我说我没跟她上床，你信不？"

"啧啧啧，你还是柳下惠不成，谁信呢？"

"你不懂，跟你说不清楚，反正这事我会向李筱音解释清楚的。姐，就别火上浇油了，你也帮我劝劝她，她要离婚。"

"我没脸劝。离婚好啊！离婚了你就自由了啊！想搞谁就搞谁，想去哪儿浪就去哪儿浪，赶紧离，别膈应人。"陈佳佳说风凉话。

"我不离婚，我从来没想过要离婚，男人嘛，就是在外面玩玩，在心里，家和老婆孩子还是最重要的。那个林初夏，也是拎不清，要我离婚和她在一起，异想天开，我早就打算和她断了，呵呵！"

陈佳佳已经无语，举起公文包想砸他，又无力地放下了，无奈地叹了口气："行，你自求多福吧！"

她转身往外走，钟秋野迟疑地跟上来："回家吗？我跟你一块去，接孩子。"

"滚！你家保姆已经把孩子接走了，你自己滚回去吧！"陈佳佳没好气。

"姐，这事你先别告诉我妈啊！姐……"

陈佳佳忽然想起什么，转过头，微微一笑："对了，我们公司新推出了一种保险，离婚保险，也挺适合你的，要不要考虑一下？"

钟秋野一愣，哭笑不得："我去！你真去卖保险了？什么情况？"

* 5 *

陈佳佳回到家时已经是晚上十点，玥玥已经睡了。尽管在回来的路上，夏峻已经微信告诉她女儿额头受伤，她已经有了心理准备，但看到孩子额头包扎的纱布,为娘的心还是揪起来。她没有抱怨夏峻,只是悄悄地说:"这两天洗澡注意点,别碰到了。"

夏天还没睡,听到楼下开门动静,一溜烟跑下来,凑过来就告状:"妹妹的伤,是浩浩打的。你说我爸,能干啥?连个孩子都看不好。"

夏峻平日的做派和语气,孩子也看在眼里,现在实力打脸,把他说过的话一字不漏地还给他,替妈妈报了一箭之仇。夏峻颜面无光,拿一个抱枕扔他,陈佳佳哭笑不得,催夏天赶紧睡觉去。

陈佳佳洗漱完毕,浑身如散架一般,上了床,下意识地用手揉了揉脚踝——整整一天,穿着那双高跟鞋,办入职,熟悉办公环境,还陪一位带她的前辈出去见了客户,下午帮前辈去送资料,来回挤两趟公交,下班后又去医院看钟秋野,一整天连轴转。她已经好几年没穿过高跟鞋了,脚后跟都被磨破了,不疼才怪。

"累坏了吧?"夏峻打量着她的样子,貌似关心她,口气里却不经意流露出一丝幸灾乐祸,又补充一句,"累就别干了,逞什么强啊?"

一听这话,陈佳佳马上警觉地收回那只揉脚的手,故作轻松地躺平,笑笑:"还好,风吹不着,雨淋不着,公司办公环境优雅,咖啡茶水无限量供应,上司没脾气,同事好相处,部门还有几个小鲜肉同事。哈哈!"

她的心里有一个声音在唱——让苍天知道,我不认输。

"呵呵!"夏峻嗤之以鼻,为她"加油打气","愿你能笑到最后。哦对了,你还没告诉我你到底找的什么工作。"

入职一天,陈佳佳信心满满,底气十足,如打了鸡血一样,坦然地说:"我没说过吗?保险公司,卖保险啊!"

说着,她转头看看婴儿床里熟睡的女儿,说:"妹妹的保险还没买,给夏天也应该再买一份教育保险,我们公司有一种保险很适合他。"

夏峻哑然失笑,不屑道:"大姐,才上班一天,就把自己先绕进去了,被洗脑了?果然家庭妇女容易被洗脑。"

"好产品要自己认可了,向别人推销才更有说服力啊!你不是也买了很多股票和基金吗?"她反唇相讥。

"好好好,你有理,你开心就好!"

"你呢!第一天带孩子,感觉不错吧!"陈佳佳不甘示弱,反击道。

一听这话，夏峻也停下那只捶打后腰部的手，闭眼做出陶醉状："父慈子孝，兄友弟恭，哦不对，兄友妹恭，吃得有味，玩得痛快，睡得香甜，如果没有浩浩和玥玥打架这个插曲，这一天堪称完美。"

说起浩浩，不能不提起他那个渣父，夏峻也不和老婆斗法了，问了句："你表弟怎样了？"

陈佳佳叹了口气："唉！三观尽毁，人设崩塌啊！我只知道他从小就招女孩子，没想到他这么过分，结婚后能干出这种事来，真让人心寒。"

男人的八卦之心不比女人少，夏峻来了兴致，幸灾乐祸道："今天什么情况？是不是被李筱音抓了个正着，街头暴打奸夫淫妇，被扒光了衣服那种，肯定很精彩吧，被人拍下来了吧！我上网搜搜。"

"别闹了。你说说，你们男人出轨，到底是什么心态？"

求生欲让夏峻马上戒备心起："我没出过，我怎么知道什么心态？"

夏峻人在职场，魅力大叔一枚，陈佳佳在家带娃，灰头土脸，长久以来，她可没少疑神疑鬼，无中生有。她会抱着孩子，提着煲了数小时的银耳羹，出现在他加班的小会议室，嘘寒问暖，嘱咐他趁热喝掉，像宣示主权，顺便瞥一眼有点姿色的女同事。夏峻忍着气，还要感谢她，还要匀出一个劳力开车送她和孩子回家去。类似的事，不胜枚举。

陈佳佳笑了："心虚什么？这不是说我表弟嘛！讨论讨论，分析分析。"

夏峻提起的一颗心放回肚里，想了想，说："在传统印象中，大家可能认为成功男士、有钱的男人更容易出轨，面临的诱惑多，出轨成本也低，其实不是。有人做过调查，经济能力一般的普通人，出轨的概率甚至大过所谓的有钱人阶层。你表弟属于哪一种呢？很明显，不是成功人士。有一部分男人个人成就不高，甚至可以说一事无成，但他会对女人暖，毕竟甜言蜜语、嘘寒问暖不需要太大成本，是惠而不费的手段，于是爱情便成为最廉价和易得的东西，他们就习惯从两性关系中去寻求成就感、自信心。有研究表明，那些喜欢炫耀床上女人数量的男人，有着更低的自尊，更低的幸福感。你表弟就是这种男人。"

"有道理啊！"陈佳佳若有所思地点点头，忽然话锋一转，"你说你属于哪一种男人呢？"

"我？……"夏峻一愣，惊觉这又是一道送命题，想了想，中规中矩地回答，"我是一个上有老下有小的顾家的好男人。"

"你有房有车，住着复式楼，开着奥迪车，年薪丰厚，很多人认为你是成功人士呢！"陈佳佳可没打算放过他。

"哦是吗？那你可以放心了，根据我上面的理论，出轨概率小。"现在一提到"成功人士"，夏峻有点心虚，都失业了，算哪门子的成功人士啊！事业是男人的腰杆，他得尽快找工作了，白天有一个猎头给他打电话了，他决定去聊聊看，等找到新工作，一切落定，再告诉陈佳佳。

"概率小，那就是还有概率啊？夏峻啊，你整天都琢磨什么呢？"陈佳佳最擅抠字眼，搞"文字狱"。

夏峻马上头大："又找事？抠字眼胡搅蛮缠是不？陈佳佳，你再这样，以后的睡前'十分钟前戏'可就没了！"

一提这个，陈佳佳有点恼了，推了他一把："你再说一遍？我告诉你，这个'十分钟前戏'要是没有了，咱们的日子也到头了。"

"这事有那么重要吗？饶了我吧！我今天真的累了，早点睡吧！"

"重要，非常重要，这个事，在咱们刚结婚那阵子就已经约法三章的，你如果连这个都做不到，那这日子就没法过了。"

陈佳佳说得一本正经，夏峻只得服软哄她："好好好，能做到能做到，你要聊什么，我陪你。"

陈佳佳也无心恋战，满意地笑笑，躺下了："这还差不多，我就是给你敲敲警钟，别动花花肠子，别学小野。睡吧！"

原来，此"十分钟前戏"，非彼"十分钟前戏"，他俩刚结婚那阵子，夏峻工作特别忙，两人也刚刚步入婚姻的磨合期，整天摩擦不断，差点去民政局扯了离婚证。后来两人和好，佳佳和他约定，以后无论彼此的生活多忙多累，都要在睡觉前，保证两个人聊聊天，保持夫妻间的沟通，增加感情的黏合。这个约定，看似容易，但坚持下来并不容易。就像现在，陈佳佳的话音才落，夏峻已经扯起了鼾。

陈佳佳也累了，无奈地笑了笑，翻了个身。她没告诉夏峻，上班第一天真的很累，她要好好睡一觉，明天还要早起，还有许多事要做。

第二章

生而为奴

* 1 *

夏峻和那个猎头顾问约的是下午两点,且约的是离家很近的一家咖啡厅。因为两点钟是玥玥的午睡时间,他天真地认为可以把她交给夏天暂时看管,短暂抽身,独自出门谈事。交代好一切正要出门的时候,玥玥忽然醒了,夏天两手一摊望妹兴叹:"哭泣的女孩我可搞不定。"

夏峻向来守时,权衡了一下,决定抱女儿一起去。出门的时候,还是夏天整天在妈妈身边耳濡目染有经验,追上来把一个鼓囊囊的妈咪包挂他肩膀上,那里面装的妹妹吃喝拉撒的家伙什儿,一应俱全。夏峻觉得不妥,推托道:"还是不带了吧!最多出去一个小时,带着还是累赘。"

"带着吧!你会需要的,相信我,没错的。"夏天挑挑眉。

于是,夏峻一手抱娃,一肩背着妈咪包出了门,出小区右拐,过一条马路,到达约定的咖啡厅。猎头顾问李先生已经等候多时了。

李先生也是个三十多岁的中年男人,见到夏峻,迟疑地伸出手来:"是夏……夏峻先生吧!您,和照片里不太一样。您好!"

"您好!我是夏峻。"

夏峻和照片里不是不太一样,而是太不一样了。照片里的他,西装革履,目光坚定,颇有运筹帷幄、决胜千里之势,眼前的他,身上的大衣因抱孩子被蹭得皱巴巴，黑眼圈，发型被女儿的小手揉成鸡窝一般。

他伸出右手，妈咪包的带子从肩头滑落下来，李先生忙帮他接住，招呼他落座。

当然会有些尴尬，夏峻很清楚，他现在这副尊容，和他往日职场精英的形象大相径庭，他苦笑道："突发状况，抱歉！"

李先生皱皱眉，礼貌地夸了句："理解理解！您女儿很可爱。"

既如此，两人也就不寒暄客套，直入主题。李先生为夏峻介绍了某家公司的基本情况，并明确地传达了对方的岗位需求，他讲话的时候，妹妹就兴致勃勃地玩面前的咖啡勺。玥玥一岁多了，正在学说话的语言敏感期，以为对面的人是在对她说话，就一直咿咿呀呀地学舌。那人数次被打断，夏峻一边讪讪地赔笑，一边哄孩子："来，喝水水，喝水水！"

从旁边经过的服务员听着一个大男人这样的语气，也绷不住偷偷笑。那李先生也难免感慨，调侃道："我家啊！也是个女儿。这男人啊，有了女儿，是彻底沦陷了。我老婆也说我，她实在受不了我和女儿说话的语气，女儿不叫女儿，叫宝贝、小土豆、肉肉、小乖、小猫咪，怎么腻歪怎么叫。不带叠词那说话都不得劲儿，吃饭饭、喝水水、看花花、睡觉觉、盖被被，唉！生而为奴，女儿奴啊！理解，理解啊！"

话音未落，只见玥玥又把小手伸进嘴巴里啃着，夏峻又忙制止："小乖，不能吃手手，不能吃手手。"

两个大男人都笑起来。

接下来，李先生又补充了一些职位的要求，询问了夏峻一些情况。

李先生为他推荐的职位是私募基金经理，年薪也很可观，夏峻很心动，但他知道，要保持他精英人才的骄傲，不能马上答应，于是冠冕堂皇地说："我回去考虑一下。"

就在这时，玥玥开心地手舞足蹈起来，一用力，一把打翻了爸爸的咖啡，一整杯咖啡泼在夏峻的大腿根上，一部分泼在玥玥的鞋子上。夏峻手忙脚乱，用纸巾擦干净了女儿的鞋子，可是自己裤腿根的水渍，却没办法擦拭，在大腿根和裤裆处形成一块形状奇怪的三角形，令人产生遐想。夏峻尴尬万分，匆匆告辞，几乎是要落荒而逃了。

临走，又被那李先生叫住，李先生皱眉，也是好心，问："夏先生，如果需要，我可以先帮你介绍一个可靠能干的保姆。"

"不用了不用了，我可以安排好。"他抱着他闯祸的小情人，穿着湿漉漉的裤子，匆匆离开了。

进了家门，玥玥已在他肩头睡着了。放下孩子，刚刚换上干净裤子，准备休息一下，手机来短信了，打开一看，是房贷还款提醒，又到了快要还房贷的日子了。他无奈地叹口气。

夏峻和陈佳佳共买过两套房子。第一套房子是个小户型，只有六十多平，按揭贷款，那个算是他们的婚房，夏天在那里出生，长到八岁。后来，换了现在这套复式，从前的小房子就租了出去，以租养贷，没什么压力。眼下住的这套复式房是第二套房，首付就掏空了家底，也有贷款，每月按揭还款七八千，加上家里的各种开支，每月支出也不少。现在，他暂时失业了，这每月要按时还款的房贷像一座小山，颇感压力。卡奴、房奴、孩子奴、女儿奴，生而为奴啊！人们一生来就被套入不同的圈套，任小刀子割肉，温水煮蛙，渐渐就感觉不到疼痛，忘记了挣扎。

玥玥睡了一个小时醒来，开始哭闹，夏峻照顾完玥玥吃喝拉撒，已经到了晚饭时间，他实在不想动了，夏天饿了，便自己去煮了泡面。

泡面是个神奇的东西，那股浓郁喷香的味道直窜鼻腔，夏峻的肚子竟然"咕噜"响了一下，夏天也听到了那奇怪的声音，故意问："什么声音？"

夏峻不争气地问："泡面，还有吗？"

儿子和爸爸亲，一听这话，自告奋勇："还有，我去给你煮，我可是煮泡面高手，我将来要开一家夜店……"

"什么什么？开夜店！"夏天话还没说完，就被爸爸打断了。

"就是只在夜里营业的店，哦对，叫'深夜食堂'，我的深夜食堂就煮泡面，店名就叫'泡面的一百零一种吃法'，肯定能火。"

夏峻松了口气，赞道："好儿子，志存高远，开店时老爸给你投资。"夏峻就是这么开明，从来不打击孩子的异想天开、奇思妙想，所以相比较妈妈的严加管教，夏天和爸爸更亲密一些。

夏天给爸爸的泡面也煮好了，果然不是吹的，有火腿有鸡蛋，还加了几片黄瓜去油腻，不知是夏峻饿急了，还是这碗面品质绝佳，他尝了一口，对着儿子竖起大拇指："给你点赞！"

门锁响动，陈佳佳回来了，一进门就闻到了那股浓郁的泡面味，看着在餐桌前吸溜吸溜吃得满头大汗的父子俩，嗤笑道："出息，不是点外卖，就是吃泡面，夏峻啊，我真是高估了你。"

夏天补刀："就这两碗泡面，还是我煮的呢！"

陈佳佳露出无语的表情，叹了口气，气得夏峻朝夏天挥了挥拳头，咬牙切齿地恐吓："你这个小叛徒，你的创业基金，没有了。"

有妈妈这个"定时炸弹"在侧，夏天不敢造次，赶紧埋头吃面。无奈挑剔的老妈总是能挑出毛病来，转头催夏天："快点吃完练琴去！"

夏天加快了吃面速度。

不料妈妈又说："慢点吃，别顶着胃了。"

"妈，你到底是要我快点，还是慢点？我都不会了。"夏天嘟囔着，喝完碗里最后一口汤，逃也似的上楼去了。

夏峻吃完饭，去洗锅碗，陈佳佳坐在沙发上陪玥玥玩。

洗完碗，他切了水果端出来，问："你吃饭了吗？要不，我给你煮汤面条，吃不吃？"

沙发上的人歪着头，静静的，没有回应，他定睛一看，陈佳佳已睡着了，还微微地扯起了鼾。玥玥就在沙发边的地毯上安静地拆卸芭比的腿。

客厅只开了一盏落地灯，柔和的灯光落在妻子的脸上，眼角的细纹隐现，他的心里涌出疼惜，轻轻地放下果盘，拿起沙发上的小毯子，打算给她盖上。她并没有睡熟，忽然醒转，有点恍惚，问："你刚才说什么？"

"我问你吃饭了没？我给你煮点面吧！"

"不用了，吃过了。"

"体验了两天上班，很累吧！别干了，辞了吧！"这一次，他的语气里少了幸灾乐祸，多了一分疼惜，虽然他现在已经深刻地体会到，带娃不见得比上班轻松，但是术业有专攻，陈佳佳回家带娃，毕竟轻车熟路。

陈佳佳马上直起身，表明态度："不累，一点也不累。我告诉你哦！今天开门红，我出了一单。"

"真的假的？"夏峻半信半疑，又半开玩笑地揶揄，"是不是你给夏天买了一份保险，当作你的业绩？"

"瞎说！全凭我的实力拿下的新客户。等着吧！姐姐包养你指日可待。"她兴头正足,信心满满。

说话间,陈佳佳的电话响起来,是钟秋野打来的,她接起来,对方吞吞吐吐:"姐,你现在说话方便不?旁边有人吗?"

她抬眼看了看夏峻,不动声色,小声呵斥:"少叽叽歪歪,有话就说。"

一听到钟秋野这种叽叽歪歪、吞吞吐吐的口气,她就知道情况不妙,果然,钟秋野开口借钱,钱倒不多,六千,问他做什么,何以连六千块也没有?钟秋野就开始如祥林嫂一般诉苦:"李筱音真狠啊!李筱音真狠啊!我的信用卡也不还了,经济制裁我。"

原来是卡债。原来又是个奴。

只是经济制裁?看来这婚还没离。陈佳佳暗暗松了口气,嘴上却不饶人:"还没离婚啊?留着你过年吗?"

"她出差去了,没时间离,再说我也不同意啊!姐,钱的事,到底行不行啊?救个急。"

陈佳佳看看夏峻,犹豫了一下,没好气地拒绝了:"我没钱。你活该吧!"

挂了电话,夏峻果然发表感言:"我说得没错吧!这种男人,有着更低的自尊心。这钱,不能借。"

这话没错,但陈佳佳不忘反呛夏峻:"是啊!找我借钱,我哪有钱?我一个家庭妇女,老公在外挣钱养家,我衣食住行都是老公供给,没有话语权,经济不独立,我拿什么借?"

夏峻知道过去陈佳佳积怨深重,而他累了一天,实在无力辩驳,便敷衍了几句岔开话:"扯哪儿去了,别说他了。咱们眼下怎么办?以后怎么办?我今天又打电话去家政公司问过了,唉!年底了,打工的人都急着回家过年,这时不好找保姆。"

芭比被拆得如同五马分尸,玥玥想再安装起来,却怎么也做不到,气恼地哭起来,难得的片刻宁静被打破,夏峻去抱孩子,陈佳佳去冲奶,夫妻俩配合默契,玥玥咬住奶嘴吸吮起来,安静下来。

陈佳佳也知道,让夏峻带孩子不是长久之计,他休完年假还得回去上班,想了想,说:"要不,把妈叫来吧!嗯,我是说,你妈,这也快过年了,就说叫她来一起过年,一家人团圆。我脾气不好,过去可能是和我有些不愉快,要不,我打电话给她,我给她道歉。"

"不用了，过去的事不要再提了。我来说。"

这个电话，其实他已经打过了，他深知母亲夏美玲的脾气，她半生我行我素，不是普通的老太太。她没有结过婚，个性刚硬，不懂妥协，也不知道如何和儿媳相处，养儿只是出于对一个生命的尊重和喜欢，虽然也敦促年少的夏峻好好读书，但从来没说过期望他成大器有出息这种话，更没流露出养儿防老的心思。母亲不用世俗的那一套约束他，他更不可以用世俗的那一套绑架她。夏峻尊重他的母亲。

陈佳佳和婆婆相处的时间其实很短，对她的个性知之甚少，这些话，他没有对佳佳说，依然打肿脸充胖子："放心吧！这不是还有我吗？"

话音刚落，陈佳佳恍然想起了："对了，明天是夏天他们返校的日子，要开家长会的，谁去？我这刚上班，请假不太好。"

"安心上你的班，我去啊！"

"玥玥怎么办？"

"带着呗！不就是开个家长会嘛！没多久的。"他想起白天带玥玥和猎头见面的情形，这话说得很心虚。

夏天又在楼上听到了他们的谈话，趴在二楼栏杆上，笑嘻嘻："你们要是都没时间，也没关系，要不，我在网上租一个临时爸爸，或者共享妈妈，替你们开一次家长会，演技一流，物美价廉。最重要的是，不管我考了多少分，他们都对我笑脸相迎。"

"共享妈妈？临时爸爸？"陈佳佳一横眉，声色俱厉，"夏天，你是选'女子单打'？"

她使一个眼色，夏峻马上附和："还是'男女混合双打'？"

夏天幽怨地看爸爸一眼，说："为虎作伥，你的良心不会痛吗？"

一个女式拖鞋飞上楼去，夏天已应声而逃。

睡前洗漱，陈佳佳关上浴室的门，拿手机给钟秋野转了六千块钱，钟秋野千恩万谢："谢谢姐，你就是我亲姐。"

她没好气地回复："滚！"

* 2 *

次日清晨，陈佳佳上班去，夏峻开车带着玥玥和夏天返校开家长会。

停好车，夏峻抱着玥玥，跟着夏天，到了三楼，进了五年级三班。他有点汗颜，记得第一次来开家长会，还是夏天一年级的时候，那时他们的教室在一层，这才几年工夫，夏天已长得和自己齐肩了。

教室里坐得满满当当，每家来一位家长，陪孩子同坐在孩子的课桌前，课桌上放着孩子的各科试卷和平日的作业。夏峻翻了一遍，各科均在八十分左右，夏天有点惴惴不安，夏峻评价道："还行，没有偏科。"

夏天的同桌，是一个清秀苗条的女生，陪女生来开家长会的也是爸爸，戴一副金边眼镜，看上去温文尔雅，很谦逊地冲夏峻笑了笑。夏峻扫了一眼那女孩的试卷，清一水的九十多分，还有一科考出了一百的高分，很明显，这就是传说中的别人家的孩子。夏峻难免赞叹："你家姑娘考得真不错，一看就冰雪聪明，哪像我儿子，每次写个作业，家里那叫一个鸡飞狗跳啊！"

话虽如此，他仍是宠溺地敲了敲夏天的大脑门，鞭策道："好好向嘉艺同学学习。"

谢嘉艺乖巧地笑了笑。

夏天不以为然地撇撇嘴："这就是你们生二胎的理由吗？你们把我这个'大号'练废了，就再养一个'小号'？哼！"

话音刚落，只见爸爸怀中这个粉嫩喷香的"小号"忽然脖颈儿前倾，眉头一皱，吐了一口奶花儿出来，全吐在了夏天的卷子上。夏峻忙拿出随身的纸巾帮孩子清理，夏天一边擦一边吐槽："妹啊！至于吗？八十分就把你恶心吐了？哥还考过59分呢！"

谢嘉艺绷着笑。旁边一位阿姨提醒夏峻："你这抱孩子的姿势不对，这样抱着，就不会吐奶了。"

女人伸手比画了一下，玥玥以为要抱走她，吓得"哇"的一声哭了，引得大家纷纷侧目，有一些同学窃窃嗤笑，更有一些男生怪叫着，冲夏天低声喊："你妹啊！"

夏天又气又窘，小声埋怨爸爸："都说让你不要带她来了，在楼上阿姨那里放一下下不行吗？真丢脸，我不要面子的吗？"

班主任来了,班里安静下来。这位胖胖的班主任也是夏天他们的语文老师,先讲评了试卷,又强调家校配合的重要性,最后在讲台上慷慨激昂地说:"各位都陪孩子写作业吗?有多少人的陪伴,是有效陪伴?你是不是一边玩手机,一边在旁边大呼小叫?你们知道,哪个国家的父母,陪孩子写作业花的时间最多吗?是印度。根据世界经济论坛的报告,62%的印度父母,每周花费12小时辅导孩子学习,此次调查涵盖了29个国家,印度的父母在辅导孩子写作业上,是花费时间最多的。"

台下交头接耳,议论纷纷,夏峻特别汗颜,他可能一个月辅导孩子写作业的时间还不足两个小时吧!

老师继续说:"在这方面,有些家长就做得非常好。我们班的谢嘉艺同学,品学兼优,现在请我们的明星家长——谢嘉艺的爸爸上台发言,和我们分享他的教育心得。"

谢爸爸站起身,整整衣襟,自如地走上讲台,清了清嗓子,开始侃侃而谈,他先讲谢嘉艺小时候写作业的趣事:一年级的时候,老师布置的作业里,以"小心翼翼"为例,写几个abcc式的词语,谢嘉艺咬着笔头想了半天,犹豫地说:"小心爸爸?小心妈妈?小心爷爷?小心台阶……我们家'危机四伏',全都是'危险分子'啊!"

幽默风趣的表达赢得了阵阵掌声和笑声,那些成绩较差的孩子的家长,也在这件学霸写作业糗事中得到一丝心理安慰:噢!原来谁也不是天生的学霸啊!

望着满脸通红的谢嘉艺,夏天快笑疯了:"哈哈哈,小心台阶!哈哈哈!"

谢嘉艺百口莫辩,气得直摆手:"没有,他胡说,我没有。"

台上的爸爸开始分享干货了,说:"在辅导孩子写作业的过程中,家长一定要避免说这五句话。"

台下的家长们马上洗耳恭听,甚至有人拿出纸笔准备记笔记。谢爸爸说:"第一句,千万不要对孩子说,这道题上次不是刚讲过吗?你长的是猪脑子吗?第二句,想一想,你有没有对孩子说过,你们老师怎么教的?你上课有没有听?第三句,这么简单你都不会?你是我生的吗?……"

台下再次响起热烈的掌声,有人追问:"那第五句是什么啊?"

"第五句，这位女士，你肯定说过。我忙着呢，问你爸去！"

家长们笑起来，夏天折服，对夏峻说："全中，这些话我妈都说过。"转头暗暗问谢嘉艺："你爸好厉害，在哪里找的？"

谢嘉艺指指抽屉里的手机里某个app，悄声说："共享爸爸，一小时一百。这人有两个孩子，有经验，还当过群众演员，演技也好，还不错吧！"

此刻，台上的谢爸爸正在做陈词总结："每一个孩子，就像一只慢吞吞的蜗牛。上帝给我们的任务，就是牵这只蜗牛去散步，我们不能走太快，不能急躁，蜗牛已经尽力爬了。教育孩子，就像牵一只蜗牛去散步，虽然，我们也有被气疯和失去耐心的时候，然而，孩子却在不知不觉间向我们展示了生命中最美好的一面。他们的目光是率真的，他们的视角是独特的，我们不妨放慢脚步，陪这只小蜗牛，慢慢成长。"

谢爸爸走下台，四周投来钦佩的目光，掌声响起。

班主任继续慷慨激昂地说教，并表扬了几个进步的学生，其中竟然提到了夏天的名字，更让人意外的是，老师竟然给他评了一个进步之星。夏峻眼前一亮，脸上浮现了一丝老父亲的欣慰之色，回头看夏天，夏天正一头雾水，两手一摊："什么情况？我也不知道。"

当老师让"进步之星"的家长上台发言时，夏峻抱着女儿犹豫了一会儿，旁边的一个同学的妈妈自告奋勇帮他抱孩子，但玥玥认生，小嘴一咧就要哭，夏天要抱，玥玥也躲开了，直往爸爸怀里钻。情急之下，夏峻就这样慌慌张张抱着孩子上了讲台。

大学时，他曾数次卫冕演讲比赛冠军，拿下多届辩论赛的最佳辩手；工作后，他主持会议，培训新人，上电视台录制节目，从来没有怯场，永远镇定自若，口若悬河；可是，这一次，面对一场小小的家长会，他竟有些手足无措。他抱着孩子，穿着一件简单随意的灰色卫衣，衣服上还有一块刚才没擦干净的奶渍，早上走得急，没来得及刮胡子，看上去就是一个有些邋遢的中年大叔，和不久之前那个西装革履的职场精英有着天壤之别。

玥玥不明所以，抓了抓他的脸，含混不清地叫："爸，吧吧吧！"

台下窃笑。

他清清嗓子，开言："我是一个不称职的爸爸。"

台下哗然。老师也皱起了眉。

"我很少有时间管孩子的学习,我以前经常加班,有时回到家里,还要开电脑完成没做完的工作。夏天过来问我题目,我会不耐烦,我也会说,忙着呢,问你妈去!后来,他慢慢就不问我了。"

台下唏嘘。

"有一次,我闲了下来,心血来潮,去关心他学习,辅导他写作业,我才发现,他已经上五年级了,有好几道题,我竟然都不会了。"

这话引起共鸣,台下一些家长找到知音一般,拼命点头,"对呀对呀,现在小学生的题目怎么这么难?"

"我知道夏天比较调皮,成绩不太好,刚才看他这次的成绩,也不是很好,但是老师还给他评了进步之星,说明什么呢?说明以前的成绩更差。老师让我分享经验,如何助力孩子督促孩子成绩提升的?我实在没有什么经验心得,如果有,那一定是他妈妈的功劳,我今天回去问问我爱人。"

他明明说得很坦诚,但有人听出了幽默,台下有人笑起来,随即响起了掌声。掌声一响,正在玩爸爸胡子的玥玥吓了一跳,一转头,看到那么多人盯着自己,"哇"地哭起来。这哭声是雷声大,还伴随着雨点,夏峻帮孩子穿的纸尿裤竟然在这时发生侧漏,一泡尿浸湿了他半条胳膊,还有一些撒在了讲台上老师的工作笔记上。

这场即兴演讲就这样被打断了。夏峻尴尬地笑笑,狼狈地抱着孩子下了台,和老师打了招呼,匆匆离开了。

回到车里,他打开暖风,帮女儿换上新的纸尿裤,终于松了一口气,启动车子,打道回府。

夏天一路埋怨:"干吗非要抱妹妹来?尿讲台上像什么样子?我不要面子的吗?瞎说什么大实话?你就不能像谢嘉艺的爸爸那样,说点场面话吗?你还是企业主管,职场精英,连一段话都说不好,别人的爸妈如果发言,都会认真写发言稿……"

夏峻一边开车,一边听着儿子的数落,半晌,才正色说道:"儿子,虽然刚才上台很仓促,没有准备,但我说的每一句话,都是真诚的,我从前忙于工作,缺席了你的成长,我不是一个好爸爸。"

夏天不说话了,咬着嘴唇,装作若无其事的样子望着车窗外。

"我好久没有得过奖状了,其实,有点开心呢!你干吗说考得一点也不好?"夏天用傲娇又委屈的眼神瞟他。

"哈哈哈!对,考得还可以。"让夏峻违心说这种话,还真有点难,他话锋一转,"不过和我小时候比差远了,你到底是不是我亲生的啊?"

"你看你看,谢嘉艺爸爸刚说的那五句话,你又说,你又说。"夏天有点气急败坏,又一次把目光转向窗外。

看着夏天被逗得奓毛的样子,夏峻想起他小时候任性淘气的样子,心里涌出无限疼爱和愧疚来,趁着红灯的空儿,伸手摸了一把夏天的头,说:"奖励你去吃牛排,好不好?"

"这还差不多。"

绿灯行,车子继续向前行驶。

"我还有机会吗?"夏峻问。

"什么?"

"做一个合格的爸爸。"

"你还好啦!老夏!再接再厉。"

* 3 *

夜里十二点,玥玥毫无征兆地发起高烧来。外面天寒地冻,夫妻俩决定在家里先给孩子物理降温,孩子难受,睡觉就只要妈妈搂着,十分委屈地发出嘤嘤哼哼的声音。夏峻给孩子贴退烧贴,擦手心脚心退热,折腾了好一会儿,刚迷迷糊糊地躺下,他的手机响起来,是马佐打来的,接起来,背景音嘈杂,像是在夜市。马佐在电话里邀他:"哥,出来喝一杯。"

以前做同事的时候,两人经常在下班后找个地方撸串喝几杯,聊聊工作,聊聊人生;马佐辞职后,两人仍会时不时小聚一下。夏峻最近刚失业,正心烦意乱想找人倾诉一下,马佐一勾,有点心动,小声问:"你在哪儿啊?"

玥玥翻了个身,又烦躁地哭起来,陈佳佳摸了摸孩子的头,心里一惊,推了推夏峻:"你把那个水银体温计找出来,这电子体温计是不是不准啊?头怎么这么烫?"

"噢噢好！"夏峻手忙脚乱地下了床，一边在五斗柜里翻着，一边回应着马佐："要不，你，等等我？你没事吧？……我，我这儿……"

马佐显然听到了这边陈佳佳的对话，便识趣地收回了自己的邀请："没事，就是跟几个朋友在喝酒。孩子病了吗？你赶紧照顾孩子吧！"

"抱歉了兄弟，改天我请你吃饭！"

挂了电话，找出了水银体温计量了体温，孩子持续高烧不退，夫妻俩当机立断还是去医院看急诊。穿衣服，开车，就诊，一直折腾到凌晨三点，终于回到家里，孩子的烧退了，安安静静地睡着了，夫妻俩也累瘫了，挨到床上倒头就睡。

早上五点，玥玥醒来，又开始大哭，这个时间，本是她喝奶的时间。陈佳佳用脚轻轻踢了夏峻："去冲奶。"

夏峻"嗯"了一声，身体像长在了床上，脑袋昏昏沉沉的，趴着没动，陈佳佳叹了口气，把孩子放好，自己起身，去冲了奶来。孩子喝了奶，又睡着了。夏峻忽然一骨碌爬起来："你刚叫我干什么？玥玥好点了吗？"

陈佳佳没好气，白了他一眼，叹了口气："今天公司要团建，在郊区绿庐山庄，要去两天。孩子病了，我不放心。可是，第一次团建，我就不去，不太好吧！"

夏峻瞟她一眼，有点不屑："搞得跟真的一样，还团建，要去就去吧！家里还有我。"他起身拿了电子体温计，给孩子测了测，烧退了一些。

"你能干什么啊？才带两天，她就生病了。"她忍不住埋怨，把他从前数落她的话还给他。

"头疼脑热，这不是很正常嘛！生病其实是提高免疫力，"他这么一解释，恍然意识到，这也是她曾经的原话，自己也禁不住暗暗自嘲地笑了笑，补充道，"再说，白天了，孩子生病也没那么让人慌，等会儿醒了我带她去社区医院再看看。"

陈佳佳没有再说什么，叹口气，闭上眼睛，也睡不着，熬到了六点多，起床洗漱，简单收拾了行李，千叮咛万嘱咐，出了门。

玥玥醒来后，体温又升了，烦躁不安地哭。夏峻手忙脚乱地从医院开回的一堆药里翻找着，拿出一个盒子，看用量和说明。

楼上夏天也在咳嗽，夏峻正焦头烂额，没有在意。

照顾一个生病的孩子，不是一件容易的事。从喂饭到喂药，从换衣服到换纸尿裤，他几乎都是和女儿在搏斗。

给玥玥喂药，她哭闹着抢勺子，一巴掌把小药杯打飞。夏峻捡起小药杯，冲洗干净，再倒入糖浆。

好容易喂完药，开始做雾化治疗。玥玥生性不羁爱自由，不愿意被束缚，不愿意戴上那个鸭嘴兽一样的喷嘴面罩，更没有耐心乖乖坚持十几分钟。刚戴上，夏峻去调节开关，一回头，面罩被玥玥一把扯下。

他没想到这么小小的一个人，竟然力大无穷，过去把她抱住按住，放了一集动画片，才算完成了这项工作。

做完雾化，又该换纸尿裤了。刚刚把饱胀的尿包解下来，玥玥一翻身飞快地爬走了，坐在枕头边，留下了一泡尿。

已经中午十二点了，夏峻快要抓狂了。他觉得这个早上似乎有一个世纪那么长。以前他那么讨厌自己的工作，现在想想，和照顾孩子比起来，所有的工作都显得那么轻松。照顾孩子，是对父母体力和精神的双重考验，一向体魄强壮的中年人夏峻，觉得自己体力快撑不住了，精神也濒临崩溃了。

楼上夏天喊着："爸爸，我饿了，中午吃什么啊？"说话间伴随着几声咳嗽。

夏峻半躺在床上，女儿正把自己的小花卡子往爸爸头上别，他一副生无可恋、任人鱼肉的样子，有气无力地问："你想吃什么？"

"我不想吃泡面不想吃外卖，咳！咳！"夏天又咳嗽了几声，说，"喉咙痛、头痛，想喝点粥。"

夏峻忽然警觉，坐起身："你怎么了？你也感冒了？"

"咳！咳！咳！好像是吧！昨晚上回来就头疼，睡一觉起来更难受了。"

二胎家庭，最怕的就是两个孩子都生病。老大也生病，这简直要了夏峻的老命了。根据经验，夏天可能也是病毒性感冒，夏峻从药箱里找了药，让他去吃了。玥玥打扮爸爸玩得无趣了，想要和哥哥一起玩，伸手要哥哥抱抱。夏天吓坏了，指着爸爸对妹妹说："饶了我吧！我的妹儿，看这里，这是你人生中拥有的最大的芭比娃娃，是发挥你艺术才能的最佳活体模特,不抗议,不拒绝,任人宰割,毫无尊严。玩儿吧!"

夏峻摆手:"回你屋里去,都生病了,小心交叉感染。等会儿做好饭我叫你。"

夏天想喝粥。煮粥方便,夏峻迅速淘米入锅加水插上电源打开电饭煲的煮粥按键,然后再超简单炒了个小青菜、番茄鸡蛋。他会做的菜有限。夏天病恹恹地下楼来,勉强喝完一碗粥,又有气无力地回屋去了。

老大好对付,喂玥玥吃饭,才是一项大工程。红豆粥,番茄炒蛋,平时是玥玥最喜欢的,可现在却一口都不愿意吃,夏峻花招用尽,也无济于事。

他累极了,眼前杯盘狼藉,地上玩具乱扔,卫生间的盆里还堆着脏衣服,可他根本就不想动,再看看镜子里的自己,满头花卡子,额头一点红,他已经毫无反抗的力气了。这时,他的手机响了。陈佳佳空闲了,牵挂孩子,问玥玥怎样了。

他说吃过药了,烧退了,没有大碍了,借口正在给孩子喂饭,就匆匆挂断了电话。他没敢说老大也生病了。

放下手机,他打起精神,打开孩子的小熊播放器,给她放儿歌,再次端起她的小碗,舀了一勺。孩子生病难受,烦躁地伸出手,冷不丁又打翻了碗,一碗粥一半泼在地毯上,一半洒在他的身上。

夏峻怒了,把碗捡起来用力倒扣在桌上,玥玥被吓了一跳,地动山摇地哭了起来。他望着一地狼藉,心里的火却无处发泄,平时娇憨的小可爱,突然没有那么可爱了。他心烦意乱,觉得自己的孩子很烦,想让他们消失一会儿,让他自己待会儿,安静一会儿,休息一会儿。

玥玥意识到自己闯了祸,不哭了,噙着泪水望着爸爸,忽然伸出手要抱抱:"爸爸抱,抱抱!"

他瞬间心软,赶紧把她抱在怀里,柔声安慰着,然后抱到了卧室放在床上:"乖,爸爸换衣服。"

脱掉那件被米粥浸湿的外衣,打开衣柜,他随便找了一件衣服套上,一转头,他的目光落在衣柜角落里一件花花绿绿的戏服上。那是母亲夏美玲的戏服,机绣绉纱,水袖,皎月白,花旦戏服,大约是她以前遗落在这里的,不知被谁又翻腾出来。

他眼前一亮，把戏服拿出来，三下五除二套在了自己身上，摆了一个妖娆的pose，冲玥玥挑了挑眉。玥玥从没见过爸爸这副男扮女装的怪样，乐不可支地笑起来。

趁热打铁，他把玥玥抱回宝宝椅，重新给她盛了一碗粥，把勺子给她，循循善诱："乖，爸爸给你唱小兔乖乖，你就吃饭饭，好不好？"

玥玥似乎听懂了，点了点头。

夏峻甩起了长长的水袖，转身亮相，想摆出弱柳扶风之姿，看上去却是熊大下山，玥玥看得咯咯笑，给他鼓掌，他趁机诱导："快吃饭！"

玥玥果然拿起了勺子，舀一勺，乖乖往嘴里送。

夏峻从小跟着夏美玲在剧团长大，跟着她排练，耳濡目染，也能唱几句。他穿着花旦的戏服，唱着宝玉的唱词："天上掉下个林妹妹，似一朵轻云刚出岫……"

玥玥听着，吃得津津有味，时不时还跟着爸爸的节奏手舞足蹈，发出咿咿呀呀的声音，以示赞美。听着女儿的赞美，夏峻唱得更起劲了。

唱得好，围观的观众也就多了。夏天拖着病躯下了楼，虽然还咳嗽着，但精神好了许多，调侃老爸："没想到你还有这一手。彩衣娱亲，原来是这个意思啊！今天我对这个成语有了深刻体会，刻在脑海里了。我又进步了一点。"

"我容易吗！你还说风凉话。唉！一日为父，终生为奴啊！"

夏峻唱了好几段，玥玥终于把饭吃完了，他也累瘫了。

到了晚上，玥玥烧退了，却咳嗽起来，夏天也咳嗽，兄妹俩比赛似的，你一声我一声，此起彼伏，听得夏峻心里一揪一揪的。晚上陈佳佳发来视频请求想看孩子，吓得他不敢接，谎称孩子已经睡着了，才算应付过去。

睡觉前给玥玥吃药做雾化，他又把白天的戏码演了一遍，终于完成所有工作，玥玥睡了。

夏峻躺在床上，全身像散架一般，胳膊酸痛，双腿如同刚刚跑完马拉松，看了看腕表上的步数，天啊！今天一天竟然走了快两万步，在好友圈里遥遥领先，是往日步数的两倍还多。原来，老婆在家时，每天走的路并不比他在外奔波劳碌走的路少，每天忙乱至此，脾气不坏才怪呢！

这一刻，他有点理解她了。

理解归理解，夏峻觉得自己的体力和精神已双双崩溃，他迫切需要找个帮手。

抬起酸痛的胳膊，拿起手机，他再次拨通了母亲的电话。

电话响了很久才接起，这一次，夏美玲的声音不像上次那样神采奕奕，听上去有点虚弱。

"峻峻啊！这么晚还不睡啊？孩子们都睡了吗？"

"刚哄孩子睡着，我就要睡了。妈，你最近怎样？身体还好吧？"

"我挺好的啊！昨天刚排演完，休息两天。"说着，电话那头传来几声微微的咳嗽。

"妈，你怎么了？身体不舒服？"

"小感冒，嗓子有点不舒服，没事。"她轻描淡写，又忍不住咳嗽了两声。

夏峻有点鼻酸，母亲将他养育成人，他却不能侍奉膝下；更可耻的是，他打这个电话的目的并不纯粹，不是单纯地想要回报母恩，而是向她寻求帮助，榨取她晚年的剩余价值。他深觉自己的无耻，却不得不将无耻进行到底，说："玥玥都想你了，今天不好好吃饭，我没办法，把你的戏服穿上，唱了好几段，她不知道有多开心。"

"是吗？玥玥喜欢越剧？这么小的人儿，这么有品味。好啊！等下次见到玥玥，我唱给她听。"

"昨天我去开夏天的家长会，这小子，还被评为这学期的进步之星。那成绩啊！和我小时候简直不能比。"

"别这么说孩子，多夸夸孩子，好孩子是夸出来的，你小时候，我可没这么打击过你。"语罢，她又咳了两声。

夏峻循循善诱，夏美玲却始终没有主动确切地说要来，他只好直入主题，说："妈，你什么时候来？我帮你订票，我去机场接你。"

电话那头沉默了几秒，像是在思考，半晌，才说："等我病好了吧！我感冒了，去了怕交叉感染，传染给孩子。"

"行。您记得吃药，多喝水，儿子不在你身边，你照顾好自己。"

彼此又嘱咐了几句，挂了电话，他心里五味杂陈，长长地叹了口气。关了灯，房子暗下来，他在黑暗中环顾四周，这座房子，是他的牢笼，他是牢笼中的囚徒、奴隶，生而为奴，人人为奴，没有谁比谁更高贵，没有谁比谁更低贱,金钱的奴隶、权势的奴隶。房奴、车奴、卡奴、孩奴,这些枷锁负荷在身上,有人乐在其中,有人奋力挣扎,而他,新的奴生,才刚刚开始。

第三章

叫你生二胎!

* 1 *

小孩子病来得快,去得也快,经过夏峻两天两夜劳心伤神地照料,玥玥的烧退了,咳嗽也少了许多,夏天的身体更是扛打耐摔,早跑出去和同学踢球去了。夏峻那一颗提到嗓子眼的心,渐渐放回腔里。

早上十一点,夏峻困极了,哄睡了玥玥,终于得空在沙发上小寐一会儿,刚闭上眼睛,被手机铃声吵醒。

电话那头传来小孩子的哭声和一个男人颓废无助的声音:"哥,出来喝一杯?"

似曾熟悉的话,前两天夜里,马佐也是打了这样的邀约电话来,要是陈佳佳知道,肯定会强烈反对这时带孩子出去,她的理由很多——不应带孩子去人群密集场所以防交叉感染,天气太冷,室内外温差太大,孩子抵抗力弱,感冒容易复发。不应带孩子出去的理由有很多条,但夏峻必须要去的理由只有一条:马佐是救命恩人,纵有天大的理由,夏峻也不好推却了。

他看着在婴儿床上微微扭动即将醒来的玥玥,犹豫了一下,对马佐说:"我出门得带着孩子。"

那边苦笑一下:"正好,我也带。"

地点就约在那天丢孩子的那家商场的某餐厅。

中午十二点，夏峻全副武装，将婴儿车折叠放入车子后备厢，奶粉奶瓶纸尿裤装进妈咪包，玥玥放置入儿童安全座椅，准时赴约，临出门，给夏天的电话手表留言嘱咐了几句。

到达商场门口的停车位，他很快停好车，刚把玥玥抱下来，只见一辆白色的车子正哼哧哼哧打算停进他旁边的停车位。开车的人大约是一位新手，车子一走一停，犹犹豫豫，畏畏缩缩，左打一把方向盘，右打一把方向盘，始终没能准确地停入停车位，差点还剐蹭了夏峻的车。车窗打开了，露出一张清秀的女人脸，那女人一边焦急地把头探出来查看车况距离，一边向夏峻投来抱歉的目光，说："我会小心一点的。"

车子忽然颠簸一下，轮胎摩擦地面，发出刺耳的声响，她的车头，已失控地吻上了夏峻的车，一个急刹车，女人一抚额，无助又抱歉地看了看夏峻，然后下了车查看车子剐蹭的部位，一脸无奈，自言自语地叹气道："唉！怎么办啊？又剐蹭了，我真笨啊！"

夏峻走近看了看，只是蹭掉了一点点漆，几乎可以忽略不计。女人抬起脸，小小的巴掌脸略显苍白，眼神是柔弱无助的，说："对不起！先生，我会赔偿的。"

夏峻也无奈地叹口气，说："来，你帮我抱一下孩子。"

那女人不明所以，从他手里接过孩子。他打开她的车门，坐上驾驶座，发动车子，将车子向前开了一点，然后轻轻打一把方向盘，车子就精准地停在了那个停车位上。

他下了车，从女人手里接过孩子。那女人一脸惊叹，又有点羞愧，说："我什么时候能有这样的技术？"

夏峻谦虚地回一句："熟能生巧嘛！"

"那倒是。我从前刚练剪纸的时候，剪得也很丑，后来就好了。"

这话接得很自然，就像老朋友随意聊天一般，倒让夏峻有些意外，出于礼貌，他便回应："对啊！术业有专攻，剪纸剪得好，停车停不好也情有可原。"

这句善意的宽慰让这个常常被歧视的女司机有点感动，她看着他车尾被蹭掉的漆，颇感愧疚："这个，我赔你。"说着，就去拿钱包。

夏峻倒觉得不好意思起来，推托道："不用了。我还有事，再见！"

"那，有机会去我店里坐坐，我送你几幅剪纸。我的店在书院步行街。"

"好的。"夏峻随口答应，从后备厢拿出妈咪包，挎在肩上，抱着孩子，打算离开，已走出两步，听到女人夸赞："你女儿真可爱！"

"谢谢！"夏峻回头，"再见！"

到达约定的餐厅，马佐还没到。这家餐厅是马佐建议的，是一家粤菜馆，与众不同的是一进门就有一个儿童玩乐区域，有滑滑梯，有海洋球，难怪马佐选这里，看来是相当熟悉地形，深谙当爹带娃不易，为便利彼此。夏峻把玥玥放进玩乐区域，自己坐在旁边的餐桌等马佐。

十分钟，二十分钟，三十分钟，四十分钟后，马佐姗姗来迟。

马佐也带了女儿来。小女孩叫潼潼，夏峻见过潼潼两次，她每次都是被保姆或奶奶抱着，粉粉嫩嫩，大眼睛扑闪，穿着带花边的小裙子，小公主模样。而现在眼前这个小妞，头上胡乱扎了两个小毛刷，一高一低，眼睛红红的，刚刚哭过的样子，嘴角还有白色的奶渍，上身穿了一件羽绒服，下身穿的是奶奶缝的棉裤，羽绒服脱掉，露出一件翠绿的棉背心，活脱脱一个小村姑。

夏峻随口问了句："路上堵车了？"

一向温文尔雅的马佐气急败坏："堵什么车？我早到了，这孩子，下了车，死活不走，蹲地上看了半个小时蚂蚁。"

"孩子嘛！有个叛逆期，你没听过'可怕的两岁'这个说法吗？你女儿快两岁了吧！"

这个"可怕的两岁"理论，还是夏峻从陈佳佳那里听了一耳朵，拿来现学现卖的。至于"可怕的两岁"到底是个什么症状，他也不是很清楚。

两位老爸闲扯着，潼潼已经一溜烟没影了，抬眼一望，已进了波波球池和玥玥玩起来。

马佐坐下来，深深地叹了口气。

马佐小夏峻十岁，就是玥玥丢了那天，夏峻打电话求助的"大佬"，扎着小辫出现的救命恩人。说他是大佬其实也不太准确，真正的大佬另有其人。马佐出身农门，从小学习刻苦，成绩优异，考入名校，被富二代女友倒追，毕业后两人就结了婚。岳父是这座城市知名的企业家，名下产业无数,他才是背后真正的大佬。岳父对马佐非常欣赏爱重,想对他委以重任,将集团旗下一家子公司交给他打理,但马佐初出校门,书生意气,还怀揣着一腔莫名其妙的自尊心,声称要靠自己的能力去拼搏。

他毕业后找的第一份工作,就是在夏峻刚刚离职的那家证券公司做产品经理。两人本来是不同的部门,平日只是点头之交,后来因一场球赛结缘,夏峻也以前辈的身份,教给马佐很多职场规则和工作经验。马佐的那份工作干了整整一年零四个月,这一年零四个月,他的富二代妻子怀胎十月,生下一个粉嫩嫩的女儿,马佐俨然就是人生赢家,羡煞旁人。生了孩子的女人,他的富二代妻子,天天躺在家里唉声叹气,莫名其妙地流泪,也没法去上班了,医生说她患了产后抑郁症,妻子管理的那家公司也撂下了。岳父劝马佐,让他辞了证券公司的工作,把妻子管理的那家公司的重担接过来,马佐勉为其难答应了。

马佐辞职那天,看上去心情很沮丧,证券公司的工作他干得很开心,业绩不错,马上要晋升主管了。同事们常常说,马佐迟早要辞职,所以这是意料之中的事,谁也没有觉得奇怪,也没有表示惋惜,更没有人问为什么。他抱着箱子进电梯时,夏峻正好也下楼办事,两人就同乘一部电梯。夏峻也认为马佐迟早要辞职进岳父的公司,但他还是问了一句:"干得好好的为什么辞职?"

电梯里只有他们两人,马佐的回答出乎意料:"人往高处走,在这里有什么前途?我去家里的公司,过去就是副总,一人之下,我老婆不管事了,我说了算。"

年轻的脸上欲望喷张,兴奋满溢,清高全无,夏峻理解他,说:"挺好的,好好干。"

马佐大约想起了之前他的那份书生意气和自尊心,有点不好意思起来,讪讪地说:"我混到今天不容易。"

那天,夏峻请马佐在楼下的咖啡厅喝了一杯咖啡,一杯咖啡冷却的时间里,足以把马佐不容易的恋爱和婚姻生活进行总结。

中国有很多人姓马,马是百家姓里再平常不过的一个姓。在一座大学校园里,一个叫马佑的女孩和一个叫马佐的男孩相遇了,彼此名字里不谋而合的某种玄机和相似,让马佑坚持认为,他们前世有缘。她热烈大胆地追求他，让那些爱慕她的财阀二世公子哥儿们愤愤不平，他们表达不满的方式就是在不同场合用龌龊的手段提醒马佐贫寒的出身，迂回地讽刺他志向远大，是癞蛤蟆想吃天鹅肉，也不照照镜子。

有一次这话正好被马佑听到了，她的公主脾气上来了，对那个折辱马佐的男生破口大骂："你连镜子也不配照，你撒泡尿照照你自己吧！"

那时是在学校食堂，围观者都怪笑起来。马佐觉得这个女生粗鄙又可笑，从哄笑的人群中转头离开，但马佑很快追了出来，她堵住他的去路，真挚地看着他的脸，说："你别自卑，你别听他们瞎说，其实，你很帅。"

马佐并不自卑，即使是自卑，也被他深深地隐藏在自负背后，从小学到大学，他一直是女生爱慕的对象。他对她这句莫名其妙的安慰并不领情，嗤笑道："我帅我知道，不用你特意告诉我。"然后扬长而去。

后来故事的转折是浪漫偶像剧，在佑佑为接近他而上的选修课上，她回答不出老师的提问，看着她羞窘的样子，他忽然心软，在纸上写下答案悄悄推给她，为她解了围。从此她名正言顺地黏在他身边，以女友自居，愚公移山，他就是那座山；精卫填海，他就是那片海，最后，马佐"屈从"了。

当马佐半开玩笑地用"屈从"这个词来形容他们恋爱关系的建立时，夏峻用世俗的艳羡的口气打趣他："你小子，别得了便宜还卖乖。"

没错，马佐得了许多便宜。后来他进了岳父旗下的公司，凭着他的能力和智慧，公司经营得风生水起，公司里人称他马副总，时间久了，大家也渐渐忘记了他的妻子，直接称他马总。马总觉得很受用，回老家去，发小老同学都说他是人生赢家。也正是因为夏峻有这个人生赢家做朋友，在他丢孩子求助无门时，马佐才有资本和底气随便打个电话，使孩子成功解救。这是救命之恩，夏峻从心底感激他，一落座，他就握住马佐的手拍着他的肩："兄弟，我女儿上次的事，多亏了你。"

马佐满脸胡楂，眼窝本来就深，再加上睡眠不足的黑眼圈，看上去像一个精神萎靡的外星人，和人前英姿勃发的商业精英判若两人。这个外星人有气无力地摇摇头："小事，举手之劳，孩子平安就好。"

"那天晚上你约我，实在是走不开，孩子病了，这不，还没好利索。"夏峻解释了那晚没能赴约的原因，又问，"你怎么了？最近有点不对劲，工作太累？没休息好？"

马佐抬起他忧郁的外星人般的大眼，愁容满面，直抒胸臆："哥，我不想失去这一切，我混到今天不容易。"

"到底怎么了？"夏峻的心里蓦地一惊。他所认识的马佐，做事认真谨慎，但从来都是自信满满、游刃有余的，这样的状态，他是第一次见到。

这一刻，马佐卸下了伪装，双手抱了抱头，烦躁不安地说："佑佑不见了。"

佑佑就是马佐那个白富美妻子，带他攀升阶层游历豪门的那个人，她失踪了。婚后一年，他们的第一个孩子潼潼出生，请了保姆，他又把父母接来帮忙，本以为自己可以高枕无忧去驰骋职场。不料后院起火，一个豌豆公主城市妻，一个粗鄙老太农村妈，婆媳矛盾难免。他每天回家后做调解员，母亲一边给儿子洗袜子一边嘟囔："洗个奶罩，还要用什么内衣皂，我就用它洗袜子怎么了？"马佐赔着笑："妈，妈，洗袜子不能用那个。"佑佑在孩子睡了以后梨花带雨、婉转难言："妈又用宝宝的毛巾擦她的手。"他无奈地安抚妻子："你别和她计较，我妈也不容易。"

没有谁是容易的。佑佑后来就不怎么笑了，孩子哭时她也哭，动不动就感冒，十天半个月好不了。去看病，转到精神科，大夫说她得了产后抑郁症，开了一堆药回来，婆婆奚落："养个孩子还养出精神病了，稀奇。"马佐劝佑佑："生病了就在家好好养病，公司有我呢！"

佑佑自顾不暇，就做了甩手掌柜，原来每周一次的上班节奏也省去了。

潼潼刚过周岁，婆婆开始催生二胎，希望抱个大胖孙子。佑佑不打算生，没想到意外怀孕，一家人都劝她，她犹犹豫豫地养着胎，忽然口味大变，喜欢吃辣。俗语说"酸儿辣女"，婆婆觉得不保险，天天在耳边唠叨让她去查胎儿性别。五个月时，她终于拗不过，找了关系去查了，是个女胎。婆婆很生气，态度大变，让她把孩子打掉。佑佑不肯，两人在医院吵起来。那段时间，公司也陷入困境，深困食品安全风波。马佑是法人，很多事需要她出面，千头万绪，焦头烂额，没过几日，马佑身体不舒服，见了红，那个胎儿没保住。

没有人看到佑佑心底的绝望和悲伤，在深夜的医院里，她从四楼跳下，被一棵柳树承接和缓冲，并无大碍。岳父赶来，望着曾经花一般鲜活的女儿那一刻形容枯槁，第一次怒斥了马佐，马佐沉默不语。

两天后，佑佑从医院不辞而别，她舍下了潼潼，撇下了公司的烂摊子，丢掉了身后所有，连一个自己喜欢的包包也没带，就这样消失了，她失踪了。

"什么时候的事？现在人还没找到吗？"夏峻看看在围栏里嬉闹的潼潼，心里便知，马佑还没有回来。

马佐苦笑："两个月了，两个月了。"

后来马佐才得知，那是一场蓄谋的离家出走。在她失踪后他遍寻不着，随即报了警，警方很快查到了她的出境记录，她去了美国。两天后，她打来了视频电话，要求看孩子，在屏幕里，对着孩子笑，转脸又默默垂泪。马佐道歉，乞求她回家，那边就挂断了电话。千金小姐，在海外也有二三故交，她暂时寄居在某留学闺蜜的公寓，过几日，再打去视频电话，她是在美国加州郊区的一家疗养院里。她说，那里有很好的心理医生，她有病，她要治病。马佐求她快点回来，潼潼也叫"妈妈"，她说自己不是一个好妈妈，一个健康快乐的妈妈，才有资格陪在孩子身边。

"所以，现在是你在带孩子？你爸妈呢？公司那边的事谁管？"夏峻本来也有一肚子苦水要倒，见马佐这个样子，自己的苦水只好咽了回去。

点的菜依次上桌，马佑没吃几口，带了孩子又开了车，不能喝酒，只好一直闷头喝水，喝着喝着，竟然也像醉酒一般，失神笑了笑，忽然落下泪来："太狠了，老头子太狠了。哥，我混到今天不容易，我太不容易了。我现在什么都没有了，老婆跑了，工作丢了，连自由也没了，什么都没有了，什么都没有了。"

马佐现在的境况，夏峻已大概猜出了七分，不知如何安慰他，抬眼看看嬉闹的孩子，说："别这样，你还有孩子啊！你看，潼潼多可爱。"

不提孩子还好，一提孩子，马佐的心脏像被谁忽然攥住似的，自嘲地苦笑："孩子，是的，我真的很爱潼潼的，我是爱她的，可是，不瞒你说，我有时真的希望她消失一会儿。哥，这带孩子真不是人干的事啊！"

他又如同饮酒一般，喝下去大半杯水，被呛得咳嗽起来，咳出了眼泪。

夏峻感同身受，惺惺相惜，同是天涯沦落人，对他产生深深的同情，虚弱无力地安慰他，也为自己即将面临的带娃生涯再次打探虚实："带娃，也没那么难吧？我也带了几天了，觉得还好啊！你越是畏难，困难就会被放大，心态好一点。"

没得到认同的马佐有点气急败坏，瞪了瞪眼睛，拍拍自己的腰："不难？腰肌劳损了解一下。"

说话间，钟秋野不知何时出现在他们身后，嬉皮笑脸地打招呼，自顾坐下来，朝服务员要餐具，然后强行加入他们的谈话，伸出手腕活动活动，说："妈妈腕了解一下，都是抱孩子抱的，哦不对，我这个应该叫爸爸腕，不过一般没有这个叫法。"

夏峻想起来，钟秋野家就在附近，这里是他时常出没的地界。他对这个不速之客没好气，打掉他的手，嘲讽道："你这手哪里是抱孩子抱的，被李筱音打的吧！"

打人就打脸，骂人就揭短，钟秋野讪笑一下，接过筷子，自顾吃起来。他的手腕上，还贴着一个创可贴，夏峻猜，那大概是被李筱音暴打后留下的伤吧！

这三个男人有个共同点，都是足球迷，曾经在世界杯期间，一起在酒吧熬过通宵看球赛。三个人都是熟人，也没客套，各自吃喝吐槽，直抒胸臆，所谓"一起比惨，痛苦减半"。

"小时候我以为'早睡早起身体好'是一句口号，做了全职爸爸我才知道，这是三个无法实现的愿望。早睡，那根本不存在，孩子电量不耗尽，她不睡，你怎么睡？早起那是真早起，可是你连安安静静上个厕所的自由都没有。身体好吗？呵呵！"马佐不无羡慕地对钟秋野说，"还是你潇洒。"

"潇洒？走哪里都有个跟屁虫，瞧！那边呢！"他努努嘴，夏峻看到浩浩也在淘气堡里和小朋友们滚作一团，心领神会，天涯沦落人，又多一个。

夏峻压低声音悄悄问："李筱音还没把你踹了？打算留着过年？"

"哥哥，打人不打脸，别在我心上扎刀了，这茬先别提了行吗？"

夏峻对钟秋野从来不客气，半开玩笑道："不提可以，这顿饭你请了，这地方，可是你的地界。"

一听这话，钟秋野马上放下筷子，夸张地哭丧着脸："哥，你饶了我吧！我现在是一个家庭妇男，仰人鼻息，吃人嘴软，买菜都不敢买贵的，只能跟在老太太后边。老太太讲好价了，我顺嘴说一句，给我也来一斤。哥们儿都这么惨了，哪有闲钱请你吃饭？"

夏峻就喜欢看钟秋野夸张的表演，看他表演完，笑道："好好好！这顿我请，吃完这顿，我可能以后也和你一样，仰人鼻息，看人脸色，吃人嘴软了。"

"什么意思？"

"我辞职了，可能也要留在家里做全职奶爸了，今天这顿饭，一是感谢马佐，二来，就当是向你们取取经，怎么做好一个全职爸爸。"

这两天，夏峻心里一直七上八下，那日的猎头李先生，自别后再没有打电话给他。他心里有点堵，快过年了，有点意兴阑珊，心想先在家休整一段时间再说。

"别！千万别！"对面这两人异口同声地否定了他这个荒唐的想法，开始你一言我一语地劝他。

"你有什么想不开的啊？"钟秋野劝他。

"中年人，冷静，不要冲动，冲动是魔鬼。"马佐劝他。

接下来一餐饭约一个小时的时间里，夏峻对面的两个男人和淘气堡里的三个孩子，分别用他们的语言拷问他，用行为轮番劝诫、威吓他。

"没事生什么二胎啊？一个还不够你受的吗？"钟秋野说。

"是啊！没事生什么二胎，要不是生二胎，佑佑也不会流产，她也不会因为抑郁症爆发自杀，她也不会离家出走，我就不会被撸了职赶回家，我就不会沦落到现在这个样子。"

"你很快会变成一个没有事业、没有理想、失去自我、邋遢、肥胖的中年妇女，啊不对，是中年男人。"钟秋野又说。

"人常说活人不能让尿憋死，哥们儿，我告诉你，活人真的会叫尿憋死，你体会过一直都在伺候那个小祖宗，连上厕所的时间都没有吗？"马佐想起自己深夜在厕所马桶上默默垂泪的样子，悲从心来。

"哥们儿，我给你讲个童话故事，说，一个婴儿即将出生，他对未知的生活感到不安，问上帝，明天你把我送到人间，可是我什么都不会，也听不懂他们的话，怎么办？上帝说，不用担心，我已经为你选好了一位天使，她会守护、照顾和教养你。婴儿还是很担心，问，听说人世间有许多坏人？上帝安慰他，你放心吧！那位天使会保护你的，她爱你胜过爱她自己的生命。婴儿放心了，问，真的吗？那位天使叫什么名字？上帝对婴儿说，天使的名字叫什么并不重要，你可以把她叫妈妈。"

夏峻听得一头雾水，迟疑道："这故事的意思是，带孩子没我们男人什么事呗？"

钟秋野轻拍桌子："对啊！这故事告诉我们，女人带孩子，是上天注定的啊，上帝安排的啊！"

"男人就应该出去工作、养家，做一番事业。"马佐义愤填膺。

"男人应该去追求梦想，为实现梦想而奋斗终生，有梦想的男人最帅。"钟秋野只有在说起梦想时，呆滞的两眼才会闪着光。

"可是，上帝不是我们中国的，安排不了我们中国的事啊！"夏峻无力地辩解着，又补充道，"而且,据我所知,国外做全职奶爸的男人更多。"

"国外福利待遇好啊！在我们中国，你作为一个男人，你不工作，你的同龄人会加大马力抛弃你，九零后争先恐后碾压你。等你想再出来工作时，已经没有你立锥之地了。"马佐说。

"好吧！你愿意在家带孩子你就带吧！坐等你变成黄脸婆，哦不对，变成黄脸汉，被无情地抛弃，我现在就在被抛弃的边缘。哈哈哈！"钟秋野恶毒地诅咒他。

夏峻被说得一愣一愣的，一个人势单力薄，说不过这两人。这时，听到波波球池那边传来钟秋野的儿子浩浩的声音："爸爸，我要尿尿！"

钟秋野一脸无奈，忙起身冲过去，一靠近浩浩，就闻到一股恶臭。他皱皱眉，拉着儿子正要往外走，浩浩无辜地说："爸爸，是妹妹，妹妹拉便便了。"

钟秋野回头一看，玥玥坐在垫子上，纸尿裤的侧边漏出黄色物质，她正用胖胖的小手捏起一点，用手指捻一捻，感到妙处，又用手去地上抓。钟秋野不忍直视，夸张地冲夏峻喊着："哥，哥哥，小玥玥拉便便了，快！"

夏峻冲过来，玥玥正打算把手指往嘴里送，他一把抱起她冲向商场的洗手间，无奈啊无奈，从前他听妻子说女厕有母婴专用的洗手间，进了男厕才想起，这里可没有父婴洗手间啊！无奈之下，只好把孩子又抱回餐厅，在他们的座位上为孩子擦洗换纸尿裤。

"美妙酸爽"的气味丝丝缕缕地扩散，唯独马佐稳坐如钟，夏峻在为孩子换纸尿裤，他还能气定神闲地夹菜吃。夏峻忍着胃液翻涌，忍不住问:"你还能吃下去?"

"习惯了。"他抬抬眼皮看看淘气堡,说:"自从有了孩子,什么大场面我没见过?今天潼潼表现还好,能让我安生地吃顿饭。"

年轻人到底天真啊!他的话音刚落,那边就传来小孩子的哭声,定睛一看,他女儿潼潼和一个小男孩打起来了。安生吃饭的爹地坐不住了,忙起身过去拉架。

钟秋野已经拉着浩浩从餐厅的洗手间出来了,一边走一边训斥:"都这么大了,还憋不住尿?想尿为什么不早说?就是贪玩,这下好了吧!裤子湿了,没得换,谁难受谁知道。"

浩浩脸上挂着泪水,裤腿湿了大半,虽然委屈,可还是嘴硬:"尿裤子不是很正常吗?妈妈说了,男人总是管不住自己的下半身,我也是男人啊!"

成熟的口气加上奶声奶气的嗲音,逗得旁边的几个服务员偷笑。钟秋野忙捂孩子的嘴,讪笑:"瞎说什么大实话。"

淘气堡那边,马佐抱着女儿潼潼,向对方父母不停地道歉。那个小男孩看上去比浩浩大一点,被妈妈抱着,潼潼不知用了什么武器,男孩的额头正在流血。那位妈妈心痛万分,并没有过多指责,只想带孩子去医院。马佐焦灼又慌乱,自然要陪对方去医院,向夏峻打了个招呼就告辞了。

夏峻看着浩浩穿着湿裤子扭手扭脚地站在那里,无奈地叹口气,摆了摆手:"不吃了不吃了,回家回家!"

当然,作为一个已经要持家过日子的家庭主男,他不忘把没吃几口的剩菜打包。临别的时候,钟秋野再三重复:"哥!千万别冲动,冲动是魔鬼啊!"

* 2 *

一进家门,夏峻看到玄关处放了一双平底棉短靴,进门的椅子上放了一只 LV 老花旅行包,厨房里扑着热气,案板和菜刀咚咚作响,他以为陈佳佳回来了,就问了句:"培训完了吗?回来得挺早啊!"

厨房的推拉门哗啦打开，一位银发的老太太精神奕奕地站在他面前，手里还拿着菜刀，笑吟吟的："峻峻啊！回来了。哎吆吆我的小孙女，乖肉肉，快让我抱一抱。"

来客正是夏峻的养母夏美玲。语罢，她忙放下菜刀擦擦手，过来抱玥玥。玥玥不常见奶奶，但和奶奶自来亲，婆孙俩互相做着鬼脸，笑个不停。夏美玲转头吩咐夏峻："锅里蒸着梅菜扣肉，你看着火，包里的腐乳，还有那个酱菜，都拿出来放冰箱里，笋干放在阳台上就好了。"

夏天从二楼栏杆上探出头，嬉笑着对夏峻说："惊不惊喜，意不意外？"

夏峻依言把母亲带来的各色特产放好，也是一脸困惑："妈，你怎么突然来了？你打个电话，我好去接你啊！"

夏美玲摆摆手："我以为你上班忙着呢，就没打扰你。"

"我爸最近休假，已经在家带了好多天孩子了，他做的饭，真是一言难尽啊，我已经吃了好几天反胃的佳肴，还好奶奶你来了。"

"妈妈呢？"

"妈妈上班去了。"

夏美玲这才觉出一些异样，问道："你休假？佳佳去上班了？怎么回事啊？"

夏峻有点心虚，敷衍道："嗯！我休年假，在家歇几天。佳佳嘛！不知道怎么回事，突然说要去上班。"

夏美玲也没有多想，对着玥玥笑道："也好，你正好在家多陪陪孩子，我们小玥儿多可爱啊！"

说话间，门锁响动，陈佳佳回来了。

见到婆婆来了，陈佳佳笑脸相迎，妈长妈短叫个不停，才坐下喘口气，就去拿不久前给婆婆买的按摩器、羊毛衫，连女儿都来不及抱一抱，又去楼上给婆婆收拾房子铺床，在楼上喊："妈，你住这个房间行吧！我给你拿一床薄被子吧！家里暖气太热。"

夏美玲和夏峻面面相觑。

"都行，都行。"夏美玲回应。

家有一老是一宝。夏峻休假带孩子，过两天又回去上班，以后谁来带孩子,一直是陈佳佳心头的一块大石头。现在,夏峻说到做到,搬来了救兵,她要把婆婆这个宝贝紧紧地攥在手里。

吃饭时,陈佳佳把一大块排骨夹到婆婆碗里,婆婆接受了,她再夹,婆婆推却:"最近我嗓子不舒服,不能吃太多油腻的。"说着,扭头向身后轻轻咳嗽了几声。

陈佳佳也没有留意,又把那块排骨夹给夏天。夏天来者不拒,大快朵颐,直呼好吃,赞道:"还是奶奶的厨艺好,我爸上次做排骨,咬着像木柴,唉!"

夏美玲不居功,笑道:"排骨不是我做的,是爸爸带回来的。"

陈佳佳一回头,看到垃圾桶里某餐厅字样的外卖盒,随口问道:"你今天又出去吃饭了?"

"请马佐吃饭。"

既是请马佐救命恩人吃饭,陈佳佳更是热情地说:"朋友就该多走动来往,有机会请马佐到家里来吃饭,要好好感谢人家。"

夏峻笑了,揶揄道:"我以前和朋友喝个酒,你怎么说的?"

夏天马上怪声怪气地模仿妈妈:"又跟你那帮狐朋狗友鬼混去了!你的心里到底有没有这个家?有没有我和孩子?"

演技太过真实,大家都笑了,夏美玲轻轻地敲了敲夏天的额头:"快吃饭。"

一餐饭其乐融融。夏美玲没有一般婆婆的矫情,吃完饭,叫夏峻去洗碗。陈佳佳切了水果,和婆婆坐在客厅吃,舒心地说:"妈你来了,我就放心了,这次来,就别走了,你一个人住,我们也不放心啊!"

夏美玲没有直接应承下来,只是淡淡地笑笑:"再说吧!"

"夏峻,你年假休几天啊?年底了,单位都忙,你这年假怎么还休得没完了?"陈佳佳问。

真是哪壶不开提哪壶,一提这个夏峻就堵得慌,搪塞道:"哦!再休三四天。"

"也好!你带妈妈熟悉熟悉小区环境,菜市场在哪儿,超市在哪里,夏天学校的地址,玥玥游泳课的位置,妈以后往来接送也方便点!"

"嗯!"夏峻擦擦手,心不在焉,翻看着手机。好几天了,那个猎头李先生回去后再没有打电话给他，他还是在某行业群里看到猎头推荐的那家公司那个重要职位已经有人走马上任，只不过是在Y市分公司。Y市那么远，反正我也不想去。他用这个理由安慰了自己。

夏天被妈妈赶去楼上写作业了，婆媳俩坐在客厅，逗弄着玥玥，陈佳佳随手打开了电视机，新闻里正在播报一条本年度就业和失业率的数据调查报告，主持人字正腔圆，字字锥心，夏峻从客厅经过，听了一耳朵，便拿起遥控关了电视，嘟囔了一句："别让孩子整天看电视，对眼睛不好。"

奶奶来了，夏天根本在楼上待不住，不断地找借口下楼来，一会儿倒水，一会儿拿水果，好不容易坐在书桌前写了几行字，再下楼，又是请教难题。

"洛杉jī的jī怎么写？"

夏峻不假思索："飞机的机。"

陈佳佳反对："叽叽喳喳的叽。"

夏天虽然不会，但这两个答案他都觉得不对，伸出手来："把我的iPad还给我，我要查一下。"

陈佳佳撇撇嘴，从卧室拿出iPad递给他，警告道："不许玩游戏。"

夏天很快查到了答案，恍然大悟："噢！是这个矶，哈哈，你俩都说错了，唉！还是985名牌大学毕业，连小学生都辅导不了。"

夫妻两人颇觉尴尬，面面相觑，凑到屏幕前去看那个正确的字。

"不会吧！我能记错了？"

"网上的答案就一定对吗？查查字典吧！"

夏天报以一个白眼和"呵呵"，鄙夷道："就你们这样，还生二胎？连一个都没管好，把我这个'大号'练废了，又重新申请我妹妹这个'小号'，就这水平，我看啊！从头再来，还是白瞎。"

奶奶为儿子儿媳打圆场："这可能触及他们的知识盲区了。奶奶也有知识盲区啊！天天你给奶奶解答解答。"

"什么？"

"什么是大号小号？"奶奶一副认真的表情。

夏天笑了，头头是道地解释道："就是打游戏嘛！……"

陈佳佳愠怒，敲他的头："瞎说什么呢？什么大号小号，你怎么就废了，我们生妹妹，就是为了给你有个伴儿。"

"我就说，就说，叫你们生二胎，叫你们生二胎。"夏天冲妹妹做着鬼脸，逃上了楼。

在客厅闲聊了一会儿，玥玥困了，安顿好一家老小，夫妻俩也回房休息。陈佳佳敷面膜，夏峻翻看一本汽车杂志，图中有一辆新款汽车，汽车旁站了一位长发飘飘的红衣美女，夏峻多看了两眼，陈佳佳醋意顿起，讽刺道："怎么？还是画里的女神好看吧？"

夏峻一本正经："实事求是，客观来说，确实是人家好看啊！你不能让我徇私护短非说你好看啊！你看这身材，这皮肤，不是我说你，你是该多敷面膜了，你以前那脸，砂纸似的，摸着都划手，多敷，多敷。"

话不说则已，说出来像一把刀扔出来扎心，陈佳佳想起自己带孩子忙得脚不沾地、蓬头垢面的日子，心里委屈，冷笑道："养女神是用多少钱堆出来的？护肤化妆，霜露粉膏，都是人民币的芬芳；四季衣服，色调搭配，需要千百种款式。养女神，你养得起吗？不过呢！养黄脸婆也是需要花不少钱的，光买锅，就分为明火的、电炖的、隔水炖的、电火锅、塔吉锅、砂锅、生铁锅、不粘锅、炒锅、平底锅、搪瓷锅、陶土锅、蒸包子的、煮汤的、炖肉的、小号的、大号的……"

这话说得啪啪打夏峻的脸，一大堆锅的名称听得他一头雾水，他没有反驳，不耻下问："啥叫塔吉锅？"

陈佳佳不接他话茬，揭下面膜，给他敲警钟："现在妈也来了，能帮忙照看下孩子，你这年假还要休到什么时候啊？"

夏峻极力掩饰心里的一丝慌张，佯装平静，轻描淡写地说："是带薪年假啊！"

"年底了，业绩考评、主管述职、年终奖、晋升，多少事啊！你就不上点心，还有心情闲云野鹤休年假？"

"打住打住，我明天就去上班了。"夏峻一听到陈佳佳唠叨说教就头痛，打断了她，叹了口气，翻了个身睡去了。

陈佳佳下床去扔面膜，看到了夏峻不小心扔到了垃圾桶外面的一张餐饮小票，一看到上面的金额，忍不住埋怨："这什么黑店？你们就两个人，吃什么了，这么贵？"

"贵吗？还好吧？还有你表弟，钟秋野也去了。"为免陈佳佳继续发难，他把钟秋野搬了出来。

钟秋野形象崩塌，也不好使了，陈佳佳阴阳怪气地数落："结婚了有娃了在家带娃，就要有个当爸的样子，少出去和那些不靠谱的人混了。"

以前，陈佳佳偶尔把孩子塞给保姆高姐，和闺蜜小聚一下，回来了，夏峻会说："结婚了有娃了，就要有个当妈的样子，少出去和那些不靠谱的女人浪了。"现在，她把这句话改个词，还了回来。

夏峻无奈，认真解释道："主要是为了感谢马佐，马佐，你见过的，上次，玥玥丢了，是马佐打电话帮的忙。这么大的事，不该请他吃个饭表示感谢吗？"

这个理由充分，陈佳佳想起女儿丢了那日，至今还后怕，而现在为一顿饭絮叨半天，倒显得自己促狭小气，她后知后觉地羞愧起来。

陈佳佳叹口气，解释道："这饭该请。我没别的意思，只是提醒你，你一个人挣钱也很辛苦，能省则省，每个月的房贷，生活的开销，夏天各种培训班的费用，都是白花花的银子啊！"

锱铢必较的样子并不好看，可陈佳佳不是喝露水的仙女，每天睁眼柴米油盐，闭眼衣食住行，每到各种还款日、账单日，她的眼皮和心脏就跳得紧，她的心里有根弦绷着，怎么也仙气不起来。

从前夏峻只觉得这样的陈佳佳面目可憎，可是现在，他却对她也讨厌不起来，"仓廪实而知礼节，衣食足而知荣辱"，古人微言有大义，早洞穿这世事。他也叹了口气："知道了，睡吧！"

这时，楼上传来夏美玲的咳嗽声，夏峻有点担忧，起身下了床，倒了一杯热水，上了楼。

夏美玲已经躺下了，夏峻把热水端给妈妈，关切地问："那天打电话就听你咳嗽，还没好吗？"

夏美玲喝了一口水，气息平缓，清了清嗓子，想了想，说："还是告诉你吧！妈妈这次来，其实是来看病的。本来以为是咽炎，后来不见好，拍了片，做了喉镜，那边医院还没确诊，听说这边中心医院的耳鼻喉科很权威，我找朋友挂了号，过来看看。"

尽管夏美玲尽量保持了轻松的口气，但是夏峻还是从字里行间听出了一丝凝重。他不想让妈妈看出他的焦虑，就像妈妈不想给他压力一样，他们从来都是彼此相爱、互相理解的，于是，他也语气轻松地安抚她："我陪你去医院，放心吧！不会有事的。"

"嗯！不会有事的。去睡吧！"她也这样安慰自己。

* 3 *

陈佳佳的保险公司在春节前搞了个促销活动，之前向夏峻提起的那个教育保险套餐，就更显划算。她打算给夏天买，可是手头没有余钱，怎么办？催债。表弟钟秋野还欠她六千块钱呢！得要回来。

钟秋野听完债主的电话，顿时头大，继续卖惨哭穷："姐，我现在真没钱啊！李筱音出差快半个月了，还把保姆解雇了，除了那天打完我留了点钱，家里连一毛买菜钱都没留。我那天借了你钱还完信用卡，她就把我信用卡给停了，我现在靠花呗度日啊！我不能让儿子跟着我挨饿啊！这几天，她再不回来，我就带孩子去你家蹭饭了。"

"少来这套，李筱音制裁你，还能让儿子受苦？救急不救穷，我那天帮了你，你说了两三天就还的，做人要讲信用。你赶紧想办法，这个保险最好也给浩浩买一份，现在搞促销，真的很划算。"

挂了电话，钟秋野发现儿子不见了，最后在厨房里找到了浩浩，浩浩用水把颜料和面粉和在一起，玩得不亦乐乎。他把浩浩拖出来，打了一顿，再洗刷干净，准备出门去找钱。

刚打开门，看到夏峻抱着玥玥站在门口。

夏峻探头朝屋里看了看："你家保姆呢？"

"被李筱音辞了。"

夏峻见状，也不挑三拣四了，开门见山："那，就你吧！你也行吧！帮我看半天孩子，我陪我妈去趟医院，带孩子去医院不方便。"

夏美玲坚持要自己去医院，夏峻于心不忍，说孩子他可以安排好，就想到了钟秋野。钟秋野家那个保姆和气又耐心，浩浩又大了，再加上钟秋野，两个孩子，他们绝对可以应付得来。

钟秋野吓得后退了一步:"不是吧!一个我都搞不定,这小子刚在面粉堆里滚了一圈。哥,你饶了我吧!"

"一只羊也是放,一群羊也是赶,你就是捎带手的事。我相信你。"夏峻把钟秋野每次去他家共享育儿的话再还给他。

"你是魔鬼吗?这是捎带手的事吗?这可不是羊,这是一个电量满格的孩子啊!战斗力和攻击力十级的孩子啊!看,小玥玥这脸蛋红扑扑,这精神头,哥,这活儿我接不了。"他再把夏峻上次拒绝的话还回去。

夏美玲还在楼下车里等着,夏峻有点急了,咬牙切齿压低了声音:"钟秋野!"

语气中含着隐隐的威胁,不怒自威,钟秋野犹豫了一下,基于互惠互利的原则,勉为其难地接过了玥玥,叹气道:"唉!你们夫妻俩,轮番上阵,这是要逼死我啊!"

"什么轮番上阵?什么意思?"

钟秋野眼看说漏嘴,忙糊弄过关:"没什么,我姐打电话,让我买保险,什么人啊!杀熟。"

夏峻没在意,嘱咐了几句,又是威胁又是拜托,总算把玥玥安顿出去了。

既来之则安之,钟秋野把玥玥放到爬垫上,打开动画片,浩浩和玥玥马上安静下来。钟秋野歪在沙发上,悠哉地打了一会儿游戏。最近在游戏里认识了一个妹妹,大四女生,从游戏里听到的声音甜美娇嗔,事后两人加了微信,最近正聊得浓情。

退出了游戏,和那女生在微信里又聊了几句,这时,玥玥哭闹了,浩浩也烦躁起来,钟秋野给那边回复:"我去洗澡,回头再聊。"

大白天洗什么澡?聪明人都知道,不想跟你聊的人白天都洗澡,晚上八点就说晚安要睡觉。

小孩子像小猫小狗,不能整天关在家里,每天需要出去遛一遛。他一说出去玩,两个小崽子马上不哭闹了,穿衣穿鞋特别配合。

说是遛弯,他开了车去,这弯遛得比较大,开到了一个艺术街区。他哄孩子,乖一点,等会儿带他们去玩滑滑梯。

手机微信又响起来,打开一看,那个不懂事的女生在追问:"怎么洗个澡这么久啊？不理我。"

钟秋野轻蔑一笑。鱼儿上钩了。

他腾出一只手，复制了一段放在微信收藏里的话："这世上只有两件东西使我们的生活值得苟且，这就是爱情和艺术。我总觉得你我应当把生命视作一场冒险，应当让宝石般的火焰在胸中熊熊燃烧。做人就应该冒风险，应该赴汤蹈火，履险如夷。"

他抱着小玥儿，牵着浩浩，走进了街区拐角的一家工作室。

这是一间画室，装修得简约典雅，墙上挂了几幅油画，一个穿白衬衣扎丸子头的女人背对着他，正在画画。

"林初夏。"他叫她。

那女人转过身，一张苍白的脸未施粉黛，看上去有点憔悴，看到他，她有瞬间的恍惚，他虽然胡子拉碴，抱着娃，身后还跟着一个，但依然不失为一位时尚奶爸！只是这个小女孩是谁呢？

"找我？有事？"她目露惊喜，又极力克制着，一脸困惑。

钟秋野环顾四周，叫画室的一个员工过来帮忙看一下孩子。林初夏点点头，那个叫笑笑的女孩过来抱走了小玥儿，带孩子们去另一间屋子画画去了。

她心情复杂地凝望着他，看到他额头的那道伤，刚刚愈合的伤口像一条丑丑的蚯蚓。她又忘了彼此的身份，忍不住伸手去抚摸，心疼地问："是她打的？"

他挡住了她的手，在旁边的椅子上坐下来，答非所问："最近你这里生意不错吧？"

林初夏并没有心思谈论生意，她听着那个屋里传出的孩子的欢笑，问："那个小女孩，是谁？"

"我女儿。"善于说谎的人，随口就扯谎，有时说谎并没有什么目的，只是好玩罢了，或者，也隐隐含了一丝恶毒之心——傻女人，醒醒吧！我就是一直在骗你，我和老婆感情不错，孩子生了一个又一个。

林初夏果然被刺痛了，她咬咬唇，脸微微转向一边，平了一口气，低声问他："你说你们已经没感情了，已经分居了，可是，可是，你生了二胎，你什么时候生了二胎？你一直在骗我。"

钟秋野心平气和："别再纠结这些没有意义的事了，过去的事都已经过去了，曾经相爱就好。"

"曾经相爱？呵呵！这话真是可笑。"

"对！我曾经爱过你，我对你的好不是假的，可是现在那些爱已经被你的愚蠢磨灭了。林初夏，你也是一个有身份的女人，别像个宅斗剧里的怨妇似的，挖小四，斗小五，还和李筱音一起讨伐我。"说着，他的眼睛瞟瞟屋里，压低了声音，"再说了，我还没跟你，没跟你怎样……咱俩根本没什么实质性的关系，我白担了个虚名，你对我老婆瞎说什么啊？一点面子也不要了吗？"

"面子和被欺骗后的绝望比起来，又算什么？你说你和她早已没有感情了，你说我们是因为理解，你说我在你死水般的生活里，让你重新体会到心动，你说爱情是一场冒险，你可以履险如夷，奋不顾身……"说着，林初夏的泪水无声地滑落。

面对质问，钟秋野并不以为耻，心里反而涌出一丝厌恶，嗤笑道："那些不过是情话，听听就罢了，哪个想出轨的男人不是对女人说和老婆没感情了？"

他的脸上，流露出淡淡的无耻和拒人于千里的绝情，林初夏那颗被痛苦反复揉搓的心在他的冷硬中，不得不体面和平静下来，她擦掉了眼泪，问："那，你今天来干什么？"

"我……"他犹豫了一下，深吸一口气，"我记得，我有几幅画，在这里画的，是一组花卉，你特别喜欢，挂在一进门的地方。"

她当然记得，那是他们从美院毕业后重逢之初，在这间工作室里，郎情妾意，心猿意马，欲说还休，他灵感迸发，创作了数幅花卉，用色大胆而热烈，意境丰蕴，她特别喜欢。后来，那几幅画被一位装饰新房的男人买走。画卖掉那天，她把这个好消息告诉他，他特别开心，带她去吃火锅，她记得那天的火锅特别辣，他吃得满面红光，兴奋不已，谈起梦想，说等他以后成名成家了，在海边买一所房子，他们住在那所房子里，他们可以在夜晚的沙滩上散步，一抬头就可以看到星星。

她把那些话当作承诺，一遍遍在心里预演。她都记得。

他也没忘，继续提醒她："你后来说，那几幅画卖了？"

"是的，买画的人是个美籍华裔商人，他看到后很喜欢，说那几幅画特别适合挂在他的书房，他说你是一位才华横溢的画家。"

"卖了多少钱？"

"钱？"她有点愣怔，想了想，说，"好像一万多，一万八吧！"

那笔钱，收在工作室账户上，她没有想起转给他，他也没有提过。现在，他提起，她恍然意识到——他是来催款算账的。

在分手后，他特意跑来，和她算账。这真是讽刺。

"那，现在……"他犹豫着。

还不等他说出口，她马上说："钱我现在转给你，微信还是支付宝？"

"支付宝吧！"他面无表情地说。

屋子里静静的，里面隐约传来孩子们的欢笑。她一边流泪，一边打开手机，很快，他的手机响起收到款项的提示音，钱币落袋的清脆声响，此刻听上去那么刺耳。

收到钱，他马上站起身，打算进屋带孩子离开了。她也起身，声音哽咽，痛苦像门外的冷空气一样包裹她，侵蚀她，她声音哽咽："你骗我，一直以来，你都在骗我，你欺骗我的感情，我真蠢……"

"别说那么难听，什么骗不骗的？都是成年人，两厢情愿，再说，我骗你什么了？要说骗，我还没说你想骗我钱呢！多亏我及时想起来。"

恶语伤人，他句句要人命，她的心，如同废墟中的灾后重建，在余震中不断被摧毁。林初夏抹干了眼泪，忽然诡异地冷笑几声："哈哈哈，真是可笑啊！分手不发恶声，我本来不想说的。钟秋野，你哪儿来的自信？毕加索多年默默无闻，莫奈的画也曾无人问津，梵高死后才成名，亲爱的，恕我直言，我不否认你的才华，可是，你需要承认的是，如果那几幅画不是摆在我工作室，也许现在还没卖出去，或者，几百块就能拿下。成名就像偷情一样，也需要天时地利人和，希望你能明白。"

情人反目成仇，这话狠狠地戳到他的痛处，像一记耳光打在他的脸上，他有点恼羞成怒，自嘲地撇嘴笑笑，说："我明白，这我明白，搞艺术想出人头地，在业界有一席之地不容易，我慢慢来，呵呵！不过女人嘛，尤其是漂亮女人，在职场上总是多一些便利。你加油！"

这话透着浓浓的醋意，又暗含深深的恶毒——他暗讽她或因性别优势而攀升，获取名利。

林初夏没有再流泪，转头对屋里喊："笑笑，把孩子带出来。"

钟秋野去抱玥玥，身后跟着浩浩，依然是一个时尚的奶爸，一个英俊的流氓。

她给他祝福："祝你梦想成真。"

他带着孩子们走进外面的天光里，一道逆光明亮刺眼，将他的身形削砍得瘦弱单薄，像要消失在光里一般。他消失在她眼前，消失在那道光里。她被那道光晃得眼酸，流下泪来。

在2018年的冬天里，一个叫林初夏的女人，在感情里发育迟缓的蠢货，终于彻底成年。那天他走后，她把自己关在屋里抽了一根烟，将即将熄灭的烟头烙烫在自己的手腕上。这是她的成人礼，是爱情的黥面之刑，时刻提醒她，不要再犯同样的错误。有了成年的标志，她就要学会独自过马路，学会辨别给她糖的坏人，学会不狡辩不找借口，而是用橡皮把错题擦掉，求解出正确的答案，再一笔一画写下来，哪怕因此熬了一个夜。她不再是个小孩子，她需要为自己的行为负责。

* 4 *

拿到钱的钟秋野很快还了表姐陈佳佳的钱，并且为表示支持表姐的事业，为保障浩浩的成长，花五千块为浩浩买了表姐推荐的那份教育保险。

办完这些，他邀功似的给李筱音发了条信息："我给浩浩买了一份保险；给咱们房间换了一个新的加湿器，以后你早上起来就不会嗓子痛了。老婆，你什么时候回来？"

等了一会儿，李筱音没有回复，倒是等来了大四女生的消息，她说："我觉得你很孤独。"

孤独就是要让无知的小女孩看穿。他很快回复："人这一生，遇到爱，遇到性，都不稀罕，稀罕的是遇到了了解。"

大四女生很兴奋："你也读廖一梅的书啊？"

他并不读廖一梅的书，但他知道这句话很有杀伤力，能让婚外情人安分守己不胡闹,小鱼儿快上钩了,他回复了一个"嗯",这个"嗯"字,看似平常,却包含太多意思,有聆听,认同,肯定,又带一点爱答不理的稳重感,爱理不理,足以搅乱敏感小女生的心情。

那女生以为找到共同话题,从廖一梅说开去,提到《恋爱的犀牛》,说到孟京辉的先锋戏剧。年轻的女孩以为读过几本小说,就可以和她仰慕的男人坐而论道谈人生了,但是钟秋野这天因林初夏最后那番话有点挫败,没情绪,随便敷衍:"有机会带你去看孟京辉的话剧啊!"然后用"下楼取快递"这样的借口结束了对话。

他做这些事的时候,夏峻正在医院跑前跑后陪母亲做检查,下楼去缴费的时候,竟然碰到了陈佳佳。

夫妻俩都颇感意外。

"我们和医院有个合作的,今天过来签合约。你怎么在这里?不是说今天上班吗?孩子呢?"

"我来陪妈体检,玥玥在小野家里,夏天去同学家玩了。"

"体检?妈妈怎么了?是每年的例行体检吗?"

"嗯!老人年纪大了,每年都该做个全身体检。"检查结果还没有确诊,他不想现在告诉她。

陈佳佳盯着他的眼睛看了几秒,像是有话要说,却欲言又止,看得他心里有点发毛,最后,她说:"是啊!应该的,妈好像也有点咳嗽,让医生开点药。"

两人互相叮嘱了一番,便各自忙了。

下午六点,夏峻去接孩子。

钟秋野会做饭,把孩子照顾得挺好,小玥玥吃饱喝足,也睡过午觉,不哭不闹。夏峻第一次觉得这个人干了件靠谱的事,连声感谢。钟秋野为表功,又把支持表姐事业的事拿出来说:"我刚在我姐那里买了份保险,给她冲业绩,我够意思吧!"

夏峻不忘调侃他:"你买什么保险?人身意外险?该买,走街上说不定哪天被复仇女神暴打,说不定哪天就挂了,还有随口给女人发过那么多誓,说不定哪天被雷劈了,该买,问问你姐,雷劈了给不给赔。"

一提这茬,钟秋野不以为耻,还扬扬自得地傻笑,然后转移话题:

"真没想到,我姐推销保险那股子劲儿,锲而不舍,那嘴,还挺会说的,特别专业,介绍起产品来,说得头头是道。我要是有钱,真想再买一份。我看她走上职场巅峰指日可待啊!"

夏峻不以为然:"她啊!就是三分钟热度,坚持不了几天的。"

"你呢!工作的事怎样了?"钟秋野随口一问。

现在,失业和找工作这个事,就像一个炎症,长在心窝窝里,不要命,但是不敢触碰,一触,夏峻就浑身不舒服,只能敷衍道:"不急,不急。"

"今天和佳佳姐通电话的时候,听她口气,不知道你辞职的事啊!还说你今天上班了,奶奶带着孩子呢!我也没敢多说什么,什么情况啊?"

夏峻苦笑了一下,拍了拍钟秋野的肩,意味深长:"夫妻相处,是门学问,有时开诚布公,以诚相待啊,有时就该藏着掖着,互相欺哄。我回了啊!"

回去的路上,夏美玲抱着小孙女,做着鬼脸逗孩子笑,她一辈子都是这样,脸上带着笑,像是从来不知道愁苦是什么。夏峻心有戚戚,像是对母亲说,又是对自己说:"别担心,不会有事的。"

这句话,自他们从医院出来,他已经说了三遍了。

夏美玲依然笑笑,也说:"不会有事的。"

夏峻沉默开车,没有再说什么。妈妈老了,这一次见到妈妈,她似乎是一夕间变老了。从前的她多么漂亮啊!在舞台上,永远光彩照人,不演出时,素净的一张脸,总是挂着淡淡的笑;而现在的她,头发已经白了,她还是爱笑,一笑,眼角的皱纹更明显了。她的韶华像水一样流逝了,已经来到了人生的暮年。她没有丈夫,没有婚姻,她应该和儿子生活在一起,孙儿承欢,母慈子孝,安享晚年。

想到这里,夏峻又叹了口气。

他们回到家,陈佳佳也前脚刚进门。她从婆婆手里接过孩子,婆婆上楼去换衣服,她在楼下大声说:"妈,我给你房间买了一个加湿器,听着你嗓子不舒服,这边太干燥了。"

看来钟秋野果然说得不错,陈佳佳大概又出了单,心情不错,回过头,对夏峻也是一脸温柔:"体检结果出来了吧!妈身体挺好吧?"

"还好,没什么大毛病。"

陈佳佳一脸甜笑,还给夏峻倒了一杯水,问:"累坏了吧?"

"嗯!累。"一整天陪着妈妈上楼下楼,排队等号,各种检查,能不累吗?

"累了就好好休息。"陈佳佳温柔地说。

难得见老婆这么温柔,夏峻心里很受用,看来事业不光是男人的加油站,更是女人心情的小熨斗,不过签了个小单,就把陈佳佳的心熨得服服帖帖。谁知,他刚在沙发上坐下,陈佳佳话锋一转:"好好休息,休息好了,去把饭做了,我也累了一天了。"

她指指餐桌,那里放着大袋小袋,是她下班顺便买回的菜。

夏峻苦笑一下,没反驳。自作孽不可活啊!暗叹女人这种生物啊,心眼儿小起来,比针鼻儿还小,睚眦必报。从前他下班回来,陈佳佳才遛孩子回来,冰锅冷灶,她还喊累,夏峻不以为然,也会这样说——"带个孩子有多累,累了就好好休息一下,休息好了去做饭"。以彼之道,还施彼身,君子报仇,十年不晚。

夏天已经从同学家回来了,在楼上打游戏吃薯片,见大人们都回来了,便下了楼,寻摸吃食,小人儿很有心,问:"奶奶,看完病了吗?医生说你生了什么病?"

此言一出,夏峻一愣,陈佳佳也颇感意外:"妈生病了?"

夏美玲淡淡一笑:"咽炎,老毛病了。"

陈佳佳也就没有在意,说:"明天我回来给你买一瓶枇杷蜂蜜。"

晚饭是夏峻做的,夏美玲在一旁指导,并没有帮忙,反而数落他:"你啊!都是让我惯的。以前让你学学做饭,你怎么说的,说大丈夫修身齐家治国平天下,这话有理啊!厨艺可不就是修身嘛!大家都吃好了可不就是齐家?治国,更好理解了,治国如烹小鲜嘛!平天下,天下在哪里?走进了这个家门,这一亩三分地就是你的天下。"

夏天溜进厨房偷拿一片切好的牛肉,听着奶奶的阔论,忍不住叫好,还要顺势捧高踩低:"瞧瞧!瞧瞧我奶奶是怎么训儿子的?妈,你学着点。"

"哎哎哎!那个盐不要放那么多,刚才不是告诉你了吗?盐少许,少许。"夏美玲惊呼。

夏峻扶额,叫苦不迭:"我的妈呀!又是少许,又是适量,到底是多少啊？能不能给个准话？"

看着他的窘样，大家都忍俊不禁，连玥玥都逗笑了。

晚餐过后，夏美玲洗碗，还招呼夏天来学洗碗，美其名曰"从小培养"，说现在的光棍那么多，会洗碗的男人更有竞争力，好讨老婆。奶奶的话像是有魔力，夏天在洗碗池边洗得不亦乐乎。陈佳佳不得不佩服，姜还是老的辣。

夜深人静，夏峻累极，倒头就睡，陈佳佳上了床，想起婆婆的病，又忍不住问一句："妈真的就是咽炎吗？不严重吧？"

"小毛病，不碍事。早点睡吧！"他敷衍了一句，想起白天那个医生看片子时的神情，医生说喉部有阴影，疑似喉癌，等其他检查结果出来才能确诊。这些话，他没有告诉母亲，也不宜告诉妻子，除了等待和面对，独自消解不良情绪，他不知道还能做什么。

陈佳佳也放下心了，一边敷面膜一边哼起了歌。夏峻想起母亲的病，睡意全无，见陈佳佳心情不错，忍不住揶揄："心情不错啊！听说你今天又有出单，销售明星啊！"

"那是，我轻易不出手，一出手，整个江湖瑟瑟发抖。"陈佳佳得意扬扬。

"别嘚瑟，你最近有点膨胀。我可是听说了，保险公司没有底薪，只算佣金，呵呵呵！别高兴得太早。"

"呵呵！降维打击，直男癌渣男惯用的伎俩。"

"我说的是事实啊！"

"事实就是，我就是本月的销售明星。"

"洗脑成功，拿亲友先下手嘛！你七大姑八大姨是不是都买了？"

这话一出，陈佳佳才反应过来："谁告诉你我今天有出单？哦对了，是小野，孩子在别人家里还乖吗？没哭闹吧？"

"共享育儿还是不错的。说起这个钟秋野，我给你们保险公司提个好建议，你们可以设计一个新的险种，专门给那种渣男的，连雷劈都可以赔的。"

陈佳佳被逗笑了。这个不靠谱的表弟虽然花心风流，一事无成，但带孩子还算有心，她说："以后有这种事，还是给我打个电话，我请一天半天假也是可以的。"

眼见陈佳佳今天心情不错，通情达理，夏峻心里的那块关于失业的石头渐渐放了下来，沉一口气，心一横，坦白道："佳佳，我有件事告诉你。"

"嗯？"

"我辞职了。"

夏峻的脸色看上去很平静，像刚毕业的大学生一言不合就辞职一样，没什么大不了的那种平静。他自信自己马上可以找到合适的工作，认为自己应该有这份自信和从容，所以不应该刻意隐瞒这件事情。作为妻子，陈佳佳了解丈夫的能力，也时常听到他对这份工作颇有抱怨，他辞职，必定事出有因，她能够理解他。夫妻关系不同于寻常的任何一种亲密关系，这种亲密，像是快乐时的同谋，不幸时的共犯，是坠入黑暗与低谷时，做对方的后盾，是泪水和欢笑的见证人。

她只是流露出一丝意外的表情，又很快释然："哦！辞就辞了，年底了，先休息休息，你带妈逛逛，熟悉熟悉环境，工作慢慢找。"

夏峻心里的一块石头终于落了地，轻轻地舒了口气。

"你今天去接孩子，看秋野和李筱音怎样？"

"没见到李筱音，上班了吧！钟秋野还是嬉皮笑脸老样子，对了，还说他在你那里买了一份保险。真买了吗？这小子，前两天不是借钱吗？怎么今天就有钱买保险了。"

陈佳佳若有所思："是啊！那肯定是李筱音给的吧！难道说他俩和好了？李筱音可不会就这么善罢甘休啊！"

"别管别人了。早点睡吧！"夏峻想起来，第二天有个面试。

李筱音在这晚出差回来了，但如陈佳佳所言，她不会善罢甘休，她并不会再给钟秋野钱，甩到他面前的，是一份离婚协议。

"我不离，打死也不离。"钟秋野会耍无赖。

浩浩端着一把玩具枪从卧室跑到客厅，很会打岔："爸爸，谁要打死你，我来帮你把他打到外太空去。"

玩具枪是李筱音在机场给儿子买的。因为工作，她陪在儿子的身边很少，心里觉得亏欠，只好尽量从物质上弥补。她摸摸浩浩的头，心里涌出无限疼爱，想起钟秋野白天在信息里说给儿子买保险的事，问："你给浩浩买保险了？哪来的钱？借谁的？我儿子花的钱，我来还。"

"李筱音你就瞧不起人。我挣的钱好不好？"

"哟？你还会挣钱？长本事了。干什么挣的钱？"从前，李筱音总是小心翼翼地保护着小丈夫的自尊心，少提或不提钱，现在，她觉得不必如此了。

钟秋野被深深地刺痛了，从林初夏说他的画不放在她的工作室就不值几个钱，到李筱音的这句赤裸裸的轻视，他的自尊心被刺痛了，急赤白脸地证明自己："我卖画挣的，两万呢！"

他趁机心虚地抬高身价。

"那可真贵，一定是绝世佳作。敢问是哪个有识之士买走的？你的画放在哪里卖？我去捧捧场。"

钟秋野犹豫了一下，没敢说他今天又去找了林初夏，更没好意思说他找林初夏算账要钱。浩浩听了个一知半解，小孩子口无遮拦，一张口就把爸爸出卖了："爸爸今天带我去了一个阿姨那里，那里有很多画，他和那个阿姨吵架，我看到那个阿姨哭了。"

钟秋野急得去捂孩子的嘴，浩浩早端着枪跑得没影了。

聪明如李筱音，从孩子的话里也猜出了大概，她气极反笑了："干得漂亮。这就是林初夏那个蠢女人口中的真爱。真有你的，逮麻雀还得撒一把秕谷，你倒好，真会玩，就你，想成大师？"

钟秋野自知理亏，但他不能承认自己理亏，极力为自己找补："这是我劳动所得，又不是我给她花的，一码归一码，我的钱也不是大风刮来的，我也要养儿子的。"

一提到养儿子，李筱音更觉像听了笑话一般，没好气地把一支圆珠笔扔到他面前："别说了，签吧！"

就在这时，有人敲门，他如遇大赦，忙跑去开门。

门口站着一位高瘦的胡子拉碴的年轻男人，说话有点口音："请问，你是这里的野猪吗？"

钟秋野一头雾水，两秒钟后反应过来："哦，业主啊？是的是的，有什么事吗？"他恍惚想起来，在这栋楼的电梯里，似乎见过这个人，是某楼层的邻居。

邻居用愤愤不平的声音说："你最近有没有听到什么让你气愤的声音？"

让人气愤的声音？钟秋野想了想，马上恍然大悟，压低了声音："有，楼上那家，一到晚上，那个声音，真是让人太气愤，太羞耻了，真是有伤风化。我怀疑那个女人是个唱美声的，我很生气，已经忍了很久了。"

男青年一愣，忽然露出少年一般的羞涩，脸红了，羞愧地讪笑了一下，也压低了声音："我以后注意，一定注意，控制。但是，我是说，别的声音，别的声音。"

"别的声音？"钟秋野想了想，觉得最近在楼下广场舞音乐比较吵，他迟疑了一下，说，"是楼下那些跳广场舞的吗？"

邻居的脸上，露出义愤填膺的表情，说："没错，就是那个广场舞天团。我早上去上班，看到雾霾中的天团大妈，吓得我快神经衰弱了，晚上和家人吃饭，我们面对面说话都要喊的，否则根本听不清。大哥，我们应该联合起来，团结起来，抵制广场舞天团，还我们一个安宁的生活环境。"

钟秋野被感染了，满口答应："必须的，团结起来，'驱除鞑虏，爱我中华'。那，我能做点什么？"

邻居眼见串联成功，拿出自己的手机："你加一下我微信，我把你拉进群里，我们组织一个业主委员会，随后商量一个方案，然后再去具体实施。"

听起来像是一场开天辟地的革命，钟秋野打开了自己的手机，大四女生的信息跳出来："开黑吗？"

李筱音就在身后，他不敢顶风作案，吓得赶紧删除了对话，扫了邻居的微信，临走，又意味深长地问邻居："你家床哪里买的啊？真结实。"

年轻人心领神会，得意地笑笑："回头给你发链接。"

回到屋里，他发现李筱音和孩子已经回了卧室睡觉了，那份离婚协议扔在桌上。

他进了另一间卧室，想了想，还是给那个女生回了信息："最近我比较忙，不玩了。你也早点睡吧！玩游戏多了对眼睛不好。"

那潜台词就是，我很忙，懂事的女孩就应该自动消失，招之则来，挥之则去。反正不付出感情的他从来不会为谁牵肠挂肚。

消息刚发出去，李筱音的信息跳出来："协议签了吧！否则就诉讼离婚。"

离婚协议他刚才看了一眼，什么狗屁玩意儿？孩子的抚养权归她，怎么可能？这婚，打死也不离。

第四章

跳槽，or 跳坑？

* 1 *

曾经以为自己是职场香饽饽的夏峻，发现中年失业后，再找一份满意的工作，并不是那么简单。在经历了几次挫折后，他渐渐陷入一种恐慌。街上过年的气氛越来越浓，更衬托出心里有事的人凄惶迷茫。他的心态已经从最初的盲目乐观，调整为降低标准，他甚至向一些和自己专业并不对口的公司和职位投了简历，偶尔还会为想象中的新公司、新职位、新的挑战而心潮澎湃。譬如，他觉得，去这家食品公司做个管理层，也是不错的选择。

这家公司规模不算大，是做食品加工和销售的，有自己的品牌，还有一家工厂。夏峻坐在会客室时还在想，在这里工作也不错，小孩子的零食问题都解决了。

在他前面还有一位应聘者，等那个人出来了，HR再通知他进去。

面试的地方就是总经理办公室，大班椅上坐了一位精神矍铄的老人，招呼他坐，自我介绍姓马名志。

夏峻称"马总"，便坐下了。

面试官只有一位，反倒让人有些莫名紧张。夏峻也算见惯了场面，但连日来被"回去等电话"打击，且这位马总不怒而威，现在难免有点忐忑。

果然，马总翻阅着他的简历，问出的问题个个尖刻。

"我想知道你上一份工作因为什么而离职。"

这让他怎么说？作为一位职场老人，他也曾作为面试官问过应聘者此类问题，他深知这个问题不好回答，也并没有标准答案，一个简单的问题，考量了太多，求职动机、价值取向、忠诚度、心态、品质、个人某方面的能力缺陷，一不留神，就会栽倒在这个问题上。

他犹豫了一下，马总笑了笑，换了个问法："这样说吧！你是被迫离职型、随意无常型，还是生活所迫型、赌气逃避型？"

这位马总一本正经，夏峻却从中听出了幽默，他苦笑了一下，也幽默了一下："很显然，我不是随意无常型。"

这个回答，也算巧妙，既侧面肯定了另外三个原因，又正面表达了自己是一个靠谱的忠诚度高的员工。

马总又看了一眼他的简历，摇了摇头，说："看来你这是战略转移型啊！你从前的工作和我们的这个职位完全不一样，想从头开始啊？"

夏峻诚恳地点了点头。

"风险很大啊！这样跳槽，容易跳进坑里。你冒着大风险，企业也冒着大风险。"马总也诚恳地说。

此言一出，夏峻的心也就放下了，他知道这家基本没戏了，就谦逊地点头认可，笑了笑。

两个人都放松下来，马总也笑了笑，问："孩子多大了？"

"十一岁了。"

"还有个更小的吧？"

夏峻颇感意外："您怎么知道？"

马总爽朗地笑起来，指了指夏峻的袖子。

他抬手一看，才发现袖口被贴了一个小小的凯蒂猫贴画，不用说，肯定是玥玥干的好事。

夏峻笑了："还有个女儿，一岁多了，很调皮。"

"人到中年，跳槽有风险，辞职需谨慎啊！上有老下有小，中间还有个唠叨的鞭策你要上进要努力的老婆，最近压力很大吧！"

夏峻如遇知己，只是点头无声地笑。他没想到，辞职这么久以来，在一个刚刚认识的可称为陌生的人这里，找到了理解。最近真的太累了，老婆虎视眈眈，把他当作了家中的对手、敌人，时刻想碾压他；渣男钟秋野对他宣扬男人要有崇高的梦想不能做咸鱼；马佐也说男人要去拼去闯。人人都想出人头地，明星想大红大紫，作家想成名成家，商人想一夜暴富，傻白甜想嫁高富帅，连后进生夏天，得到一个进步奖，都乐得冒泡泡，一岁的妹妹，也要努力地学走路，为什么活得这么累呢？为什么不能在被生活击倒之后，就做一个不求上进的人渣，一摊扶不上墙的烂泥，一堆点不着的废柴呢？为什么人不能活得轻松点呢？

"我就不说回去等电话这种虚话了，但是，你既然来了，就不能让你空手而归，我可以给你点建议，也许对你会有帮助。你知道有些中年人跳槽后，为什么很难在短时间内找到合适的工作吗，即使他很优秀？"

并不是人人都有机会在迷茫时得到这样一位智者的训导和指点，夏峻觉得自己何其幸运，他点点头："洗耳恭听。"

"首先啊！不要高估自己，盲目自信。无论是对自己，还是对新公司，都要有一个客观准确的认识和评判，才能事半功倍；二，不能只冲着高薪去，找工作和女人找对象一样，不怕你图钱，怕的是你只图钱，除了图钱，还得图点别的；这第三啊！不要以为到了新公司，旧单位的那些症结就荡然无存，跳槽，其实就是从一个坑里，跳到另一个坑里，只是有的坑深，有的坑浅，人生处处都是坑。所以啊！调整好心态再去面对，会从容许多。"

夏峻只能点头称是："感谢你！马总。"

他们的谈话，本来到这里已经结束了。这时，门外响起了小孩子的哭声，还有女助理温柔打招呼的声音："马副总，你来了！"

女助理敲了门，马总叫外面的人进来。

门被推开了，来人竟然是马佐。马佐抱着孩子，一脸愁苦，孩子扭手扭脚，正把头上戴的小发卡往下拽，把自己拽疼了，张嘴哭起来。

"马佐！"

"夏峻！"

在这里相遇，两人都有些诧异，直到马佐叫了声"爸爸"，夏峻才恍然大悟——他来求职的，是马佐和他妻子管理的那家公司，面前坐的这位马总，就是马佐的岳父。

"你们认识啊？"

孩子缠在身上让马佐觉得有碍观瞻，他的西装都被踩皱了，于是，对岳父说："我叫人先帮忙看一下孩子。"

他的想法，很快被岳父喝止了，老人一反刚才的循循教导态，板着脸孔："叫谁帮忙看孩子？公司里一个萝卜一个坑，这里人人都有自己的事做，帮你看孩子，他（她）今天的工作就没法完成；再说了，人家是来应聘的，不是幼儿园老师，不是保姆。"

在夏峻面前被岳父训，马佐自觉颜面无存，忍不住小声反驳了一句："那我也不是保姆啊！"

老人声色俱厉："你是孩子的父亲，为人父母，照顾好自己的孩子，是不可推卸的责任。"

夏峻也略觉尴尬，无意闯入别人的家务纷争，欲起身告辞了。马总却招手示意："你坐，我还有话对你说。"

"今天叫你来，是要给这边公司招聘一个职业经理人，帮你们管理公司，你也过来看看，把把关。"岳父对马佐说。

马佐实在对这老头看不懂，自家的公司，为什么要请一个外人来管理，那能信得过吗？但夏峻在一旁，他没把这话说出来。

岳父像是听到了他内心深处的话，解释道："专业的人做专业的事，这样才能各司其职，把事做好。"

这话虽是说给马佐，夏峻却深有感触，点头称是。

马佐抱着孩子在夏峻旁边的沙发上坐下来，尴尬地笑了笑，夏峻把刚才袖子上那个凯蒂猫小贴画拿下来给潼潼，潼潼马上不哭了。

随后，马总递来一张名片："我刚才说了，专业的人做专业的事，才能做好。我认识一个朋友，在做私募基金公司，私募基金你了解吗？"

夏峻点头："知道。"

"他的公司刚刚起步，想寻找一个专业的合伙人，我觉得，你可以去试一试。当然了，创业更有风险，人到中年，确实有很多压力，但是，我不想说你已经没有试错的资本了，很多事，你不试一试，怎么知道自己不行呢？是不是啊马佐？"

这一次，老人转头向着马佐和外孙女，和颜悦色："马佐以前啊，连孩子的纸尿裤也不会换,现在不是很熟练了嘛!"

正说话间,潼潼忽然放了一个惊天大屁,伴随着一股恶臭,一些黄色的液体从纸尿裤里漏出来,竟然滴到了马佐的裤腿上。她拉便便了。

马佐大呼不妙,气急败坏地叹气三声,手忙脚乱地把孩子放平在沙发上。面对眼前的小恶魔,他无异于老虎吃天,无处下爪,只好去擦自己的裤腿,孩子在那里乱蹬,一股酸臭传来,他早上吃的东西在胃里翻涌,差点吐出来。

夏峻现在对换纸尿裤已是轻车熟路,问:"要帮忙吗?"

老头子也过来搭把手,倒是心平气和笑呵呵:"能吃能拉,身体顶呱呱。就是这便便有点稀啊!她这两天吃什么了?"

马佐解开了纸尿裤,才发现,自己没有拿湿纸巾。老头子便叫外面的人拿湿纸巾进来,女助理推门进来,送来湿纸巾,偷眼看着平日高高在上的马副总对着"屎尿屁"抓狂的样子,忍着笑,问:"要帮忙吗?我会的,我经常帮我姐管孩子的。"

"去去去,出去!"马佐烦躁不安地摆摆手。

这边手一松开,孩子的脚就踩在了纸尿裤的便便上,他忙去抓,自己又沾了一手,急得旁边的两人指手画脚。

"我来我来。"夏峻说。

"小心点,先擦擦那边。"老头子也放下董事长的身段,专注和孙女的屎尿屁做斗争。

马佐忽然松开手,索性甩给那两人,不管不顾,一屁股蹲坐在地上,抱着头,忽然哭了。

一个成年男人的哭声,是带着隐忍,却不得不发。马佐从小到大都很少哭泣,虽然生在农村,但是老家那边发展尚可,没吃过什么苦,又是家里的小儿子,备受宠爱。他成绩又好,受老师爱重,他几乎没受过什么挫折,最大的挫折,可能就是农村孩子闯入城市生活后那种隐隐的自卑吧!可是现在,面对女儿的屎尿屁,一个昂藏的七尺男儿,终于绷不住哭了出来。

他一边哭一边恳求岳父:"爸爸,让佑佑回来吧!"

姜毕竟是老的辣,老头子行走江湖多年,惯会打太极,叹口气:"我这孩子，被我惯坏了，她不听我的啊！小时候一做错事，我批评得重了，就离家出走，还好她也走不了太远。这一次倒好，我就说了她几句，就躲国外去了。"

"爸爸，要不，让敏姨回来吧！"

敏姨是以前家里的保姆，干活很利索，一日三餐，角角落落，老老少少，都照顾得很好。后来佑佑离家出走后，她忽然也要辞工，说家里老母骨折，需要照顾，马佐百般挽留，敏姨才答应，以后每天来家里做一顿饭，打扫打扫卫生，只能做兼职了。

"她不是说要照顾家里病人吗？去留是人家的自由，她要是家里没事了，想回来继续做，就让她来嘛！实在不行，你再去家政公司找一个。"老头子理由充分，马佐说什么，他都有理有据地驳回。

马佐欲哭无泪，说了最后一句蠢话："爸爸，那，让我妈回来吧！我实在受不了了。"

一听这话，一直和颜悦色的老头子阴掉了脸，又恢复了平日不怒而威的神色，语气也生硬起来："那是你的父母，你自然可以劝说她来，不过，我听说亲家母腿上和腰有些毛病，去海南一个疗养院疗养去了，不是吗？"

"他们哪舍得花那个钱？他们哪有那个闲钱？还不是……"马佐想说"还不是你给的钱，还不是你串通撺掇的"，话到嘴边，又咽了回去。

"你不是常说，爸妈把你养这么大不容易，既然如此，她拖着病痛的老腰，再来为你带孩子，你就可以从孩子的屎尿屁中解脱出来吗？父母还要喜滋滋地享受这种天伦之乐，这就是你的回报吗？年轻人，公司捅了娄子，要别人来擦屁股；孩子的屎尿屁，也要别人来擦屁股，这不是一个有担当的男人干的事。你听着，我的外孙女我自然疼爱，但是，她首先是你的女儿，为人父母，照顾和养育孩子，是你不可推卸的责任。"

这番话说得铿锵有力，掷地有声，门外的吃瓜群众听得津津有味，句句把马佐逼到死角。他不哭了，重新坐回了沙发，在这番斥责中渐渐冷静下来。他的突然崩溃，让自己在下属面前仪态尽失，他几乎忘记了，这里曾经是他的领地，他的天下，现在，这里是他的失地，总有一天，他要再收复河山，他不能在此刻乱了阵脚。

马佐默默地帮孩子处理好秽物，换好新的纸尿裤，抱在了怀里。潼潼被爸爸的崩溃哭泣吓到了,呆呆地看着他。

老头子起身,说总公司有会,要走了。临走的时候,对马佐说:"没有谁是容易的,我也是从你这样的时期过来的,在大公司叱咤风云,不见得比在家带孩子的工作更高明。大男人带孩子没什么丢脸的,而大男人连个小孩子都带不好,那才是丢脸。"

岳父走了。马佐和夏峻一同走出公司。众目睽睽之下,几十双眼睛目送他,他知道自己抱着孩子的姿势有点狼狈,裤腿上的那团污渍也非常明显。他能隐隐听到好事的女下属们在窃窃私语,在暗暗地嘲讽着他,又有什么办法呢?

两人走出公司外,夏峻也自身难保,与他同病相怜,他不知如何安慰他,淡淡地说:"想开点吧!"

"不想开有什么办法呢?"马佐苦笑。

"就当是换了份工作,工作场所变了,服务对象也变了,带孩子还能比做一份报表、写一份策划更难吗?是吧!"这话,他也是安慰自己。

"事实是,就是比做一份报表、写一份策划书还难。"

"那就当做一份更有挑战性的工作吧!那不是更有成就感吗?年轻人,别那么丧了,打起精神来。"

要是在从前,在这种时候,他一定会邀请马佐去喝一杯,现在看看他怀中的孩子,马上打消了这个念头。两人告辞,各回各家。

* 2 *

夏峻并没有回家,但他下午也没有别的安排,他只是不想回家,他想静静。

从前每天下班回家,他会像大部分男人一样,把车停在楼下,在车里抽一根烟,发一会儿呆,甚至闭眼小寐一会儿,那是推门被柴米油盐包围前最后一刻的安宁。车门,是最后一道屏障,但是,他今天没有开车来。陈佳佳最近工作太忙,他又不常用,就让她开车上下班。

没开车的他走在凄冷的大街上,像一个无家可归的孤魂野鬼。他觉得很困,上下眼皮在打架。昨晚他没有睡好,半夜从一个梦里醒来,睡意全无,打开电脑把简历又修改了一遍,把股票和基金都看了一遍,确定它们跌幅并不明显,才又忧心忡忡地去睡。早上五点,他又被玥玥哼哼唧唧吵醒去冲奶。

此刻,他很想找个地方睡一觉,只要那个地方不是家里就可以。

路边多的是酒店,从前商务出行下榻星级酒店的夏经理,选了一家性价比较高的快捷酒店,绝对不能超过二百。已经会精打细算过日子的夏峻知道,二百可以买一罐婴幼儿三段奶粉,一提纸尿裤,他这么一睡,女儿的一罐奶粉就没了。

他打着呵欠,犹犹豫豫地走到酒店前台,刚拿出身份证,一个女人从一楼电梯里走出来,从他身边经过,又折回一步,两秒辨认,露出淡淡的惊喜:"是你啊?真巧!"

"嗯?"他确定女人是在对他说话,迅速在脑海里打开记忆引擎。女人清瘦素净的脸,短发,像是在哪里见过。

"××广场,停车场,你帮我倒车。"

夏峻马上想起来:"真巧啊!在这里遇见你。"

此言一出,他马上意识到自己的愚蠢。在停车场、在公园、在大街上遇见,都好过在这里遇见。

"是啊!真巧。这边要重新装修,定了我的剪纸,我刚才给送过来。"她解释了自己为什么出现在这里,追问道:"你呢?"

这个问题让夏峻犯了难。如果这里是一家五星级酒店,他可以说是来开会参加培训,而这家普通的略显寒酸的快捷酒店,他要怎么说?我来开房睡觉,不,你误会了,不是你想的那样,是我一个人,就是单纯的睡觉。

这样说不是太奇怪了吗?他下意识地把身份证攥紧,悄悄装回了裤子口袋迟疑了一下,说:"哦!过来谈个事。"

"谈完了吧?要不要去我店里喝杯茶,上次说送你一幅剪纸的,离这里很近的。"

鬼使神差,他就这么跟这个女人走了。

女人的剪纸店在本市书画一条街的尽头,门口一棵国槐,店名就叫"晓雯剪纸"。她叫袁晓雯。

店里挂满了她的剪纸作品，还有几张获奖的照片。是她拿着获奖证书、鲜花和名人的合影，有一张，是在法国拍的。看得出，她挺快乐的，那种快乐，是装不出来的。

他当然知道人在做自己喜欢的事时才会获得真正的快乐，所以他一直不快乐。

"你很喜欢剪纸，对吗？"直男没话找话。

"当然了。"她开始对他讲自己和剪纸的渊源，眉飞色舞，一说就停不下来，似乎三天三夜都说不完。

她的剪纸，是外婆教的。那时她才六七岁，那个窗花剪得很难看，外婆说："远看花花的，近看巴巴的。"她不服气，还是拿着小剪刀又剜又剪，再后来，外婆就夸她"毛毛剪得长甚甚，档档剪得细针针"。

夏峻也听不懂，袁晓雯笑，他也跟着笑。

袁晓雯十九岁进了市纺织厂工作，有一年，厂工会举办职工书画展览，她交了一幅剪纸，没想到，竟然在展览上获了一等奖。她得了鼓舞似的，越发痴迷剪纸，为了翻新花样，还特意去美术学院成人班学习。丈夫有意见，怨她不顾家，两人便吵架，不久，那男人和别人好上了，他们便离了婚。那一年，她的剪纸作品在中国民间艺术大展上获了银奖，从此在民间艺术界崭露头角。

她站起来指着某张照片告诉他——看，这就是那次获奖拍的照片。夏峻便凑近了去看，照片中的她更年轻一些，笑的时候嘴角一边翘起，看起来脾气很倔。

她又拿了一把剪刀给他看，那把剪刀看起来很普通，她说起来却不普通。一把普通的剪纸剪刀，买回来要先用粗磨刀石磨，再用细磨刀石磨，再用细砂纸磨出剪刀尖来。夏峻看了看，那剪刀尖果然明晃晃的。

说话的空当，她才想起来给他倒茶。青瓷盖碗，泡的不知是什么茶，有一丝淡淡的清香，夏峻就坐在一个布艺沙发上，一边喝，一边听她讲过去的故事。

两盏茶后，他觉得浑身放松，沙发舒适，愈发想大睡一觉，便问："你这是什么茶？"

"放了杭白菊、桂花、薰衣草，安神助眠的。年底了，大公司压力大吧？"

夏峻想了想，实话实说："其实我最近失业了，在找工作，压力更大啊！"

是的，必须承认，他压力很大，尤其是再一次求职不利后，他感到深深的沮丧和疲倦，从前那个意气风发的夏峻不见了。他焦虑、自卑、灰心、牙龈肿痛、口腔溃疡、失眠掉发，他承认，他压力很大。也许只有在面对陌生人时，人才能卸下伪装，面对更真实的自己。

"理解。我刚开始从厂里辞职，又离了婚，独自带着孩子，押上全部的积蓄开这家店，那时压力也很大。人就是要逼自己一把，从舒适区跳到恐慌区，最后才能到达无人区。"

夏峻差点喷茶："什么，无人区？"

"对啊！无人区。就是人常说的第三种境界——'众里寻他千百度，蓦然回首，那人却在灯火阑珊处'。这可讲的不是爱情，是说人经历奋斗和磨难，就会逐渐成熟起来，别人看不到的东西他能明察秋毫，别人不理解的事物他能豁然开朗，就像大侠忽然顿悟，终于练就了绝世武功，无敌的寂寞，我把它称为'无人区'。"

这个女人有点意思，他竟没想到是这样一个妙人，不禁对她刮目相看。

"你呢？你现在在什么区？"她问。

夏峻一时没反应过来，信口就答："我啊！我住在高新区。"

两秒钟后，两人都笑了。

夏峻很久没有这样笑过了，不是假笑、苦笑、逢迎的笑，是真正的笑，笑得皱纹都跑出来凑热闹。笑过后他觉得有淡淡的沮丧，又收起了那个笑，默默喝茶。

她拿起了那把剪刀，说："你休息一会儿，我剪一个新的给你，一会儿就好。"

半个小时后，他从那个舒适的沙发上醒来。半个小时的睡眠里，他没有做梦，隐隐约约听到外面在下雨，睡得很踏实。

他觉得有点不好意思，解嘲道："说眯一下，怎么还睡踏实了？"

袁晓雯看看外面,说:"雨天睡觉更踏实,是有科学依据的。"

外面果然下雨了。冬天的小雨,夹杂着雪粒,绵密无声。

她的剪纸也完成了,拿过来给他看。他发现,不是常见的花鸟鱼虫、飞禽走兽,竟然是一位仗剑天涯的大侠。他眯眼细辨,问:"这是郭靖,还是张无忌?"

袁晓雯笑了:"我也不知道,大概是夏大侠吧!祝你早日到达你的'无人区'。"

陌生人简单的一句鼓励,就轻而易举地抚平了他的焦虑和恐慌。自此,他们不再是陌生人了。

这时,他的电话响起来,是一个备注名"严竹君"的号码,他神色一凛,接起来,是一个陌生的尖锐聒噪的声音:"峻峻啊!儿子啊!妈妈来×市了,我想我大孙子了,你下班了吧!来接一下我吧!我在火车站。"

他的头瞬间两个大,刚刚被抚平的焦虑和恐慌又卷土重来——妈要来了,亲妈来袭,这个年,怕是不好过了。

* 3 *

每一个正经的老人,在年轻时,都有一段长长的不正经的岁月,那些不正经的事,就是世人口中的爱情。

那一年,严竹君十八岁,花一样的年纪,花一样的妙人儿,在当地省城的师专读书,她爱上了她的语文老师。老师也喜欢她,把她写的那些酸掉牙的诗发表在校刊上,在无人的教室里,对她吟诗:"今夜我不关心人类,我只想你。"幼稚的女孩问老师:"我不是人吗?""是的,你是精灵,是天使。"他说她是他生命中的天使。

毕业那年,她怀孕了,想生下那个孩子,想和老师结婚。老师有老婆,也有孩子,他不想再要一个孩子,也不想要她了。她哭,她闹,于是,那个给她吟诗的男人像缩头乌龟一样,悄悄地调动了工作,消失了。

毕业的那个暑假,别人都在忙着托关系找工作,她拿着积攒的几百块钱,揣着一个巨大的秘密去旅行,她像一个亡命之徒,她想去死。

她去的地方真不少，无锡、南京、苏州、绍兴，如果不是没钱了，可能还要去海边，去沙漠，那些都是老师答应过她要带她去的，他说要和她周游世界。有一天坐车经过一大片湖，湖面浩渺，她下了车，很想跳进去。就在那时，她隆起的肚子忽然动了一下，她感觉到一次强烈的胎动。后来，她还有很多次机会去寻死，站在一片无涯的深渊上时，面对呼啸而来的列车时，甚至看到小旅馆桌上一把小小的水果刀时，她都可以去死，但那些机会，都在她犹豫不决中错过了。最后，她决定回家，向父母坦白过错。

　　在回程的火车站，她忽然感到腹部丝丝疼痛，随着那种痛越来越强烈，她艰难地走进了火车站肮脏的卫生间。她的第一个孩子，就在那里出生了。那个孩子后来被另一个女人捡起，取名叫夏峻。

　　严竹君后来的人生，或可称得上波澜壮阔，或叫做半生坎坷。

　　她后来只身回到家乡县城，进了当地的中学教书，与校长的公子相恋、结婚、生子。哺乳期时，发现丈夫出轨，年轻气盛的严竹君愤而离婚，她不想再失去孩子，与对方艰难地打官司，无奈势单力薄，只落得净身出户。后来又再婚，那人是另一间中学的体育老师，高大英俊，人人都说他俩般配，不久又生了一个女儿，过了五六年，忽然又离了婚。娘家父母骂她作死，身在福中不知福，她把手臂和后背上的新伤旧痕给他们看。那一次之后，她大概是灰了心，一个人抚养女儿，日子也清净自在。谁知几年前，又偶然认识了钢厂的工人老赵，老年人的爱情没有那么多甜言蜜语弯弯绕，就是在一起有话说。老赵有两个孩子，儿子已经工作，女儿早已结婚，她女儿也结婚了，两个人在一起轻松自在，没有那么多矛盾。谁知和老赵的好日子没过两年，那人有一天突发脑溢血走了。严竹君恨啊！每每对着老赵的遗像自言自语："老赵啊！我真恨你啊！"

　　爱过的人都知道，恨有时就是爱，她爱老赵，老赵也爱她，可这爱已经随风而去无痕迹。老赵走后不久，他儿子带了女朋友回来，说想要结婚，要把爸爸留下的房子装修一下；老赵的女儿和老公吵了架，也回来住，家里天天鸡飞狗跳。严竹君自己有一套学校分的小房子，和老赵在一起后就租出去了，想搬回去住，租期还没到，又不好赶房客走。年底了，索性投奔亲儿子去。她也是有儿子的。

　　没有哪个母亲能真正忘记自己的孩子。当她面对自己的学生时，当她生下第二个、第三个孩子时,甚至在她遭遇苦难挫折的时候,她都会想起他,一个血肉模糊、浑身紫红的小东西,巴掌大一般,哭声微弱,眼睛还没睁开,就被她遗弃了。她时常想,他还活着吗?或者已被哪个好心人收养?想起这个孩子,她的心就一阵绞痛。遗弃了他,并没有让她的人生更顺畅一些,那么他的牺牲就毫无意义,这种命运的真相更令她悔恨万分。她想把悔恨告诉他,她甚至悄悄在深夜里给那个孩子写过很多信,却不知道寄到哪里。他是十二月的刺骨寒风,是骤然袭来的一阵痛,他消失于天际,没有地址,是一个空洞的梦。

她的生命与夏峻再次建立联结,是五年前报纸上的一则寻亲启事。那份寻亲启事,是成年后的夏峻在报纸上登的。那一年他大四,同学中有一个山东的男孩,从小因走失和亲生父母离散,多年后亲生父母终于寻到他,母子相认,感人至深,电视台跟踪拍摄,记者煽情报道。

那件事在夏峻心里也引起很大的震动,他对自己的亲生父母产生前所未有的好奇,鬼使神差般,在一份全国发行的报纸上登了一份寻亲启事。那份寻亲启事一度让夏峻非常自责,那是他对养母的第一次也是唯一的一次背叛。他背负着这种自责和一种隐隐的期待过了一段日子,并没有等到他的亲生父母来与他相认,便渐渐又忘却了那件事。

在那则寻亲启事刊登了五年之后,严竹君偶然在学校图书室的一堆陈年报纸里看到了它,她辗转寻了来。那时夏峻刚刚买了现在住的这套大房子,也刚刚升职,在外人看来,是事业有成的成功人士,老母亲又自责又欣慰,拉着他的手,老泪纵横。夏峻比自己想象中的平静一些,他听完她讲的那些经过粉饰的抛弃他的理由,谈不上怨恨,也就没有什么原谅,待她就像邻居的老太太一样彬彬有礼,请她去好的餐厅吃饭,留她住了两日,带她去参观了著名景点,送她去火车站。这几年,也在逢年过节时汇款或寄礼物聊表心意,他出差去她的城市,也去探望她,仅此而已。他向夏美玲坦白了这件事,她也并没有怨他,说,人生有来处,应该的。

他没有真正和生母生活过相处过,对她也不算特别了解,眼下这个关口,她突然来袭,他有点发怵。

天色灰蒙蒙,已经进入春运,火车站熙熙攘攘,他打了一辆车,在站口的一个大圆柱下找到她。她穿着一件灰呢大衣,短发,有点胖,但看上去很干练，一只手提着某优秀教师表彰字样的旅行包，一只手提了一个旺旺大礼包，有点不好意思："走得急，也没带啥特产，这个给孩子买的。"

夏峻叫了一声："妈！"

一路上，母子俩没太说话，多数是严竹君一惊一乍："这城市现在变化真大，我许多年前来过呢！""听说现在房价涨得离谱，是吧！""夏天放假了吧！"

夏峻就以"嗯""哦"来回答。

堵车的空当，他试探地问她："快过年了，就不回了吧！在这儿过年吧！"

严竹君马上一口应承："嗯！不回了，我帮你带带孩子。"

夏峻的心咯噔一下，又不好流露出来，又答："嗯！"

快到家的时候，他才告诉她："我妈也在，我是说，我那边，我养母，也在。"

严竹君愣了两秒，轻松地笑了笑："没事，过年嘛，人多了热闹。"

做好了心理建设，两个人进了家门。

家里的人却没有做好心理建设。一家人都在，夏美玲做好了饭菜刚上桌，陈佳佳也刚下班，一边陪孩子，一边打电话。见到夏峻身边的老太太，大家都有点意外。

"我妈，就是，石家庄那边的妈。佳佳，你见过的啊！夏天，快叫奶奶。"

夏天五六岁时见过这个奶奶，逢年过节爸爸会让他打电话问候，他有印象，马上和眼前的人对上号，一时失言："奶奶啊！你总是说过一阵子就来，过一阵子就来，这都好几年了，我以为你都死了。"

陈佳佳忙去打夏天："瞎说什么呢？妈！快进屋。"

严竹君也不生气，笑眯眯地化解了尴尬："我的大孙子，奶奶还没死呢，奶奶活得好好的呢！"

两个妈是第一次见，都只是从夏峻口中听说过对方，气氛微妙，好在两人都是性格外向的人，很快就握着手热络起来。严竹君知道夏美玲是越剧名角，聊了几句，便亲热地称她为"大明星"；夏美玲知道严竹君是教师，便称她"严老师"，两人一时低声倾诉，一时谈笑风生，严老师又是悔恨自责，又是感恩涕零，夏美玲表示宽容谅解，用"缘分"来慰人慰己。

晚餐也没有特别准备，是夏美玲做的清粥和几个菜，一家人也算其乐融融，在这餐饭里，完成了即将同处屋檐下、一个家两个妈的心理建设。

吃完饭，严老师和大明星抢着洗碗，每个人理由都很充分。

"你刚来，怎么能让你干活？我来吧！"夏美玲说。

"我又不是客人，我来吧！"严老师说。

厨房一亩三分地，就是女人的天下，谁占领了厨房，就在这个家站稳了脚。最后，这一次洗碗争夺赛，严老师赢了。她哼着歌欢快地洗碗，夏美玲也没闲着，把厨房的垃圾整理出来，招呼夏峻去扔。

严老师还湿着手，忙出来阻拦："峻峻歇着吧！累了一天了，我等会儿去扔。"

夏美玲笑笑，还是让夏峻去，说："外面天黑路滑的，咱们这老胳膊老腿的，摔了就不好了，就让他去。"

儿子听谁的话，谁就在这个家站稳了脚。这一次，夏美玲赢了。

夏峻回屋去拿手机和烟，看到玥玥已经睡了，陈佳佳并不在女儿身边，他有点纳闷，拿了烟，提着垃圾，下了楼。

雨早已经停了，漆黑的天幕挂着一轮惨白的月亮，冬天的夜风割脸，吹得脑袋生疼。他扔了垃圾，就站在花坛边的垃圾桶旁，点燃了一支烟。这时，他听到一个熟悉的声音。

是陈佳佳的声音。她站在楼侧的花架下，正在给谁打电话，大概是同事，或者是她那个闺蜜琦可。他听了几句，谈的是工作。

她满腔抱怨，虽压低了声音，但在安静的夜里，那声音还是格外清晰。

"天天开会，不是灌鸡汤，就是催业绩，出单就把你捧上天，不出单人人都能踩两脚，早会唱歌扭屁股，远看群魔乱舞，近看一群二百五，千万不要质疑，你敢提出异议，就是负能量；洗脑成功，你就先拿亲戚朋友下手。说到这里，亲爱的，我插播一下，你需要买保险吗？你正好需要，我正好专业，找我没错的。我已经忽悠我大姨、我表弟，忽悠我自己，各买了保险，据说本月我会是销售冠军……哈哈哈哈！套路话术一大堆，天天纸上谈兵，就是不正经教一些专业知识，新人连险种都介绍不清楚，怎么拿下客户？有客户了，你以为真心为客户着想吗？我亲眼见有一个人来理赔，这也不赔，那也不赔，经理还振振有词，怪他没把合同看仔细,都这么赔,我们喝西北风好了。经理在会议上说了,以后不要再向客户介绍这款险种了,这个保险卖得没赔得多,下个月停售了。呵呵!你知道吗?我们经理躲在楼梯口抽烟,给他的心腹亲授实战经验,教导他怎样增员,你猜他怎么说——'哄那种头脑简单的家庭妇女进来,像陈佳佳那种'。……呵呵呵!去他大爷的。"陈佳佳说得义愤填膺,竟然说起了脏话。

夏峻想走了,可好奇心驱使着他,他迟迟挪不开步子。这些话,她从来没对他讲过,初听起来,让人只觉可笑,他暗地里不屑地笑笑,笑她无知,笑她矫情,笑她愚蠢,可再听下去,他却笑不出来了。

"感觉我是从家里那个大坑里,又跳到另一个大坑。对,没错,家里也是一个大坑,是夏峻给我挖的坑,他叫我在家带孩子做主妇,他却明里暗里嫌弃我,'带个孩子有多累,别的女人不都是这样吗?'我想把这句话捡起来扔他脸上,告诉他,不是这样,别的女人不是这样……每天下班和我也没话,我问他点单位的事,永远只会说'你懂什么啊?'他懂啊!他什么都懂,他是百晓生百事通,平时像隐身人,孩子有个头疼脑热,磕了碰了,他就诈尸一样跳出来,指手画脚,你这也不对,那也不好,你能干啥,你连个孩子都看不好!有时我真想一头跳进小区的湖里算了,我这么差劲,一无是处,我还活着干什么啊?……什么?辞职?我才不辞职,我就是对你发发牢骚,天底下哪有钱多事少离家近的工作?没有,我们公司虽然问题不少,可是毕竟是大公司啊!做销售嘛!都是这些套路,我也理解,事在人为,没人教专业知识,师父说自己在学习中更能发现问题,解决问题,这话也没错。我自己现在给客户介绍产品,比我师父更专业,铁打的营盘流水的兵,我不是为了去当兵的。我就想证明给夏峻看看,我不是一无是处;我要狠狠地打我们经理的脸,我不是头脑简单的家庭妇女……"

那头的闺蜜为调节气氛,开了句玩笑:"是的,你是四肢发达的职场妇女,会打人呢!"

……

夏峻站在黑暗中,手里的烟一口没抽,燃尽了。他从有暖气的家里出来,在冷风里站了半天,冷热交替,脸被风吹得灼烧地痛,也许是心里忽然涌出一丝内疚，羞愧而脸红吧！这些话她在他面前吵过、闹过，又或者倦怠了，失望了，把怨气撒在了孩子身上，他都没有在意过；现在听起来，那些话就像这冬夜的风一样，小刀子划脸，又烧又疼。他不能再听下去了，捻掉烟头，疾步走进了楼门。

回到家时，严老师已经把自己的旅行包搬进了一楼的书房，外套挂在了书房的椅背上。书房里有一张单人床，以前夏峻加班回来晚了，会在那里睡。没有主人安排，严老师就自己把自己安排在这个房间，再合适不过了，因为也没有别的房间可供选择。

此刻，夏美玲正在客厅看电视，严老师正在用自己强大的人格魅力征服大孙子。

大孙子问她："奶奶，听说你是老师？教语文还是数学的啊？"

"语文。"

"那你以后能帮我写作文吗？"夏天喜出望外。

"不行！但是，我可以教你写作文。"

过了大概半个小时，陈佳佳回来了。她看上去眉眼带笑，和刚才躲在暗处打电话的那个充满戾气的女人判若两人。她为河北婆婆也拿了新被子、新牙刷，客气周到地安顿好老人，嘱咐夏天少玩早点睡觉，然后回了自己的房间。

夏峻洗漱完毕，也上了床，拿了一本汽车杂志随意翻着。陈佳佳深深地呼吸，准备睡觉。夏峻曾经看过一本心理学的书，书上说，一切不能声张、让人难受的苦痛，大部分人选择酗酒、闷头大睡、骂人和深呼吸来对抗，很显然，陈佳佳刚才选择了骂人，现在选择了深呼吸。不得不承认，陈佳佳是个经济适用的好老婆，对抗丧情绪都是用最节约成本的方式。

他假装随口一提，但却充满真诚："如果工作太累，就别干了。我算过了，家里的股票和基金，还有存款加起来，就算我一两年不工作，足以应付自如，不会让我们的生活品质受到影响的。"

"为什么不干？我干得挺开心的。"她还是嘴硬。

"何必呢？就你挣那仨瓜俩枣，够干什么啊？"他明明是好意，话说出来，却变了味。

陈佳佳嗤之以鼻："庸俗。工作只是为了挣钱吗？"

"不然呢？你不要说为了情怀啊！"夏峻从前也没少给员工做培训，情怀啊，价值啊，这些鸡汤信口拈来，他比谁都会讲。

果然，这个被早会成功洗脑的女人反击道："为了实现自我价值啊！唉！给你说了你也不懂。"

话不投机半句多，夏峻无心恋战，撇撇嘴："你开心就好。"

"当然开心了，我刚才又发展了一个客户，她要买两份保险，明天就签。那种出单的快乐，你不懂吗？"

"谁又上当了？"

"什么叫上当？说得这么难听。是琉可，我会骗她吗？"

琉可就是她那个闺蜜，据说嫁得比较好。原来她刚才在楼下跟琉可吐槽那么多，是为了忽悠对方买保险的。

夏峻对妻子真是刮目相看了，鄙夷道："你的良心不会痛吗？"

"我给自己的亲戚朋友，当然是推荐最合算的产品了。"

"下一步你要拿谁下手了？我吗？"

陈佳佳回头笑了笑："是的没错，你真聪明，你的保险我已经买过了，受益人是我。老公，我对你好不好？"

夏峻无语，转过身去。

第五章

人人都有病

* 1 *

夏美玲的各种化验结果出来了，但是，母子俩都没有看到。主治医师说，现在无法确诊，不确定是肺炎、肺结核或是癌症，所以还不敢随便用药，检查结果已经寄到了广州的合作医院等待专家会诊。

心里悬着的那颗石头，始终不能放下，夏峻忧心忡忡，夏美玲反倒安慰他："人吃五谷杂粮生百病，有病就治病，我看啊！你也有点病。"

"什么？我有什么病？"夏峻一头雾水。

夏美玲笑起来："你啊！焦虑症，病得还不轻呢！"

能不焦虑吗？不到一个月，他的白头发都长了不少。马佐岳父介绍的那家私募基金公司他去过了，双方相谈甚欢，对方对他的履历和工作能力都很满意，薪资待遇都已谈妥，只需办理入职手续了。临别的时候，老板甚至已经亲兄热弟一般邀他隔天一起喝下午茶，甚至还亲自送他到电梯口，电梯门打开，夏峻前公司的前总裁竟然从里面走出来，老板热情地迎上去握手。夏峻略觉尴尬，又不失风度，与对方虚与委蛇地打了招呼，然后匆匆告辞。

自然，他没有再等到隔天的那个下午茶邀约，只等到对方秘书打来的一个敷衍的电话，得到敷衍的借口，这件事就不了了之。

他像个没头苍蝇一样投简历,面试,与猎头见面,多日在家进进出出,时间不定,就向妈妈们也坦白了辞职找工作的事。

严老师很吃惊,发出连珠炮般的诘问:"干得好好的,为什么辞职了?你不是已经做到总管级别了吗?现在不好找工作吧?"

夏峻无语,纠正道:"妈,是主管,不是总管。"

夏美玲倒是不甚在意,开解他:"找工作可以慢慢来,欲速则不达,现在大环境不好,也不要眼高手低,实在不行,在家安心带带孩子调整调整状态,也不错啊!日子是一天天过的,不要让生存影响了生活的心情。先好好过年吧!"

此言甚是有理。对于中国人来说,天大的事都没有过年要紧。万事不顾,先过年吧!

二十四,扫房子。母子三人加上夏天齐上阵,一起大扫除,屋里扬起淡淡的灰尘,严竹君趁机拿了一个口罩让夏美玲戴,悄悄地说:"你那个病,要注意一点的。戴上这个,别传染给孩子。"

夏美玲心里暗惊,有点不悦:"谁告诉你我病了?"

"那病例就在屋里,我刚才扫屋子看到的。"

"我什么病?你倒是说说看。"

严竹君讪笑:"不是咽炎?"

"咽炎不传染。"

"那恐怕是肺结核呢?"

"肺结核也不传染。"

"戴上总归没坏处。"

"就是癌症,也不传染。医生还没给我确诊,你倒给我确诊了。"

严竹君自讨没趣,撇撇嘴:"就是好心提醒你戴个口罩,怎么这么敏感,生什么气啊?"

"戴口罩没问题啊!可是严老师,随便进我房间翻看病历,这不太好吧!"

"什么就随便进你房间,大白天门就开着。老姐姐,我知道你把夏峻养大不容易,我有愧,可你也不能挤对我啊!儿子也是我的,我在儿子家走动几步都不行了?"

"行吧行吧！走动吧！"夏美玲也不想打破表面的和谐，轻描淡写地嘀咕了几句，两人虽拌着嘴，面上却笑着，最后不了了之。

屋子洒扫干净，马上显得窗明几净，焕然一新。夏峻把那幅剪纸挂在客厅墙上，红色剪纸顿时为这个家增添年味不少。大家都凑近了看，发现剪纸的内容是一位大侠，都觉有趣，夏天还依样在一旁舞起了剑。

过年要采办年货。夏峻开车载着两个妈妈，两个孩子，一起去超市采购。

买个东西，两个妈也能争论不休。夏美玲买东西论"个"，严竹君买东西论"堆"，由此引发南北之争、甜党咸党之争、汤圆元宵之争。最后连夏天也加入战争，他和河北奶奶是一派，是不吃香菜星人；夏峻和夏美玲是一派，是不吃葱花星人，一家人为多买一些香菜还是多买一些葱差点吵起来，最后还是在菜摊旁挑菜的一个女人出言劝说大家："现在过年，不比从前了，超市天天开门，随吃随买，不用给家里囤货，放久了也不新鲜啊！是吧阿姨！都少买一点。"

一个陌生人的话，就这样轻而易举地解决了纷争。夏峻一回头，发现说话的女人竟是袁晓雯,她身边，还有一个五岁左右的小女孩。奇怪的是，两人都没有主动打招呼，只是在熙熙攘攘的超市人群里，互相点了点头，便各自转身了。当两个原本陌生的人，在一座很拥挤很大的城市里莫名其妙频频相遇，请相信，那就是一种无法解释的缘分。夏峻这种人，从来不相信男女之间有纯洁的友谊。他正直正派，鄙视钟秋野那种人，如果有什么不合时宜的"友谊"，他也不会任由发展，更不会原谅自己。

想起了钟秋野，钟秋野的电话就来了，说找夏峻有事，问他什么事，又不肯说，非要当面说。

采买完毕，把一家老小送回家，他独自去见钟秋野。

这个厚颜无耻的男人，开口就要借钱，理由非常充分，过年了，他作为一个男人，手里要有点钱，过一个欢欢喜喜的年。

夏峻没有多想，断然拒绝，他的理由也很充分："我失业了你不知道吗？现在没有收入，坐吃山空，懂不懂？不当家不知柴米油盐贵，我今天去了趟超市，那种生活的辛酸感更强烈，一根葱都那么贵。以前我还总说你姐斤斤计较像个市侩的妇女，我现在能体谅你姐了，挣钱不易，且花且珍惜啊!"

"你要是真的体谅我姐,这钱你更应该借我了。"

钟秋野笑笑。他自认为抓住了夏峻的把柄——在一个巧合的时间,他看到夏峻和一个女人从快捷酒店出来,虽没有亲密举动,但谈笑风生,女人、酒店、开房,这绝对是一个香艳的绯闻。

夏峻气极反笑:"到底是艺术家,想象力不错。"

"不然呢?你和一个女人去酒店干什么?你可不要告诉我去那里开会。"

"我去酒店睡觉啊!"

此言一出,他马上自悔失言,钟秋野已抓住话柄,化作正义化身,开始义正词严地讨伐他:"你还真敢承认,一点也没狡辩,比我还无耻。你对得起我姐吗?我承认我姐这两年是有点不经看了,可那个女人也,也将将就就吧!你什么眼光啊?"

夏峻气得攥紧了拳头,差点拍桌子,低声呵斥:"你闭嘴。我是说,我一个人去睡觉,是那个睡觉,就是单纯的睡觉。我去!我给你解释个什么劲儿啊?有病。"

真是越描越黑,他索性站起来,打算离开了。钟秋野倒也不急,淡定地说:"对,你不要给我解释,给我姐解释吧!"

夏峻强忍愤怒,又坐回了座位,说:"钟秋野,我忍住了打你的冲动。大过年的,你别搞事情。"

"你看,别急眼啊!都是男人,我能不理解你吗?陈佳佳那脾气也不小,你有个红颜知己,我相当理解你。"

"你闭嘴,少胡扯。"

"我本来就没想提这个事。哥,借不借啊?"

"要多少?多了没有。"

"一,一万?五千吧!"

夏峻无奈,拿出手机,给他转账,劝道:"过完年你也去上个班吧!别整天这样混着了。"

钟秋野不以为耻:"上那种一个月三五千的班,有什么意义?我是有梦想的人,我要追求我的梦想,我会成为中国的莫奈,我是一个伟大的画家。"

听到转账到账的叮当声,他一查看,低呼:"我的哥哥,你也太抠门了。你的绯闻就值两千啊?"

是的,夏峻只转给了他两千。

夏峻知道这钱给出去就难拿回来了,也就没打算再要回来,正色道:"这钱不用还了,就当是我给孩子的压岁钱,你记住,不是因为你威胁我才给的。我没什么绯闻,我知道一个男人的责任。"

* 2 *

陈佳佳一直上班到大年二十九,因为差几天才满一个月,她并没有领到微薄的底薪,但她依然很开心:单位给每个人发了两大袋米,还给一些业绩突出的员工发了大红包。最后一天,大家聚餐,她还喝了点酒,觉得同事都很可爱,经理也没那么讨厌了,这个公司真的不错。过年的时候,人人都变得宽容起来,很容易原谅别人的过错,因为毕竟是大过年的嘛!

两袋米不轻,是一个同事开车送她回来的,她提着两袋米上楼,手都勒红了。

夏美玲接过米,陈佳佳不忘炫耀:"这个是正宗的东北五常大米。"

严老师闻到儿媳妇身上的酒气,皱了皱眉:"你这什么工作?要陪人喝酒的啊?"

陈佳佳心情好,不计较,笑笑:"是和同事们一起喝的,我就喝了两杯红酒。"

夏峻又忍不住调侃:"我老婆真有本事,都能给家里挣口粮了,以后我可指着你养我了。"

陈佳佳从来嘴皮上不认输:"耐心等待!你会梦想成真的。"

年夜饭,两个妈妈各显身手。夏美玲包汤圆、炸年糕,严竹君则包饺子,亲自和面、剁肉、择菜、擀饺子皮,忙得不亦乐乎。两人互通有无,交流南北方饮食文化。

严老师说:"这个猪肉芹菜馅儿的饺子,寓意好啊!勤财,勤财,勤劳才能致富。"

鸡鸭鱼肉准备妥当上了桌,夏美玲又炒了个青菜,美其名曰:"亲亲(青青)热热,一家人亲亲热热,和和美美最重要。"

饺子出锅,严老师夹起一个,让夏美玲先尝,问:"大明星,吃过这么好吃的饺子吗?"

饺子烫嘴,满口鲜香,夏美玲连呼:"好吃,好吃!我有时排练太忙,也煮点速冻饺子的。饺子嘛!我们觉得是个快餐,平时忙了对付一下,过年还真没吃过。"

"快餐?切。"严老师很生气,半开玩笑道,"你可以贬低我,但不可以贬低我的饺子。"

年夜饭上桌,中央台的春节联欢晚会也正开始。

妈妈们一会儿给儿子夹一块鱼,一会儿劝媳妇尝尝年糕,陈佳佳乐得清闲,样样都说好。

电视里,那位著名主持人兴奋洋溢,说:"又到了全国人民吃饺子的时候。"

小孩子童言无忌,夏天对着电视屏幕多嘴:"你确定吗主持人?全国人民吃饺子?我大明星奶奶和我爸就不吃。"

严老师给夏峻碗里夹了饺子,本想幽默一把:"儿子,快吃,中央都发话了,不吃不是中国人,快吃。"

夏美玲不悦,却轻笑了一下:"吃个饺子,还吃出优越感了,吃出爱国情怀了。南方人不吃饺子就不配过年了?"

夏峻没听出来妈妈们的明刀暗箭,也不知道自己是帮谁说话,顺口说:"吃不吃是自由,是文化差异。"

"不管南方北方,好吃就行。"陈佳佳也乐得说句漂亮话,让婆婆们都开心。

就在这时,一块好吃的清蒸鲈鱼闯了祸。玥玥被一根鱼刺卡住了,憋红了脸,用小手指着嘴巴,咳嗽了几声,大哭起来。

陈佳佳慌了:"吃什么了?"

鱼是严老师喂的,她近视,没把刺挑干净就喂给了孩子。严老师一看孙女的样子,也急了,哭丧着脸:"那鱼我看了啊!没刺儿啊!快看看快看看。"

夏峻打开了手机的手电筒,要玥玥张嘴。玥玥只顾着哭,一点也不配合。夏美玲忙拿了小勺,压住玥玥的舌头,光束照进去,果然看到一根鱼刺卡在咽喉的左侧入口,随着孩子的哭泣和呼吸而翕动。

大家纷纷献策,陈佳佳建议喝醋软化鱼骨,严老师建议给玥玥吃一块饼把刺带下去,都被夏美玲否决了:"去医院吧!马上。"

严老师自知理亏,也不好提出异议。

热闹的年夜饭就此中断。严老师留在家里陪夏天,夏美玲坚持要陪玥玥去医院。

除夕深夜的医院,病患还真不少。有放鞭炮炸了手的,有喝酒到胃出血的,还有在高速路上夫妻打得头破血流的,当然,被鱼刺卡了喉咙的也不少。

当值的医生很快帮玥玥取下了鱼刺,嘱咐道:"知道吗?有人做过一个数据统计,除夕夜的就诊者中,有14%的患者是因为喉咙卡鱼刺。过年大鱼大肉,大吃大喝,一定要注意啊!"

这对于舌尖上的中国人来说,真是一个悲伤的笑话。

夏峻心有余悸,只有点头。

"谢谢你!医生。我孙女没什么大问题了吧?"夏美玲还是有点担心。

医生把处方单递给夏峻:"吃点消炎药,不会有大碍。以后一定要注意,给这么小的小孩子吃鱼,最好打成鱼泥。"

医生取下口罩露出真容,夏美玲才发现,这位医生是她在这家医院看病时的主治医生刘医生。刘医生已头发花白,年龄和夏美玲不相上下,是医院的骨干主力,耳鼻喉科的金字招牌,却在这寒风凛冽却又万家团圆的除夕夜,还坚守着岗位前线,着实让人敬佩。

夏峻去取药,陈佳佳抱着孩子追上去:"卡,卡在我这里。"

诊室里没有其他病患,只剩下刘医生和夏美玲两人。夏美玲没急着走,她心里有事,就是她的病,平日虽然故作云淡风轻,但这个尚未确诊的病如鲠在喉。她像大部分老人一样,生死困惑还未看破,畏惧死亡,没那么通透。她也很焦虑。

"刘医生,我的病,确诊了吗?你实话告诉我。"

"再等几天吧！我和广州医院那边也视频会诊过了，有最终结果会马上通知你的。你也不要太过担心，生病也没那么可怕，只是有的病是显性的；有的病是隐性的；有的病严重，治疗的时间长；有的病轻，扛几天也能过去。人人都有点病，你不生点病，倒显得不合群了。哈哈哈！"他与她玩笑。

这个观点，倒是与夏美玲不谋而合，她连连点头："对，人人都有病。"

"对啊！你看，那个男的，你儿子是吧！有直男癌，癌啊！难治。"

她望出去，听到夏峻一直在抱怨老婆："哪个女人不生孩子？""连个孩子都看不好，你能干啥？""你要是这么想，我也没办法。""我是男人，那是你们女人应该操心的事。"

夏峻自失业后，自我矮化夹着尾巴做了几天人，今天孩子一出事，他一急，马上又原形毕露了。

夏美玲叹了口气，有点恨铁不成钢，咬牙道："这病，我给他治。"

"你再看我们护士站那个小护士，病得也不轻，懒癌晚期，晚期啊，一戳一动，不戳，那是一动不动。"

这个平日不苟言笑的医生，原来还有幽默的一面。夏美玲配合他，露出吃惊和同情的表情："啊！这么严重？这病不好治啊！"

"就说我吧！我也有病，治了大半辈子了，也没治好。"

这一次，她没听出来他要拿自己开涮，信以为真，问："你怎么了？"

"我有拖延症，拖延症晚期啊。"

夏美玲皱眉摆头："完了完了，这可是绝症，世界医学难题，没救了。"

"哦，不，我觉得我还可以再抢救一下。"刘医生流露出老顽童的俏皮。

夏美玲笑了，她忽然觉得刘医生的笑，像极了她曾经的某位恋人，一分天真，两分傻气，三分忍俊的假正经，剩下的几分，全是被她看穿的寂寞。她忍不住问："医生，为什么除夕还要你值班？"

"家里没人，两个孩子都在国外，没回来，我就一个人过，在医院还能和人说说话。"

她忽然想起某一年，她一个人在绍兴老家过年的情形，除夕夜一个人在家里看电视。夏峻打来电话，她把电视调到某一个台，给他听海浪声：

"海滩上有人在放烟花,好漂亮的。"她骗他说自己在三亚旅游。

这样的孤独,她是能感同身受的。她安慰他:"孩子们都工作忙,要理解的。"

刘医生自我解嘲:"我也很忙的,没空想他们。过完年我就退休了,我要站好最后一班岗。"

"退休了?"

他看出她的疑虑,马上解释:"不过你放心,我一定会对你负责到底的。"

此话一出,刘医生自觉有些失言,又找补解释道:"呃,那个,我是说,我会对你的病负责到底的。"

门外,夏峻在催了,夏美玲只好告辞:"您也不要太累了,没有病人了,得空也歇一歇。"

刘医生点头,送她到门外,两人又互道了"新年快乐",他转身朝医生休息室走去,打开了随身携带的小收音机。医院冷清下来,收音机里传出咿咿呀呀的越剧声,是《红楼梦》选段:"天上掉下个林妹妹……"

夏美玲很想再折返回去,告诉他:"哎!你知道吗?那是我唱的。"

回去的路上,夏峻忍不住唏嘘后怕:"多亏听了妈的话,及时到医院,取了那么大一根鱼刺,否则后果不堪设想。"

"你小时候,有一年除夕,也是吃鱼,被鱼刺卡了喉咙。我让你吃饼把刺带下去,惹了麻烦,差点把食道戳破了,最后还是在医院取出了鱼刺。"她自嘲,"第一次当妈妈,没什么经验。"

夏峻想起多年为生活奔波劳碌对母亲的疏忽,照顾甚少,也骤然生出愧疚,正色道:"我也是,第一次当儿子,没什么经验。您多包涵。"

一直在后座抱着孩子的陈佳佳忽然发现夏峻走错了路,忙提醒他:"左转!左转!"

已经来不及左转,只好朝前直行,又走了好长一段,陈佳佳忍不住抱怨:"刚才左转掉头的话,早就到了。"

"那边不能掉头。"

"可以啊!我看到有个车从那边掉头了。"

"你懂什么啊?"夏峻又出言不逊。

"我怎么不懂,我考过驾照的啊!"

"你就是个本本族，有驾照有什么用，说了你也不懂。"

眼看两人要陷入吵架的死循环，夏美玲生气了。

"夏峻！"当妈妈连名带姓地叫你，被叫的人就该知道，大事不妙了。夏美玲声色俱厉地呵斥夏峻，"我告诉你，我的病，现在刘医生还没有确诊，可是你的病，他倒是确诊了。"

夏峻一愣："我怎么了？"

"他说你得了直男癌，绝症，治不好了。我告诉你，你这病，得治，以后不许对佳佳这样说话。"

妈的话是圣旨，夏峻一口答应："好好好！这毛病要治。"

有了婆婆声援和撑腰，陈佳佳受过的委屈齐齐涌上心头，一时无法自已，在后座悄悄抽泣起来。

转眼已到了家楼下，夏峻把车停好，夏美玲先下了车。他解开安全带，才发现陈佳佳在哭。

他有点烦躁，忍不住又脱口而出："你又怎么了？"

夏美玲打开后车门，抱走了孩子，再一次低声训斥夏峻："好好说话。"

大过年的，夏峻也不想闹得不开心，也想好好说话，但他的好话说出来是这样的："别哭了，我错了行了吧！"

"你这是认错的态度吗？你就是故意的，从来不知道尊重我、心疼我、理解我，只会打压、嘲讽、轻视，你永远正确，全都是我的错，行了吧！"

"哎哟至于吗！你要是这么想，我也没办法。"这句话一出，夏峻知道又犯了大忌，从前多少次争吵，都是陷入这几句话的死循环中无法自拔。

果然，陈佳佳更生气了，一把推开了他："不用说了，你没错，你回去吧！我想静静。"

他能让她一个人在这里静静吗？不把她哄好，今夜全家人都无法静静。他扶额，痛定思痛，索性坐进后排，关上了门，一把搂住她："行，我陪你一起想静静。我给你说，我也经常一个人在车里想静静。"

这个骤然的拥抱，在逼仄狭窄的空间里，令她的身体升腾起一丝奇妙的熟悉的感觉。暖气还没关，她的脸忽然发烫——中年夫妻，鸡飞狗跳，焦头烂额，夜夜同床，却连拥抱的欲望都没有了，他们有多久没有拥抱亲吻过了？

"走开,下去!"她扭手扭脚,低声斥他。

他却抱得更紧,在她耳边低声说:"我错了,老婆,我真的错了,平时忽略了你的感受,有时说话态度也不太好,我改,好不好?我也是第一次做老公,没什么经验,原谅我。"

女人就是好哄,陈佳佳绷不住想笑,可还是气不过,反呛道:"怎么?你还想做几次老公?第二次?第三次?"

"不不不,这世上像你这么眼瞎的女人不多,恐怕我没什么机会了。"

原来自大的夏峻也会自嘲自黑,把佳佳从前贬低讽刺他的话"我真是眼瞎了才会看上你这种男人"还了回去。过去她对他多失望,吵架时才说出这样的气话啊!

"你知道就好。"夏峻做小伏低态度不错,陈佳佳也出了一口郁气,愿意给他一个台阶下。毕竟,中国人宽容定律第一条就是:大过年的。

* 3 *

大过年的,有人欢喜有人愁。

钟秋野就很发愁。他本想趁着春节期间的一家团圆的气氛,修补感情,促进夫妻和睦,谁知,李筱音在大年三十当天,飞了法国,参加某国际会展的工作。

机场十里相送,钟秋野依依不舍:"大过年的,还要出差?你们公司也太没人性了。"

李筱音面无表情:"法国不过春节。"

"老婆,我会想你的。"

钟秋野夸张地嘟起嘴索要亲亲,浩浩也有样学样:"老婆,我会想你的。"

李筱音对钟秋野的献媚讨好置若罔闻,把香吻送给了自己的小男子汉,笑意盈盈:"要乖乖哦!听爸爸的话。"

钟秋野的嘟嘴和笑容僵在脸上,又锲而不舍地伸出大臂,想给老婆一个离别的拥抱。李筱音巧妙地一侧身,转头就走,走路带风,消失在安检通道。

过年七天乐，钟秋野和儿子其实过得不错。他每天会准备好包装大气的礼品和一堆甜言蜜语吉祥话，带着儿子走东串西去拜年，蹭吃蹭喝不亦乐乎。

初二的时候，在陈佳佳娘家，回娘家的夏峻陈佳佳夫妻俩和钟秋野不期而遇。钟秋野提着旺旺大礼包和银耳莲子羹礼盒，浩浩由外婆抱着，来大姨妈家团聚，没错，陈佳佳的妈妈，就是钟秋野的大姨妈。

过年的这种亲戚饭局，是没有硝烟的战场：小区楼下是车展，看谁开的车更高档；饭桌上，碟子碗热腾腾地摆上桌，来自七大姑八大姨的灵魂拷问也正式开始——期末考试成绩第几名？找着工作了吗？月工资多少？谈对象了没？什么时候结婚？房买了吗？车买了吗？年纪不小，该生个孩子了；一个孩子太孤单了，生不生二胎啊？两个孩子是个伴儿；升职了吗？加薪了吗？……句句让人胆战心惊，比过五关斩六将还难。还好，夏峻和佳佳已基本就上面的问题给出了满意的答案，最近这一两年，亲戚们已经放过了他们。

可大家并不想放过钟秋野。

二舅妈笑里藏针地问："秋野啊！现在在哪里上班啊？"她故意这样问，是因为听说他一直吃软饭。

吃软饭的男人也有尊严，追求梦想是他的遮羞布，于是，他厚着脸皮说："最近没上班，我想趁着年轻，正是创作的高峰期。我如果天天奔波劳碌去上班，根本静不下心来画画，那我的梦想什么时候才能实现？"

理由无懈可击，陈佳佳的小姨受到鼓舞，也为儿子帮腔："秋野是自由职业，是画家啊！他现在一幅画好几万块钱呢！"

钟秋野心虚地直喝水，讪笑着："还好还好，没那么夸张。"

就这样躲过一劫，二舅妈的枪口竟然指向了夏峻。在过去的一个月里，陈佳佳向各位亲戚热心推销过保险，聪明的二舅妈产生疑虑："佳佳怎么出来工作了？是不是夏峻单位的效益不行啊？我听说现在经济下滑，许多大公司减薪裁员，是不是真的啊？"

大庭广众，几十号人面前，夫妻同心，陈佳佳护夫心切，挡在夏峻前面，为他圆场："舅妈，你尝尝这个土鸡肉，在郊区一个农场现买现杀的，吃虫子长大的，特别鲜，我哥早上一大早去买的。"

"是吗？什么农场？地址给我，下次我也买。"

成功转移话题，大家继续吃菜、喝酒，大舅聊起了燃油涨价、美元汇率，小姨聊起了食品安全、房价疯涨，大舅妈聊起移民美国的小女儿，二舅妈聊起刚刚在政府部门升官的大儿子，人人都有满腹牢骚，人人又都有远大前程。

夏峻默默吃菜，钟秋野忽然来了句："哥，你工作找好了吗？待遇怎样？"

二舅妈马上惊呼："夏峻失业了啊？在找工作？"

大舅妈叹息："人到中年，可不能随便辞职啊！隔壁老李的那儿子，辞职了，在家待快一年了，要求一降再降，也没找到合适的工作。"

望着钟秋野那张欠揍的脸，陈佳佳气不打一处来，脸上却故作平静地笑着："有本事的人都任性，夏峻不愁找工作，多少猎头挖他呢！慢慢挑，不急。"

夏峻也忍住了暴揍钟秋野的冲动，和妻子一唱一和，不忘夹枪带棍反击一下："是啊不急！正好在家歇一歇，带带孩子。说起带孩子，你可是前辈，有经验了，我要向你取经学习，以后咱俩多交流。"

反击成功，二舅妈瞟一眼小姨，继续打探求证："小野在家带孩子的啊？他不是画家吗？"

众人诧然。夏峻暗笑，钟秋野气结，两个大男人，幼稚得像两个骂架的三岁孩子。

就在这时，还是亲儿子浩浩为亲爹解了围。

就在刚才大人们吹牛拍马、捧高贬低的时候，孩子们已经离开了餐桌，出了家门，在夏天的统领下，在楼下的池塘边玩。脱离了大人视线的孩子们活脱脱变成了一群野猴子，他们在池塘的冰面上滑冰时，一块冰裂开了。

"浩浩掉水里了！"夏天通风报信。

大人们闻风而动，前来救援。池塘的水并不深，浩浩没呛水也没被淹，只是衣服湿了，初生牛犊不怕虎，还笑得没心没肺的。

没有人再关心谁失业谁升职了。这一群猴子被赶回了餐桌上，浩浩的湿衣服被扒掉，换上了家里其他小孩的旧衣服，大姨妈烧了姜汤来让孩子喝下。

席间又开始拿孩子们逗乐，问小学生期末成绩，问幼儿园得了几朵小红花，让孩子们说吉祥话拜年；然后，大姨妈给孩子们发压岁钱，一人五百，共七个孩子，真让人肉疼。

饭毕，钟秋野茶足饭饱，孩子的压岁钱也合理装进腰包，功德圆满，先告辞返程了。

陈佳佳在厨房帮母亲收拾，母亲忍不住埋怨："小野这孩子，越来越不懂事，一年到头了，就带个旺旺大礼包就上门了。那五百块压岁钱，要不是看在孩子的面子上，我还真不想给。"

"过年嘛！就图个热闹，别计较这些。"

"对了，夏峻真的失业了吗？怎么回事？"原来这茬母亲没忘。

"您就别操心了，夏峻找工作不难。"陈佳佳敷衍着，端着水果出去了。

夏峻正在和岳父高谈阔论，陈佳佳走过去对他悄悄耳语："此地不宜久留。"

过一会儿，夏峻找借口告辞，说怕回去晚了路上堵车，岳父岳母也忙累了一天，客走主人安，皆大欢喜。

钟秋野和儿子回到冷清的家里，洗了个热水澡，早早进了被窝，孩子玩乐了一天，很快入睡。他躺在床上玩手机，给李筱音发微信："老婆，我想你。"

李筱音并没有回复，他为自己找了理由——法国此刻正是下午两三点，老婆恐怕在忙工作。

大四女生更新了朋友圈，分享了一首孙燕姿的《雨天》。闲着无事，正好逗逗她，他发微信私聊她："孙燕姿的雨天，莫文蔚的阴天，周杰伦的晴天，梁静茹的昨天，萧亚轩的明天，都不如你和我聊天。"

女孩很快回消息："你也喜欢听歌啊？我也喜欢杰伦的那首《晴天》。"

"从前有个人爱你很久，但偏偏风把距离吹得好远。"他迅速百度了歌词，选了两句暧昧的话发过去，意味深长地说，"我喜欢这句歌词。"

于是，一对狗男女开始了愉快的聊天。

后来狗男先行睡去，半夜又被冻醒，发现是暖气停了，而浩浩的胳膊和腿都露在被子外面，脸蛋通红，喘气短促，一摸额头，烫得像烙铁，糟了！浩浩发烧了。

狗男马上化身尽职尽责的好父亲，深夜送儿子去医院，恰好车子又坏了，他只好把孩子用大衣裹着去路边打车，凄凄惨惨切切。如果让长大到三年级的浩浩写一篇作文《我的爸爸》，这一定是首选素材，感人至深。

浩浩被诊断为急性肺炎，天亮后烧退了一点，下午又反复，老父亲愁肠百结，哈欠连天，多了两个乌青乌青的眼圈。

好巧不巧，李筱音连招呼也没打，就在这天忽然回国了。家里冷冰冰的，空无一人，她打电话给钟秋野："你在哪儿？"

"医院，儿童医院。"

李筱音第一时间赶到医院，在病房门口，和钟秋野大吵了一架。

"你能干什么？你能干好什么？连个孩子都带不好。"

钟秋野自知理亏，小声辩解："小孩子头疼脑热，很正常，我也不想的。"

"这是头疼脑热吗？肺炎啊！肺炎啊！"同事家有个小孩去年得肺炎，住了三个星期医院，差点送了命，李筱音想想都后怕。

"这是我的儿子，亲儿子，我愿意他生病难受吗？看着他这样，我比他还难受。"

"我看你很自在，刚才我进来，你还在玩手机。你除了聊骚，还会干什么？"

别指望一个被背叛过的女人字典里还有"温柔"和"信任"这些字，她们像刺猬，随时准备着竖起刺发动攻击。

"我哪有？只是看了看时间。"说起手机，钟秋野想起了手机支付宝里的余额，有点畏缩地提醒她，"对了！住院押金还没交。"

钟秋野也真是人穷志短，自己往枪口上撞，李筱音一听这话，气不打一处来："你配当父亲吗？你还算是个男人吗？虚伪自私，软弱无力的窝囊废。"

"窝囊废"这词对钟秋野的杀伤力是巨大的。从小到大，他的原生家庭就是女强男弱的状态，母亲骂他父亲最常用的口头禅就是"窝囊废"，父亲就低着头看着地板，一言不发。那三个字，像是剔骨刀，能瞬间把人连皮带肉刮剔下来，一点东西都不剩。他没想到自己竟走了父母的老路。

狗急跳墙，这只狗男也是有尊严的，他不服软认怂了，也提高了分贝：

"你呢？你还算是个女人吗？你配当母亲吗？你一周有几天是在家吃晚饭的？你一个月有几天在家？你算过没有，你一个月能陪孩子几个小时？就算是在家，不是打电话，就是视频会议，你比日理万机的总统还忙。你知道孩子现在上的是小班还是中班？孩子给你送的自己画的生日贺卡，你随手就丢在一边，孩子第二天在沙发底下看到，都哭了。他问我，妈妈是不是不喜欢他送的生日礼物？妈妈是不是不喜欢他？李筱音，你配当妈吗？"

话说出口，钟秋野已经后悔了，可是，已经收不回了，他只能强撑着，胆战心惊地看着她。

一招制敌。李筱音语结了，她愣了三秒，嘴唇颤抖着，没有说话，半晌，像是泄气一般，轻声说："初七他们就上班了吧！去把手续办了吧！"

钟秋野已经后悔说了那些话，可是他还没找到台阶下，只好嘴硬："办就办，谁怕谁？"

李筱音的电话响起来，她接起来，谈的还是工作上的事。

"画展不办了，撤了。"她面无表情，对电话那头说着，回过头来挑衅地看了看钟秋野，似乎说的事正好和他有关。

那边办事的人有点急了："别啊！李总监，这个美术馆的档期很难安排到，我好不容易才刷脸申请到的。"

"改天我亲自面谢，和向馆长道歉。"

"是赞助有问题吗？还是画家那边出了什么状况？"

"赞助已经到位，预算也没有超出，只是画家这边，出了问题。回头我再向你解释吧！"

她挂断了电话，仿佛出了一场恶气，轻描淡写地说："好吧！我以后少忙一点，多陪陪孩子，不该我操心的事，我就不管了。"

这话意有所指，钟秋野隐隐猜出了几分，迟疑地问："什么画展不办了？你在和谁打电话？什么意思？"

"明日之星、未来大画家钟秋野的画展，不办了。"

"你没告诉过我，为什么不告诉我？"钟秋野后悔莫及。

这几个月来，李筱音一直利用工作闲暇时间，在为他人生的第一个画展而忙碌。谈美术馆的档期、拉赞助、联系媒体、刷脸、求人、动用人脉，就是想助他一臂之力，早点接近梦想。

这本是一个莫大的惊喜，在这一刻，却变成了一个莫大的笑话。

钟秋野后悔莫及，眼看李筱音要进病房去看儿子，他一把拉住了她的手："别啊！老婆，别这样！这个事，咱们好好商量一下，我觉得，咱们就是缺乏沟通，筱音！"

李筱音一抬手甩开了他，他这才发现，她的手背，有很大一片红了破了，血已经凝固了。

他心里一惊，抓住她的手腕："你的手怎么了？怎么搞的？"

哪怕是再坚强的女人，也会有脆弱的时候。从法国到北京十个多小时的直飞，再换乘北京至×市的航班，她还要乘坐一辆网约车赶回家。网约车在路上与一辆车发生碰撞，她的手受了点伤，她觉得这些不值一提，她遇到过更加颠沛的行程，都觉得没什么大不了，没有什么能难倒她。可是这一刻，一种强烈的挫败感在心里涌动，她觉得自己是这个世界上最失败的女人，糟糕透顶，沮丧冲击着她，她忽然蹲下来，抱头痛哭。

* 4 *

马佐在大年初六，给夏峻打了一个电话，寻求帮助。他大年初三在高速路上追尾，车子和驾驶证都被扣押，等待处理结果。他记得夏峻有某交警支队的朋友。

马佐对夏峻一家有恩，投桃报李，这点小事，夏峻不能不应承。——他还真有一个在交警事故队工作的老同学。

大年初七，夏峻去接了马佐一起去交警队。马佐抱着孩子，默默地坐到后排。

"说说，怎么回事？没撞着人吧？"夏峻问。

马佐摇了摇头，叹了口气："要是我再开快点就好了。"

夏峻大跌眼镜，这孩子莫不是被撞傻了吧！都追尾了，还后悔没开快，还要多快？

"要是再快一点，就能追上佑佑了，要是再快一点就好了。"他絮絮叨叨，有点神经质了。

原来，是马佑回来了，又走了。

大年三十，马佐受岳父之邀，前往岳父的家共度除夕。

岳父一个人住一套四百平的别墅，有台球室、健身房，还有一个恒温的游泳池，马佐一直幻想能去里面游游泳，可是他并不会游泳。他对佑佑讲起那个小小的心愿时，佑佑很吃惊——这个游泳池这么小，怎么游？我从来没在那里游过。

他进去的时候，岳父家的保姆正在做饭，还有一个稍胖的保姆正在餐桌旁摆餐具，娴熟地把红酒倒进醒酒器，然后又迎上来，从马佐手里接过孩子。马佐看清保姆，吃了一惊："敏姨，你怎么在这里？你不是说要回家过年吗？"

敏姨撇撇嘴，模棱两可地笑笑，没说话。

餐桌摆在阳光房，隔着玻璃，可以看到波光粼粼，树影幢幢，室内温暖如春。岳父招呼马佐坐过去一起喝几杯。

马佐坐过去，环顾四周，心里暗暗赞叹，要是住这样一套房子，那就人生足矣。

"在看什么？"

"我在看月亮在哪里。"马佐随口应付。

老头子为女婿斟酒，笑他："你啊！越发书呆子了，现在哪有月亮？农历的月末月初，月亮正运行到太阳和地球之间，月亮以它黑暗的一面对着地球，所以，我们是看不到的。但是你要知道，它一直在那里就好了。"

大到商战策略，小到生活细节，老头子都能娓娓道来，马佐不得不佩服。

保姆将做好的菜肴一一摆上桌。是年夜饭，比平日丰盛许多，龙虾像手臂一般粗大，鲍鱼肥美饱满，还有许多马佐叫不上名堂的菜。他看到，岳父的面前，放了一小碟泡酱萝卜。萝卜就酒，岳父端起酒，要与他碰杯。

马佐喝了一小口，轻轻地晃动酒杯，美酒佳肴，良辰美景，马佐连月来带孩子操劳，终于拥有了片刻宁静，他忍不住心里唏嘘——这才是人该过的日子。

向来低调谦逊的岳父忽然问他："这房子漂亮吗？"

马佐点了点头，尽量不让自己露怯。

岳父又夹了一块粉嫩的鱼生放到他面前的小碟里，说："尝尝这个，今早才从日本空运来的，这么几片，也要几千块。"

马佐尝了尝，肉质肥美，口感清爽有回甘，果然不同。

"你知道蓝鳍金枪鱼、黄鳍金枪鱼和大目金枪鱼的口感有什么区别吗？"岳父问他。

这可真是个难题，马佐被难住了，摇了摇头。

没想到岳父直白地说："没吃过，当然不知道区别了，有些知识，不是书本上可以学到的。我来告诉你，这三样菜，有个共同的特点，那就是都很贵。你刚才吃的是蓝鳍金枪鱼，而黄鳍金枪鱼，颜色粉红，但味道更淡一些，至于大目金枪鱼，肉质水分太多，我不喜欢。而这些经验，这些品味，都是用钱堆积出来的。"

谁能比岳父炫富更清新脱俗？

马佐敬岳父一杯，对他的观点深以为然，他心里再一次暗想，这才是人过的日子啊！

岳父像是听到了他的心声，接着感叹一句："这才是人过的日子啊！"

接着，他又把面前的酱萝卜朝马佐面前推了推："尝尝这个。"

萝卜湿润润的，淡黄色，被切成萝卜条，看上去，也没多好吃，马佐尝了一口，酸辣适口。

"味道怎么样？"岳父问。

平心而论，这萝卜比马佐的妈妈腌的菜味道更胜一筹。他诚实地点了点头："好吃。"

岳父对他讲起这腌萝卜的来历，讲起自己的发家史。

那一年，老头子还年轻，28岁。妻子为他诞下女儿，不久后却突生疾病去世了，又正好赶上下岗潮，他丢掉了铁饭碗，生活过得捉襟见肘。为了省钱，买了一堆萝卜，晒干了，用煮过的酱油大料水腌了，味道竟然不错，好几个邻居吃过一次，过两天又来讨要。他从泡萝卜干里，发现了商机，就多做了一些，拿到早市上、大学校园里去卖，五毛钱一份，紧俏抢手。他又主动去小餐馆、早餐店推销，生意居然不错。后来这份萝卜干的生意被他做大做强，势头直逼涪陵榨菜，他的萝卜干也做成了品牌。

后来他研发新品种，有了自己的工厂，有了钱，再投资别的生意，长袖善舞，一通百通，逐渐建立了自己的财富帝国。而他做这些事的时候，佑佑就在他后背的褪褓中，惊奇地看着这个世界。

马佐脑补了一下英明神武的岳父背着稚嫩的女儿向人推销萝卜干的样子，有点蠢笨，有点滑稽，又有点心酸。

老头子说："我不是生来就拥有这一切的，她也不是天生的公主，今天拥有的一切，都是我一步一个脚印，起早贪黑干出来的。成功不可复制，羡慕不来的。"

马佐看过许多成功学的书、知名企业家自传，一边怀疑一边相信着，现在，听完岳父的现身说法，他沉默了。老人没有煽情没有卖惨，即使说到最辛苦最无助的时候，脸上也带着笑，像是对往事的细咂回甘，有一种食苦如甘、履险如夷的英雄主义。

潼潼被敏姨带到楼上去了，隐隐传来欢笑声。马佐想起了佑佑，不禁心生唏嘘，如果此刻她在身边，一家团圆，这样的夜晚该是多么完美。

"每一个男人都曾经幻想做一个英雄，其实，世上哪有那么多的英雄？真正的英雄不是一定要拯救苍生，而是勇于承担自己的使命和责任。"

马佐点点头，再向岳父敬了一杯酒。

"去吧！上楼叫佑佑和孩子下来吃饭。"岳父的目光看了看楼上。

是马佐的耳朵出问题了吗？他听到了佑佑的名字？佑佑回来了！佑佑回来了！他喜出望外，飞奔上楼，在上楼梯的时候跌了两跤，他撞入那个充满欢声笑语的房间，看到了那个熟悉的身影。佑佑瘦了点，但眼睛明亮，皮肤紧致，又恢复了往日的光彩。他走过去，紧紧地把她抱在怀中。

一家三口在一起度过了一个温馨快乐的除夕。一个平静祥和的初一，在马佐和父亲的劝说下，佑佑和他带着孩子，一起踏上回婆家的路程。

这是马佐第二次带老婆回老家。他开着结婚时岳父买给他们的宝马，载着他的两个宝贝，荣归故里。父母已经从海南疗养回来了，听说儿媳和孙女回来，婆婆在厨房大展身手，席开两桌，宴请亲朋。尊贵的公主和长辈们同桌，大鱼大肉都往佑佑面前摆。她看到碗沿一圈陈年的污垢，公公吸一口气，从烟嗓里吐痰到地上，顿时失去了胃口。吃完饭，她带潼潼在院子里玩，马佐已经去门口和自己的发小们吹牛闲扯去了。潼潼要喝水，她去厨房倒热水，听到婆婆和马佐的大姨聊天：

"马佐的媳妇儿，怎么看上去不开心，总吊着脸？"

"有病呗！不能说，不能惹，就说生个男孩吧！不能说，惹急了给你跳楼，离家出走。"

"真的啊？啥病？"

"叫产后抑郁症，你听过这病吗？抑郁，就是不开心呗！生个丫头片子，我还抑郁呢！"

"抑郁症，这可是精神类疾病，你少说两句。"

"是吧！我就说是精神病，惹不起、惹不起。"

门外这个精神病患者，拿着水杯，又默默地退了出去。

当天晚上，马佐和老家的同学聚会，很晚没有回来。婆婆安排佑佑和孩子住在当初为他们收拾的一间新房子里，十斤重的新棉花被子，新安装的空调暖气开到最足，总不会冷到大公主、小公主。佑佑感受到婆婆的诚意，瞬间又原谅了她白天的那番话。潼潼择床，晚上闹觉，哭哭唧唧，迟迟不肯睡觉。佑佑讲故事唱歌，好容易哄睡了孩子，她却睡意全无，打电话给马佐，他的手机关机了。

半夜，佑佑在一阵腹痛中醒来，她看看表，已经是凌晨三点，马佐还没有回来。腹内翻江倒海，大概是吃了凉的东西坏了肚子，她想上厕所，但是厕所在后院。内急如焚，还好她在抽屉里找到了一个手电筒，摸索着打开了通往后院的门，进了厕所。一股难以描述的味道随夜风弥散，她在微弱的光柱中，探出了脚，一只硕大的飞蛾忽然迎面撞上来。她一惊，手里的手电筒滚落，一只脚踩空，从那个黑洞洞的简易坑洞里踩了进去。

一大早，佑佑穿着婆婆的一双丑笨的皮棉鞋，一条棉睡裤，小声向马佐恳求，想要早点回城。马佐下午还有一个同学聚会，断然拒绝。

后来，佑佑就哭起来，她一哭，孩子也哭。婆婆生气了，一摆手："回吧回吧，都回去吧。"

马佐自觉没面子，但也不敢再惹怒佑佑，低声劝她："既然回来了，不能忍一忍吗？为了我，不能忍一下吗？"

佑佑执意要回，沮丧的情绪像潜伏的重症暴发，她一刻也不能忍，但还是做出了自以为是的一种让步："要不，我先回去，在家里等你。"

马佐怎能同意，带着公主荣归故里，最后公主一个人先行离开。驸马的脸上挂不住，但他拒绝的理由很清奇："你把车开回了，我怎么办？"如果没有车钥匙在同学聚会上亮相，那只有他主动买单才能赢得尊重。

佑佑执意要回，不开车也要回，她叫了一辆网约车，抱着孩子，依然穿着大皮鞋和棉睡裤，离开了那个快乐的小村庄。

历史重演，她又要逃，要躲。他慌了，开车去追，像电视剧中的追赶逃车，可惜没有电视剧里的主角光环和精湛车技，在下匝道的时候，他追尾了另一辆车。

那辆被追尾的车，就是李筱音从机场回家乘坐的那辆网约车。

他没有追到佑佑。她的抑郁症暴发，被父亲连夜送往美国，继续治疗。他又一次搞丢了她。

夏峻听完马佐的叙述，露出智者的嘲笑："你病得不轻啊！"

马佐哭丧着脸："你就不能安慰我吗？"

夏峻想了想，想起马佐那个如花似玉的老婆把脚踩入茅坑的窘样，违心地说了句："嗯！你老婆略矫情。"

"是吧是吧！多大点事啊？还真当自己是公主了，装什么啊！牛什么啊？过不成了就离，动不动离家出走给谁看啊！现在想追我的女同学还在排队呢！"

夏峻笑了。

马佐气急败坏："你笑什么啊？"

"自信是一种美德。呵呵呵！"

转眼到了交警队事故科，被追尾的车主和乘客早已到了，车上的乘客李筱音已做完笔录，急着要回去开早会。都是熟人，车主也明事理，夏峻的那个朋友从中调停一番，该走保险程序就走保险，那网约车也忙着挣钱去，大家都不易，握手言和。看夏峻的面子，马佐也拿回了自己的车子和驾驶证，皆大欢喜。

马佐打开了车门，和夏峻道别，并再次向李筱音致歉。李筱音抬了抬受伤的手，笑笑，和夏峻玩笑："听说我佳佳姐卖保险了，我回头也买一份。"

"瞧瞧！你这一追尾，还给陈佳佳促成一单。"

"我先回了！"马佐打开车窗道别。

夏峻多嘴问了一句："你回哪里？"

"还能回哪里？回家带孩子，做有担当有使命感的英雄。"马佐发着牢骚，启动了车子。

看着李筱音，不由得想起钟秋野这个渣渣，作为亲戚，夏峻也就是随口一问："你和小野……"但又不知这个问题怎么问才合适。你和小野离婚了吗？什么时候离婚？你和小野和好了吗？怎么能和那种人和好？怎么问都不合适。唉！钟秋野的过错简直罄竹难书，让人羞于提及。

李筱音倒是坦荡："你是想问，我们离了吗？要离的，说好了今天去，早上过这边来，一会儿下午去办。"

"嗯！"夏峻也只能"嗯"一下，以钟秋野的过错，离一百次都不冤。

李筱音走向自己的车，像是自言自语："真的勇士，敢于直面惨淡的人生，敢于正视淋漓的鲜血。"

而李筱音，一直是这样一个勇士。

夏峻深吸一口气，像是给自己打气。新的一年开始了，这一天是开工第一天，他也要去面对惨淡的人生，去做一个真的勇士。

第六章

一切为了 KPI

* 1 *

夏美玲的诊断结果终于出来了，不是癌症，不是肺结核，只是会厌囊肿和声带囊肿。刘医生说会厌囊肿问题不大，吃药保守治疗，定期观察，但是声带囊肿会引起声音嘶哑，需要做一个小手术。

"我听过你的戏，你的嗓音像是被阳光洗过的泉水，又清又亮。"刘医生的甜言蜜语有点酸，但这样的甜酸度让夏美玲很受用。

"小手术？疼不疼？对以后唱戏有影响吗？"她有点担心。

"不会有影响。全麻手术，当然不会疼了，只是，据不科学论证，全麻手术的人会变笨。"刘医生在开玩笑。

"我本来就笨，没关系的。"夏美玲像小姑娘一样地笑，只是笑里隐隐藏了一丝叹息和哀愁。示弱，承认自己笨，正是她的聪明之处，只是她的示弱，始终没有等到一个强大的人给她护荫和懂得。

一颗悬而未决的心总算放了下来。预约了手术时间，拿了药，她和夏峻回家去。

一进家门，就闻到一股浓郁的消毒水的味道。玥玥睡着了，严老师把家里里里外外打扫了一遍，彻彻底底地消毒。

一听说夏老师排除了癌症，没什么大碍，严老师也放下心来，脱口而出:"真好,真好,人老了就怕生病,我这心一直为你揪着,这下放心了。那你什么时候回绍兴?"

"回绍兴?哦!还要做个小手术的,做完再看吧!"

严老师隐隐有些失望:"还要做手术的啊?"

"严老师,你呢?年也过完了,你什么时候回石家庄?"夏美玲反问。

夏峻在一旁喝水,不动声色地偷眼看了严老师一眼。母子同心,夏美玲的问题,正是夏峻想问而不好意思问的。两个妈虽然都对夏峻好,但夏峻已经深刻地意识到了,一山难容二虎,两个妈明晃晃暗戳戳地你争我斗,夏峻已经疲于应付。

"回石家庄?不回了,儿子的家就是我的家,我对峻峻亏欠,一直没有机会弥补,现在我也老了,正好帮他带带孩子打扫打扫卫生。你做了手术,我还能照顾照顾你。"

理由充分,无法反驳。夏峻的心咯噔一下,没说什么,默默地回了房间。

过了一会儿,玥玥醒了,夏美玲趁机进屋,抱起了孩子,不动声色地对儿子说:"你别为难,妈妈做完手术就回去,给你帮不了什么忙,也绝不给你添乱。"

这话说得打脸,夏峻羞愧难当:"妈,别胡思乱想,我一直盼着你来,想让你和我们一起生活。我其实,其实⋯⋯"他目光看向外面。

"其实严老师留下来也好,她干活利索,手脚麻利,能帮到你们。"

"妈你别说了,就算做完手术,我也不让你走。"

说话间,夏天回家了,一进门就喊饿,严老师在厨房里应声:"饭马上就好。"

过一会儿,陈佳佳也回家了,婆婆蒸的大包子也上了桌。猪肉韭菜馅儿、荠菜猪肉馅儿、猪肉大葱馅儿,赶趟儿比赛似的,面香四溢,直窜鼻腔,咬一口,鲜香四溢,夏天一口气吃了三个,直呼过瘾,说可以给五星好评。严老师笑得像一朵花。

夏美玲也忍不住惊叹:"这么大的包子,小猪仔一样,这要怎么吃啊?"

她拿起一个包子一掰两半,一小口一小口地咬,细细品咂,不置可否,对夏天说:"明天,奶奶给你做蟹粉小笼包,没吃过吧!那味道,鲜得掉眉毛嘞!还有梅菜扣肉饼,你问问爸爸,一顿饭吃五个。是吧,峻峻?"

夏峻一边闷头吃饭，一边点头。

陈佳佳一手拿着大包子往嘴里送，另一只手一直拿着手机在看。夏峻看到她更新了朋友圈，是一条保险广告："买保险千万不能等，慢一步保费高了，迟一秒有病历了，晚一步被拒保了。"

夏峻正好刷朋友圈，嗤之以鼻："危言耸听，说得跟真的一样。你以后少发点这种朋友圈，整得跟微商似的，你不怕招人烦吗？我啊！迟早要屏蔽你。"

发广告的微商自有一番道理，陈佳佳坦然地笑笑："这你就不懂了吧！我为什么天天发。你看，火车上卖盒饭的服务员，走来走去叫卖，好像大多数人都没有理她，但是盒饭还是在你没有察觉中卖完了。所以说，市场上并不缺客户，缺的是执着和坚持。在卖盒饭的服务员眼里，所有的旅客都是潜在的客户，只有早买和晚买的区别。客户在哪里，市场就在哪里，懂了吗？"

还不待夏峻反驳，夏美玲迟疑地问："佳佳，像我这种年龄的，买什么保险合适呢？我这点病，算不算有病历了？会被拒保吗？"

陈佳佳得意地朝夏峻挑挑眉毛："看到了吗？妈就是我的潜在客户。妈！回头我给你好好制定一个保险方案，您放心，您买保险的钱，我来出。"

一听这话，严老师马上有点拈酸，撇撇嘴，默默地起身去厨房拿东西。

还是夏美玲心疼儿媳，劝她："工作不用那么拼，我现在是深有体会啊！身体健康最要紧。"

陈佳佳又低头去回复客户信息了，叹口气："不拼不行啊！月底有KPI考评的，没有业绩，在公司都抬不起头来。"

这时，夏天插嘴："妈，什么叫KPI啊？"

陈佳佳手下正忙，没空搭理他，随口敷衍："问你爸去。"

夏峻马上好为人师，在儿子面前表现了一把，这点小问题，他回答起来小菜一碟："KPI啊！简单来说，就是绩效考核，是激励员工、规范和管控公司的有效手段。举个例子，比如你们年级的流动红旗，每周旗落谁家，要从卫生、纪律等各方面进行打分评比，这个流动红旗，就是KPI，再比如幼儿园每个小朋友得到的小红花的数量，也是KPI标准。"

夏天恍然大悟："又长知识了。"

这边陈佳佳已吃完饭，焦虑症又犯了，催促夏天："赶紧吃完饭去写作业。老师刚才发的作业信息，我看到这个月有一个作文竞赛，赶紧好好构思一下，不行了还可以请教一下奶奶。"

作文当然是请教严老师了。

严老师被儿媳表扬，心里颇为得意，脸上喜滋滋的。

作文是夏天的弱项，每次写作文，从取材到构思、动笔，都要经历一次炼狱般的折磨，一提起作文，夏天就像一个蔫掉的气球。从前，陈佳佳辅导夏天写一次作文，就自觉自己能折寿十年，现在他马上升六年级了，作文难的问题还没有解决，真让人头疼。

这一次，夏天却胸有成竹，拍胸脯保证："这次的作文竞赛让写人物，半命题，我的××，很简单。"

"那你打算写谁啊？"严老师作为教师，开始了对孙子的作文辅导第一步。

夏天的黑眼珠迅速转了转："爸爸妈妈妹妹都写过了，连小野叔叔都写过了，不如，这次就写奶奶。"

两个奶奶都以为孙子要在作文本中写自己，因此而倍感荣幸。

夏美玲笑着："你要写奶奶吗？奶奶给你提供点素材。"

严老师一看竞争对手，隐隐有些担忧，不甘示弱，以利诱惑之："不是写我吗？奶奶给你辅导辅导，润色一下，肯定能获奖。"

大孙子犯了难，写谁好呢？他小脑袋瓜迅速运转，忽然灵机一动，想起刚才说的KPI来，说："有了。这样吧，反正这个征文比赛还有时间，咱们也来个KPI考核，谁的数值高，到时就写谁。"

两个奶奶面面相觑，略觉尴尬，又都装作无所谓的样子，表示写谁都行。

夏峻呵斥夏天："吃完了赶紧去写作业。"

谁知夏天兴致勃勃，上楼后很快画了一张表格，拿下来向奶奶们宣读——这份表格做得很详细，分别从厨艺、才艺、打扫卫生、照顾孩子、辅导作业等几个方面呈现，每一项五分制，打分人分别是爸爸、妈妈、夏天，考核周期为两周，最终KPI指数较高的那个人，将有幸成为夏天笔下的主人公，而另一个人则被淘汰出局。

夏峻一看这架势，是要引起内讧的节奏，将他的表格团成一团，扔进了垃圾堆，低声斥道："没个正形，写作业去。"

两个奶奶倒是很支持夏天，说夏天有想法，脑子活。

夏美玲一辈子在舞台上表演，大奖小奖拿到手软，她心想，这点比拼，算得了什么？

严老师更是不惧，教了一辈子书，她每次所带的班级都是年级第一，她年年被评为先进个人、优秀教师，谁怕谁啊？

这一次，陈佳佳也站在了儿子一边，打趣说："儿子，给你爸也弄个表格，来个KPI考核，看他做爸爸合格不合格，达标了没有？"

"好嘞！"夏天如奉纶音，跑上楼画表格去了。

看似一场小孩子闹剧，没想到夏天竟认真地实施起来。

每天回来，他会把家里卫生检查一遍，并核实是谁搞卫生，然后客观地打出分数；每天吃完饭，他会让另外两个打分人和他一起，分别为当天的晚餐匿名打分。夏峻每次都推托不已，实在被他追得紧，就画一个分数了事。

为了自己的KPI，两个奶奶也是各显神通。夏美玲今天包绉纱大馄饨，严老师第二天做锅包肉；夏美玲给小玥玥唱越剧，严老师可以给夏天辅导作业。有一天，夏天还发现，绍兴奶奶拿了一个绣花绷子和针线，在绣布上绣花，线儿长，针儿密，绣出的花鸟栩栩如生。这个意外发现的才艺可了不得了，夏天当即在表格的才艺一栏，给绍兴奶奶打出一个最高分。

相比之下，夏峻的KPI就惨多了。有两个老妈坐镇，轮不到夏峻下厨了，他也乐得躲清闲，有时夏美玲非要拉他到厨房学习，教他包馄饨，严老师会护短："大男人学什么做饭啊！找工作要紧。你就放手去找工作也好，创业也好，妈都支持你。"

不过夏峻让严老师很是失望。自从有了闲暇，他不是在家摆弄夏天的那些船模，就是把自己关在屋里打游戏，在玩上，和儿子一拍即合。夏天发现老爸简直是一座宝藏，父子俩有时在周末打游戏打到天昏地暗，楼下喊吃饭也不理。然后，夏天在老爸的KPI考核表里，才艺一栏，给爸爸打出了最高分。

陈佳佳某天晚归，又喝了酒。这一天，她在外奔波了一天，帮一个客户接孩子放学,交接后又赶去见另一个客户签合同。签合同之后,那个女客户请她吃饭,那个女人失恋了,心情不好,要喝酒,她便陪着喝了几杯。陈佳佳只喝了三杯,并不算多,人也完全清醒,只有微微酒气,但喝酒这个行为本身,让严老师颇有微词,她拿出婆婆的姿态批评她:"什么工作啊?还要陪人喝酒,一个女人整天喝酒,像什么样子?"

陈佳佳没有把婆婆的话当作恶意,只是轻描淡写地说:"没办法,我们也有KPI考核啊,要冲业绩啊!"

在严老师眼里,有许多职业都是不正经的,这是她第三次看到儿媳妇喝酒了,她认为自己应该好好劝劝她。

"叫我说,你随便找个轻松的工作,一个月挣个两三千就行了。你倒是应该好好劝劝夏峻,让他赶紧找个工作,就我儿子这样的,上哪里不抢着要啊!再这样在家待着人就有惰性了。"

夏美玲已哄睡了玥玥,从卧室出来,悄悄地嘘声,示意她们说话小声点,然后自顾上楼,走了几步,又停下,回头说:"不要催他,找工作不能心急。"

但在夏峻找工作这件事上,陈佳佳和严老师达成共识。严老师指了指楼上,小声告诉她,夏峻已经在夏天房间的电脑前待一天了,晚饭都没有下来吃。

陈佳佳上了楼,推开夏天房间的门,看到夏峻果然坐在电脑前,屏幕光照在他脸上,他昏惨惨一张脸,满脸油光,目光呆滞,手指在鼠标上轻轻地滑动着。

夏天已经上床睡着了。

"早点睡,别影响孩子休息,他明天还要上学的。"

夏峻只是轻轻地"嗯"了一声,连眼睛也没抬,坐着没动。

"你下楼来,我有话给你说。"

夏峻还是"嗯"了一声,坐着没动。

陈佳佳索性就站在门口说话:"你工作的事怎样了?"

他没有回答,也没有动。

"我知道找工作不能急,但是,也不能不上心,最近没有猎头找你吗?"

"明天再说吧!"他终于回应了一声。

"夏天的奥数班要续费了，玥玥也该上早教班了，这些都是钱，咱们不能坐吃山空。……"

女人有时真的很蠢，不懂什么时候说话，什么时候闭嘴。陈佳佳从来不是聪明的女人，她自以为给夏峻一点压力，他就会从颓废中清醒过来。

他的手忽然一摆，不耐烦地低声怒斥："别说了。"

也许只是无意，"哗啦"，书桌上的一摞书被不小心掀翻掉到地上，一只木笔筒也跌落在地上，发出撞击地面的钝响。

这一番无意的动作瞬间惹怒了陈佳佳，她气急，走近几步，低声质问："你还有理了？你冲谁发火？"

"够了！闭嘴！不要再给我说上班，找工作，去他的KPI，去他的例会，去他大爷的，老子不干了，不干了。"

他霍地站起来，忽然爆发，喘着粗气，脸庞在昏暗的灯光中如酱色猪肝，看上去丑陋而可怖。

陈佳佳吓了一跳，难以置信地看着他。翻倒的椅子撞击到床头，夏天也醒了，迷迷糊糊："怎么了？"

夫妻俩默默对峙数秒，夏峻知道自己失控了，一时心烦意乱，不知如何给彼此台阶下。陈佳佳失望又委屈，咬牙切齿："你是个混蛋！"

她转身下了楼。严老师听到声响，紧张地跟在她身后小声问："怎么了？有话好好说啊！"

她没有回答，转身进了卧室，关上了门。

夜晚再次归于沉寂。严老师思忖良久，并没有上楼，悄悄地回屋去了，夏美玲的房门始终紧闭，夏天发了一会儿蒙，大概以为自己在梦中，翻了个身又睡去了。夏峻颓然地坐回椅子，盯着电脑屏幕，伸手按了按太阳穴，深深地叹了口气，疲倦地闭上了眼睛。屏幕上，是一片绿的股市走势图。绿色，代表着生命、希望，有时，也代表着绝望。

* 2 *

在钟秋野的家里，也进行着一场KPI革命。

初七办理离婚当天，钟秋野忘了带户口本。第二天再去，证件虽然带全了，叫号的时候，钟秋野却不见了。最后，李筱音在民政局男厕的门口等到他。他前一晚吃坏了肚子，一趟趟往厕所跑，出来的时候哭丧着脸，变了卦："老婆，我不离婚，死也不离。我错了，全都是我的错，我改！我带孩子，做饭，拖地，洗碗，我接送你上下班，我去找工作，我做牛做马，干什么都行。"

死也不离也有对付的办法，李筱音当时就离开民政局，去了法院，提交了材料，提起了离婚诉讼，下午又跟没事人一样去上班了。

KPI 考核是钟秋野自己提出来的，他说："刑法里还有个死缓呢！如果表现良好有立功表现，还能减刑呢！在学校犯了错，还能留校察看。你给我个机会，看看我表现，再开除也不晚啊！你们公司不是有 KPI 考核吗？你也考核考核我，实在不行，再淘汰也不迟。"

李筱音不置可否，懒得理他。

钟秋野给自己制作了一张 KPI 考核表，一张好丈夫二十条公约，并且贴在墙上，每晚请李筱音打分。李筱音嗤之以鼻，从没打过。

钟秋野像变了个人，每天早上，会比李筱音提前半小时起床，做好早餐，然后再给浩浩穿衣服，送他去幼儿园，回来时，餐桌上的饭常常是一口没动，李筱音根本不领情；白天，他在家画画，提前把银耳汤炖上，下午切好菜，去幼儿园接了浩浩，然后一起去接老婆下班。李筱音有时从办公楼出来，和一些人赶赴饭局，正眼也不瞧他，有时去车库开自己的车独自回家。钟秋野热脸贴上冷屁股，也不气馁，第二天依然如故。

李筱音那日因车祸受伤说要买保险，就真的联系了陈佳佳。陈佳佳准备了合同，送到她公司让她过目。两人痛快干脆签了保险合同，陈佳佳在李筱音的办公室，喝了一杯咖啡。

陈佳佳还在和夏峻冷战，自己心里也千头万绪，想劝和，但说出来的话也是悲观的："小野这事，要是我，也跟他离。其实谁家不是一地鸡毛啊！我们家也不太平，我和夏峻也老吵架，有时也想，干脆离婚算了，可是一想到孩子，又不忍心了。"

李筱音笑笑："佳佳姐，你不用劝我，你说的那些，我何尝没想过。可是我更知道，言传身教，家庭氛围，一个有爱的童年，对孩子来说，更重要。"

她们的谈话很快中断了，因为助理来通知李筱音去开会。两个人互相道别。李筱音走向会议室，脚踩着十厘米的高跟鞋，走路有风。陈佳佳站在原地，有点微微愣怔，那高挑窈窕的身段，妖娆的卷发，臂弯夹着文件，自若地对身边人吩咐事宜，举手投足，泰然自若，优雅迷人，那个职场丽人，不正是她想成为的样子吗？也许正是因为事业给予的自信，她才有了这份进退裕如的底气。

她本想劝李筱音的，没想到无意间被她治愈了。

陈佳佳决定去菜市场买点菜，早点回家，好好做顿饭，一家人坐下来吃顿饭，什么仇怨都化解了。她在家附近的那家大的菜市场买了猪肉、芹菜、十三香，打算回家包饺子。

世界就是这么小，就在她买完菜往外走的时候，夏峻刚刚走进菜市场。白天，他出门去"面试"，其实只是把车停到路边坐在车里打游戏，后来严老师打电话让他回来时顺便买点肉，他便来到了菜市场。

买肉是个技术活儿，当卖肉的男人问他要什么肉时，他脱口而出："猪肉啊！"

"我问你要哪块部位的猪肉。"

夏峻犯了难，揣摩着肉贩的话——难道不同部位，还有玄机？不都是猪肉吗？

这时，有人轻轻地触了触他的胳膊，回头一看，是袁晓雯。

"去前面那家买，那家的肉更好。"她悄声说。

他便跟着她来到另一家摊位。她笑盈盈地与老板打了招呼，熟练地伸出一根手指，对案板上的肉按按戳戳，对夏峻小声说："买肉啊！掌握了三字诀，买到的肉不会差。"

"三字诀？"

"虽然同样是猪肉，但是卖肉的时候，肉贩子会切分得很仔细，分成很多不同的种类，价格也不同，肉质也完全不一样。"

这一说把夏峻更是搞得一头雾水："我看不出区别啊！这不都一样嘛？"

"很少下厨的外行一下子是比较难搞清楚的，所以我教你一个简单的方法，装老手，要哪种肉，三个字三个字地说。你看，这块肉，叫梅花肉，也就是肩胛肉，一头猪也只能有五六斤，很难买到的；再看这个，这是里脊肉，肥肉和筋特别少，很软嫩，一般用来炒肉片；这个是前腿肉，这个是后腿肉，比较适合做包子饺子馅儿；五花肉一般用来红烧，这个你肯定知道。你买肉要怎么吃？"

袁晓雯说得头头是道，夏峻豁然开朗，冲老板喊："来几斤前腿肉。"

买完肉，他并没有马上离开，和袁晓雯继续在菜市场里四处走走看看。夏峻很少来菜市场，他第一次发现，菜市场是个神奇的地方。菜贩们把一捆捆上海青、一扎扎菠菜捆扎整齐，码在自己的摊位前，如同侍弄婴儿般动作温柔。买菜的婆婆们走走停停，挑挑拣拣，讨价还价，脚步从容，目光淡定，像是有一个悠长的早上可以浪费。如此嘈杂的环境，人心却能安静下来。

"我心情不好的时候，就会来菜市场逛逛，哪怕不买东西，看看也好。看早上刚摘的带泥的萝卜，鱼在网子里扑腾，买菜的人和卖菜人为几毛钱斤斤计较，为短斤少两痛快地吵一架。那些沉默寡言的人，一旦到了菜市场买菜，也不得不和菜贩交流几句，这时，人的心里就忽然亮堂了，古龙有一本小说里写'一个人如果走投无路，心一窄想寻短见，便放他去菜市场'。那意思大概是说，纵然有天大的事，一进菜市场，也能重新萌发出对生活的热爱来，什么过不去的坎，买点菜做顿饭吃了再说吧！"她说。

夏峻年少时也曾熟读金庸、古龙，他没想到，有一天会在菜市场和一个买菜的中年妇女聊起武侠的前世今生来。如果不是电话响起来，他差点打算和她再去她的小店里坐坐，再聊一聊梁羽生。

电话是夏天的班主任打来的——夏天闯祸了。

* 3 *

事情其实很简单，值日的时候，第三小组的一个同学，故意把纸屑扔在夏天刚刚扫完的地面，这还了得？如果年级卫生小组在检查卫生的时候，发现打扫不彻底，会扣夏天他们班的分，那么，本月的值日 KPI 考核夏天他们就落了下风;月底的评比中,他们就会错失文明班级流动红旗。

夏天抓住了作案者,要求他把扔的纸屑打扫干净。那男生不承认,两人后来就撕扯起来,都不服输,矛盾升级,竟升级为校园霸凌事件。练过跆拳道的夏天,将那个平日里横行霸道的小霸王掀翻在地。小霸王欲奋起反抗,夏天顺手从倒垃圾的同学手里夺过垃圾桶,扣到了小霸王的头上。这些,都是后来在回家的路上夏天讲给爸爸听的。

奇耻大辱难以平息,那男生对着前来接他的父母哭,那对趾高气扬的家长坐在老师办公室愤愤不平,不依不饶。夏峻赶到时,男生的妈妈正搂着孩子心疼地叫"宝贝"。

班主任已经把事件调查清楚,两个人都有错,但后来夏天下手稳准狠,且对方的额头留下了一道细细的被指甲划过的血痕。老师认为,夏天崇武好斗,有点暴力倾向,最近很让人头疼。

老师的话意思很明显了,夏峻了然于胸,态度诚恳地向对方父母和孩子道歉,并责令夏天也马上道歉。夏天从老爸的眼神里,看到一丝威吓,他不情不愿地道了歉,最后,夏峻表示,要马上带那个孩子去检查伤情。对方父母火气消了一半,见好就收,说没什么大碍,彼此从台阶上下来了。

那对父母先行离开,夏峻父子俩被老师留下来。老师又细数了夏天最近犯的大错小错,比如在体育课上和同学打架,把同学的书包从楼上扔下来,值日时故意把水洒同学身上。班主任还是去年给夏天颁发进步之星的那个老师,认真负责,她忧心忡忡地说:"孩子正在叛逆期,好好和他谈谈。"

回去的路上,夏天颇感委屈,诉说了头扣垃圾桶的前因后果,说他是为了集体荣誉,为了流动红旗。夏峻没有再厉声指责他,心平气和地问:"那体育课和同学为什么打架?"

"他抢球犯规了,还不承认。"

"那把同学书包从楼上扔下来又是怎么回事?"

"抠门,借他的书看看都不肯。"

"为什么把水洒同学身上?"

"我先到水龙头接水的,他插队。"

听完这些话,夏峻沉默了。他把车子开到路边,停了下来,打开车窗,点了一根烟。

夏峻曾经观察和分析过单位里那些和同事关系较差的人，那些人，唯我独尊，怨天尤人，在职场上，令人敬而远之，慢慢被孤立。学校、班级，也是一个小小江湖，也同样存在这种人际关系的处理。夏峻担忧了，夏天确实有点问题。

"这些同学，他们确实做得不对。踢球要守规则啊是不是？还有那个抠门的同学，同学之间，应该互相帮助，慷慨大方是美德。还有那个插队接水的同学，他肯定不对啊！有序排队，这是最基本的公德。"

夏峻说得煞有介事，夏天听着不对劲，半信半疑地说："爸，你要骂我就骂吧！不用拐弯抹角。"

那点不甚高明的说话艺术一下子被熊孩子识破了，夏峻摸摸他脑袋，笑笑："我问你，你好好想一想，那个抢球犯规的同学，你觉得他最大的优点是什么？"

这么一问，夏天放松了警惕，果然认真地想了想："刘明轩啊！他就是大方，每次踢完球，都会给大家买雪糕。有一次，赵照崴了脚，他个子高力气大，还背着赵照去医务室。"

"那那个抠门的不借给你书的同学呢？有什么优点？"

"学习好呗！每次都是前三名，钢琴十级；你还要问那个插队的李铭泽吧！他没什么优点，真的，学习又差，还爱显摆，又喜欢说谎，真的没有优点。"

"你再想想？"

"喜欢小动物算不算？有一次放学，看他在路边喂一只流浪猫。"

夏峻得到了想要的答案，轻轻地松了一口气，说："你看，每个人都有优点，你多去发现别人的优点，放大他的优点，就会更乐于去原谅他，接受他，喜欢他。你现在想想，他们是不是也没那么讨厌？似乎你自己也有不对的地方？"

夏天仔细想了想，豁然开朗，小大人一样点点头："老夏所言甚是。上次我踢球，刘明轩还给我喊加油了呢！王乐乐还给我讲过题。我是有点冲动了，冲动是魔鬼。"

父子俩相视一笑，皆大欢喜。这是夏天第一次在微型家长会之后，没有挨揍，值得铭记。——夏天一直把叫家长这种事叫做"微型家长会"。

快到家的时候，夏天忽然问："爸爸，那你觉得咱们家每个人都有什么优点呢？"

夏峻一愣，也认真想了想，说："你河北奶奶，心直口快，干活利索；你绍兴奶奶，优雅、细腻，开明。当然了，也都有各自的缺点。"

"我妈呢？"

"你妈啊！刀子嘴豆腐心，性格有些急躁。"

话赶到这里，夏天才说出了自己的担忧："恐怕老师也给妈妈打电话了，老爸，等会儿，你掩护着点，求你了。"

夏峻笑了，父子俩击掌为誓。

他们到家时，陈佳佳已经回家，她亲自下厨，晚饭已上桌，夏峻买的猪肉也就暂且用不上。他拿出来放进冰箱里，和陈佳佳硬搭话："我买了前腿肉，妈本来说要包包子的，放这里行吧！"

陈佳佳没理他，毕竟他还没有就那晚的发火而正式道歉。

眼看着老婆擦了擦手，叫夏天进了一楼卧室，夏天回头，留下一个求助的小眼神。

夏美玲不在家。严老师担心大孙子，努努嘴，让夏峻进去看看。夏峻一向义气，为哥们儿两肋插刀，于是趴门口观望。

卧室门虚掩着，陈佳佳在审问夏天，细辨之下，发现并不是审问打架事件，而是夏天制作船模时，拆卸了玥玥的一个玩具小木屋的三合板。那个小木屋是陈佳佳找人代购的，她花了很多时间才拼好的。

夏峻暗呼不妙，那个船模，是他帮夏天拼的，少了一块三合板，叫夏天去找。他拿来了，也没问来处，就粘上了。

这事，夏峻也难逃干系，他理应为此事负责，打算进屋说清楚。

不过夏天更讲义气，并没有供出爸爸，承认是自己干的。陈佳佳顿时火冒三丈："你知不知道那个玩具很贵的？你知不知道我拼那个花了很长时间？妹妹刚才看到少了一块板子，哭了好半天。我看你又皮痒痒了。"

陈佳佳作势去拿衣架要打他，夏天做垂死挣扎："为了妹妹的一个小破木屋，你就要打我。妈，我和你是十多年的交情了，你和妹妹才认识不到两年，你为了她，你要打我？"

这熊孩子，油嘴滑舌抖机灵，无异于火上浇油，陈佳佳见他这副不知悔改的态度，更是火大，举起了衣架，这时，义气的夏峻挺身而出，挡在了夏天前面，主动承认错误："那个板子，是我，是我让孩子卸下来的，这事真不怪他。"

夏峻本就是一个戴罪之臣，此刻哪有话语权？陈佳佳白天重建的心情面对这一对不靠谱的父子，再次崩塌了。她冷笑："你真是长出息了，真会玩儿，不上班就不上班吧！让你在家管孩子，你倒好，玩游戏的好手，上阵父子兵，儿子在学校打架，月考倒数，你就这么管孩子？你能干什么？"

听到这里夏峻才知道，老师也把夏天打架的事告诉了陈佳佳，还有月考的事他都不知道。他没法理直气壮地给夏天撑腰了，低声质问夏天："月考倒数？老师怎么没告诉我？"

夏天这才预感不妙，女子单打即将演变为男女混合双打，他老实交代："老师说，成绩的事，让我自己说，我还没来得及说。"

夏峻无话可说了，在管教夏天这件事上，他不仅失职，还失察，现在，夏天只能任老婆处置。

夏天眼一闭，心一横，露出视死如归的表情："打吧打吧！"

这么一说，陈佳佳反倒犹豫了。其实每次打完夏天，她都特别后悔，她知道棍棒教育收效甚微，但每次在气头上，她都控制不了。现在，看到夏天一脸无所谓的表情，她忽然意识到，眼前这个半大小子，身高今年又猛蹿了一截，已经齐她肩高，不是从前那个打几下屁股吓唬一下，过一会儿又巴巴地凑过来叫"妈妈"的小人了。他长大了，有自己的想法了。

严老师心疼孙子，抱着玥玥，适时推开了门，叫大家吃饭："快吃饭吧！一会儿菜都凉了。佳佳你去看看那个汤，我找不着汤盆呢！"

这个台阶来得及时，陈佳佳狠狠地把衣架扔到床上，撂下狠话："赶紧把那个小木屋给妹妹修好，否则饶不了你。"

夏天灰溜溜、气呼呼地回自己房间反锁了门。严老师心疼孙子，上去敲门叫吃饭，夏天也不开门。陈佳佳更是气不打一处来："妈，你别管他，还长脾气了，让他饿着吧！"

就在这时，夏美玲也回来了，还带回了一束花，康乃馨和石竹花搭配，用普通的玻璃纸包着。她把花递给夏峻，让他先放在阳台，一脸愉悦，难得露出占了大便宜似的市井女人的口气,说:"在门口推车卖花的人那里买的,可真便宜,两束花才三十。"

人都回来了,正好开饭,夏美玲却推说自己已经吃过了,她洗了手,从严老师手里抱过玥玥:"你们吃吧!我来喂孩子。"

白天夏美玲出门时,严老师就问过她去哪里,她只是神秘地笑笑,说出去买个东西就回来,没想到这一买就买了一天。八卦之心不灭,严老师神秘兮兮地追问:"夏老师干什么去了?和谁吃的饭?才来×城几天,就有朋友了。"

夏美玲倒也不避讳,直言:"后天做手术,虽说是小手术,我心里害怕,请刘医生吃个饭,贿赂一下,做手术的时候手别抖了。"

这么一说,夏峻顿觉汗颜,他这个做儿子的整天浑浑噩噩瞎忙活,都没有想到打点这种事。他正要开口表达歉意,却听夏美玲又说:"我还去看了一场电影,张国荣演的,叫《红色恋人》,是老片再映。张国荣长得真好看,这部电影不错,特别感人,夏峻你应该带佳佳去看看。"

"嗯,好!"夏峻看出了,是妈妈在为他助攻,让他早点和佳佳和好。

严老师不无羡慕,又有点酸溜溜的:"电影有啥好看的,电影院里黑漆漆的,我坐一会儿就闷,坐家里沙发上看电视多舒服。"

夏美玲这才注意到夏天没在,问:"夏天呢?课外班还没回来吗?"

严老师努努嘴看看楼上,支使夏峻:"你去叫他下来吃饭。"

"爱吃不吃,反了他了,不惯毛病。"陈佳佳气还没消。

导火索是那块木板,夏峻是共犯同谋,心里过意不去,就撇撇嘴,上了楼。敲门,夏天还是不开,他只好找到钥匙打开了门。

夏天背对着门,坐在地板上鼓捣什么,听到门开了,头也不回。夏峻走过去,发现他正用工具,努力把船模上的那块板子抠下来,试图再粘回小木屋上。

"走,下楼吃饭去。"

夏天没吭声,使劲吸了吸鼻子。夏峻定睛一看,才发现,夏天在流眼泪。

夏峻心里一惊。夏天这孩子,平日嬉皮笑脸,没心没肺,没少挨揍,俗称"二皮脸",没想到今天为这么点小事竟然哭了。夏峻想了想,再二皮脸的孩子也有自尊心,可能刚才他们太小题大做,让夏天伤心了。

别指望中国的家长向孩子道歉。他们道歉的方式是这样的——夏峻揉了揉夏天的头："德行,这么大还哭鼻子。走,吃饭去。"

夏天抗拒地耸了耸肩,用手背抹了一把眼睛,瓮声瓮气："不吃,不饿。"

"不用拆了吧?已经装在船模上了,再抠下来,船模也坏了,算了。"

"坏了就坏了。妹妹的玩具屋最重要,妹妹的所有事都是最重要的,船模算什么啊?我算什么啊?"夏天的委屈和怨气酸溜溜地倒出来。

"妹妹还小,你是做哥哥的,多让着她点。"夏峻不自觉地辩解。

不说则已,一说这话,夏天更来气："妹妹,妹妹,你们眼里只有妹妹,凭什么她比我小,我就要什么事都让着她?我自己也是个孩子,就因为我大一点,我就什么事都要先为她想想。我知道破坏了玩具屋不对,可是这要是放在以前,你们根本不会在意。我小时候把家里闹钟拆了,你还夸我。"

夏峻听出来了,夏天这次伤心了,他平日调皮捣蛋挨的揍不少,但这一次,他伤心了。做船模是他的爱好,可他的爱好不仅没有得到尊重和赞许,还在一只玩具木屋面前被无视和打压了。他在这件小事中,哀怨地联想到这一年来,妹妹出生后,他急转直下的家庭地位。那种二胎家庭中大孩子会有的落差感,在这件事中,被无限地放大了。

那块板子终于被夏天粗暴地拆下来了。夏天的眼泪流得更凶了,像受了天大的委屈。

看到儿子这样,夏峻心里也颇不是滋味,安慰他："回头爸爸找一块板子,再把你的船模修好。"

"我自己弄。"

没辙,夏峻也不劝了,又摸了摸夏天的头："行,等会儿弄完下来吃。"

下了楼,夏峻摊摊手,悄悄对大家说："哭了,修玩具屋呢!"

严老师已经对夏美玲讲了夏天闯祸挨揍的来龙去脉,夏美玲知道大孙子委屈了,忍不住为他抱不平,批评佳佳："我只养了一个孩子我不懂,可是你们生老二的时候就应该做好心理准备的。一碗水端平是初级水平的父母,高级水平的父母,要让老大老二都能感受到一种唯我独有的偏心和宠爱,这样的孩子有安全感,有自信心。佳佳,你去叫夏天下来吃饭。"

佳佳被婆婆批评,又听说夏天哭了,心里也有点不安,但是她当妈的面子重要，才不会主动去叫他。

说话间，夏天自己主动下楼了，手里拿着已经修好的玩具屋，放到了玥玥面前："给你。哼！"

别指望中国的妈妈向孩子道歉，她的道歉是这样的——陈佳佳板着脸，叫住夏天："过来吃饭。"

"不吃，不饿。"

"你吃不吃？还长脾气了，快点过来，一会儿饭都凉了。"

严老师趁机拉一把夏天，把他按在座位上，筷子塞到了他手里，夏天才不情不愿地就坡下驴坐下了。

妈妈们道歉和缓解亲子关系的方式就是——饭做好了，叫你吃饭；而孩子们表示原谅的方式就是，坐下吃饭，皆大欢喜。

玥玥把玩起小木屋来，欢快地叫着："葛格，哥哥！"

夏天白一眼，不理她。

夏天不声不响地吃完饭，正要上楼，玥玥拉住了他的衣袖，她的另一只手，拿了一本书，呆萌萌地叫："哥哥，念，念！"

她想要夏天给她念故事。

讲故事？夏天还生着闷气呢，没那个心情。

陈佳佳柔声细语对玥玥说："乖！让爸爸给你讲故事，哥哥要写作业。"

小公主要的东西，岂能善罢甘休？小公主要的人，岂能放他走？玥玥不依不饶，又做出咧嘴要哭状："哥哥，哥哥念。"

女生一哭，男生就心软，夏天为难了。

夏美玲给佳佳使眼色，佳佳心领神会，忙说："好好好，哥哥念，哥哥讲故事讲得好。"

没有谁在一个娇嗔卖萌的萌宝面前有抵抗力，夏天无奈地撇撇嘴，接过书，抱起玥玥，在沙发上坐下来，叹气："我服了你。"

好巧不巧，玥玥拿的那本书，正好是一本讲二胎家庭的绘本——《她来了》，故事讲的是，小熊有了一个妹妹，可是，当它发现熊爸爸熊妈妈为了照顾妹妹而变得非常忙碌忽视了它，它变得失落起来。

夏天坐在沙发上，玥玥乖巧地蜷缩在他臂弯里。夏天一开始是那种拖腔的背课文腔调，读着读着，自己也被情节吸引，声音里有了抑扬顿挫，最后结尾的时候，竟然有些感动。

夏峻在厨房洗碗，挽起的袖口松到了手腕，他走过来对夏天伸出那只湿淋淋的手，说："帮我挽一下袖子。"

夏天正在动情地朗读绘本的结束语："现在不行，你没看到我正在照顾我的小妹妹吗？"

夏峻以为自己被拒绝了，戏谑道："臭儿子，你跟我什么交情，你跟我认识十多年了，跟她才认识不到两年，现在就枉顾我们的父子情了。"

"什么？你说什么？我刚才在念故事啊！"夏天一脸茫然。

大家都笑了。

夜深人静，玥玥睡着了，夏峻洗漱完毕，也上了床。陈佳佳面向衣柜，背对着他，他不确定她睡着了没有。

"佳佳？"他试探着叫了一声。

陈佳佳没动，也没应声，应该是睡着了。

他对着空气，像是自言自语："今天去接夏天，他和我并排走着，他竟然那么高了。我忽然意识到，孩子长大了，许多事，有自己的想法了，就连玥玥，早上给她穿衣服，也会表达看法了。今天，老师说，和孩子沟通，要注意方法，要懂得引导，像大禹治水，要疏而不堵，最终才能导入大海。老师这么一说，我才意识到，我们以前的方法太简单粗暴了，但是，大道理我们都懂，真正实施起来，其实我们也不得其法。在教育孩子上，谁也不是天生的教育家，我们也是个小学生，有很多东西要学。我是想说，无论是做丈夫，还是做父亲，我可能都不合格，但是，我，我可以学习的。佳佳？……佳佳，对不起！唉！睡吧！"

屋子里静悄悄的，陈佳佳无声无息，呼吸平缓，没有给他任何回应，看来真的睡着了。

夏峻翻了个身，临睡前又打开手机，看了看股票软件，叹口气，心情复杂地闭上了眼。

4

佳佳已经工作第三个月了,这个月出单很多,她估摸着佣金和月度季度津贴加起来,应该不少,足以在夏峻面前扬眉吐气一把了。

婆婆的手术时间定了,她决定请一天假。去人事部请假的时候,那个胖胖的人事部总监老李都说:"佳佳很厉害啊!这个月的销售冠军。"

老李把请假条拿给她填,佳佳填写好,递过去,不经意一瞥,看到老李的电脑桌面,不是考勤表,竟然是股市走势图,绿惨惨一片。陈佳佳忍不住多看了一眼,指着一只股票的走势问老李:"这个股票,我老公也买了,这是跌了吗?"

老李一脸愁容,连连叹气:"那可惨了,最近跌得厉害,我几十万的家底都要赔掉了,割肉都来不及了。唉!"

毕竟是上班时间,老李尴尬地关掉了电脑,丧气地说:"别看了别看了。气死了。"

陈佳佳走出人事部,心里五味杂陈。

第二天,夏美玲做手术,陈佳佳在医院跑前跑后,回到家陪侍左右,煲汤煮粥,亲自做一些流食,晾温了,再端给婆婆,细致周到。往日虽然和婆婆有小小的龃龉,但佳佳内心对这位婆婆很敬重,她做这些无关其他,是一个母亲对一个母亲的理解。

手术很成功,需要噤声,夏美玲不能说话,有什么需要了,只能两手比画。夏峻看不懂,有时就需要请教陈佳佳:"妈这是要干啥?"

"妈让你把那个靠垫拿给她。"

夫妻俩就在这种不经意间又搭上了话。

一开始大家会有点忙乱,后来,全家老少都陷入一种"你比我猜"的游戏氛围中,有时夏天还和爸爸比拼谁先猜出奶奶的话。夏峻愚笨,总是输,夏天得意扬扬,还不忘讽刺他一句:"这你都看不懂,你还是不是奶奶的亲儿子?"

大家脸上都一讪,夏天自悔失言。唯独严老师暗喜,没人时悄悄拉过夏天,她还惦记着天天参加作文竞赛的事,悄悄地说:"你傻啊!你爸是我的亲儿子啊!你那个作文写了吗?写奶奶,当然要写亲奶奶啊!"

夏天还在找借口拖延："不急不急，那个KPI考核还没结束，我还要观察生活搜集素材，不急。"

严老师还在为自己争取："那什么KPI考核，还用考核吗？肯定是我第一名啊！你夏奶奶都是个病人了，还得别人照顾她。我干活最多，能者多劳啊！肯定我第一，不用考核了。"

夏天借口上楼写作业，已经跑得没影了。

严老师说得没错，现在在家里，她干活最多，儿媳妇在夏美玲手术当天就请了一天假，第二天又接着上班去了。严老师现在既要帮忙照顾玥玥，还要做全家人的一日三餐，若论功劳苦劳，当然是她最大。活儿干得多了，心里难免不平衡，再看到自己的劳动成果没有得到尊重，那滋味也不好受。比如，中午做的粥，夏美玲没吃几口，全剩下了，夏峻最后倒进了马桶。

严老师颇有微词，对儿子嘀咕："大家都跟着她喝了好几天的粥了，这个粥，煮得稀稠刚刚好，最适合她，怎么那么挑剔，全剩下了，倒掉多可惜啊！"

夏峻也是无奈，劝妈妈小声一点："那里做了手术，肯定吞咽困难，没有胃口。妈！您多担待。"

只要儿子亲亲热热叫"妈"，她就能欢欢喜喜多担待，不过，还是不忘时不时言语间提醒夏美玲：病人夏美玲，现在是一个累赘负担一般的存在，而能者严竹君，才是有用之人。严老师来到这个小区时间不长，但是已经融入其中，每天晚饭后要去楼下和那些老人跳跳广场舞，每次出门前，她会说："我们年纪大了，要多锻炼，把自己的身体保养好，不给儿女添麻烦。"

夏美玲真心地感恩严老师这些日子对她的照顾，即使听出话外之音，也只是淡淡地笑笑，点点头以示赞同。

虽然言语夹枪带棍，说归说，但严老师还是会精心烹制三餐，毕竟，大孙子还在做KPI考核呢！晚饭做了皮蛋瘦肉粥，临出锅，严老师撒了一把葱花，然后让夏峻盛一碗给养母端上楼。

严老师下楼丢垃圾，陈佳佳下班进了家门，看到餐桌上那碗冒着热气的粥，走过去看了一眼，问："这是给妈晾的粥吗？"

"是啊！你看晾好了就叫妈下来吃吧！"玥玥醒了，夏峻在卧室给孩子穿衣服。

他抱着孩子出来时，陈佳佳正坐在餐桌前，用小勺子把什么东西一点一点舀出来挑到旁边的空盘里。

"这粥怎么了？"他走近一看，她把混入米粥里的葱花和姜丝都挑出来了。

"刘医生不是说了吗？妈的饮食要清淡，不要放葱、姜、蒜、辣椒这些辛辣刺激的东西，而且，妈不喜欢吃葱，我昨天不是提醒过你吗？怎么又放了？你说你能干好啥？"

夏峻本想说是亲妈做的饭，又觉得这样的澄清毫无意义，只好忍气吞声地说了声："哦！知道了。"

最了解夏美玲口味的，竟然不是夏峻，这让夏峻深觉汗颜。他想起前几天问夏天的话，每个同学都有什么优点，大道理他讲起来头头是道，可是自己呢？他又是怎么做的？盯着老婆的缺点，她急躁、絮叨、斤斤计较、爱发脾气，他把那些缺点无限放大，随意刻薄，却忽略了她的那些美好。她爱干净、细心，记着每个人的生日、各种纪念日，体贴人，这些难道不都是优点吗？他为什么自动屏蔽了？

晚饭，夏美玲多吃了一碗粥，并比画了一个动作，餐桌上又开始了你比我猜游戏环节。夏天猜"口齿留香"，又猜"五味俱全""回味无穷"，一口气说了好几个形容美味的词。夏美玲笑着点头，再点头，夏天急了："到底哪个对啊？"

这一次，夏峻看懂了："奶奶说，你猜的全都对。"

这些词夸得严老师心花怒放，更有干劲儿了，问大家明天想吃什么。夏天马上举手喊着要吃糖醋排骨，严老师一口答应，并主动承诺要为夏老师做西湖牛肉羹。吃完饭，严老师查看冰箱，发现没有排骨和牛肉了，夏峻马上主动请缨去买。

说着，他拿了车钥匙，换好鞋，站在门口犹豫了一下，叫陈佳佳："你和我一起去吧！我怕买不对。"

严老师拦他："买个肉还兴师动众的，你别去了，我明早去早市上买，还新鲜。"

陈佳佳已换好了鞋子，推托道："还是我们去买吧！我还要买洗衣液，还有玥玥吃的一种米粉,你不知道买哪种。"

严老师知道拦不住,唠叨着:"就知道大手大脚,一个失业了,也不操心找工作,一个卖保险,像什么样子。"

夫妻俩忙不迭地逃了出来。上了车,佳佳忘了系安全带,夏峻忽然俯身过来,主动帮她扣好安全带。一路上,两人默默无语,好几次,彼此都提起一口气想开口说什么,但始终没人先说话。

超市里人不多,佳佳去选洗衣液,在两种品牌中比对,半天也没有决定,夏峻有点不耐烦了,说:"就拿这个吧!有什么不一样啊?"

"不一样啊!这个加送20%,但是比那个贵五块,那个买三包正装赠送一包体验装,我得算算哪个划算。"

夏峻又想毒舌,嘲笑她数学差,忽然又有点心酸,斤斤计较的样子并不好看,可并不是每个人都有一掷千金的底气。俭省固然是美德,但佳佳这样,让他忽然生出深深的自卑和自责。他自嘲地笑笑,自作主张拿起其中一袋放进购物车,说:"傻瓜!账不是那么算的,你应该算算你的时间成本。你有这个功夫,可能都谈成一笔保险,发展了一个客户了。你看排队买便宜鸡蛋的都是谁,都是一些老头老太太,为什么呢?因为他们闲啊!您可不一样,您是分分钟谈成百万大单的职场女强人啊!你要计算你的时间成本。"

他半开玩笑,给她戴了一顶高帽子,可佳佳怎会轻易放过他,挑衅地冷笑道:"时间不就是用来浪费的吗?我浪费时间算哪个洗衣液划算,总好过有些人拿大把的时间玩游戏。"

冷战了好多天,终于说回到问题的源头。夏峻理亏,试图玩笑糊弄过关:"我这是休养生息,厚积薄发。"

虽是玩笑,陈佳佳却更觉心酸,忽然叹息:"咱家的股票,也亏损了不少吧?我知道,你心情不好。"

"最近的股市,确实是……"他也叹了口气,这一次,终于能诚恳地对她说一句,"佳佳,无论如何,我不应该冲你乱发脾气,对不起!"

夫妻俩心照不宣地出门来逛超市,就是为了这一刻的和解。在她偷偷查看夏峻电脑里的股票行情之后,在他看到她在一碗粥里细心挑葱花时,他们已在心里达成了和解。

陈佳佳故作轻松地笑笑，又抓住机会嘚瑟了一把："放轻松，别给自己压力，工作慢慢找，我告诉你哦！这个月姐姐我是销售冠军，出了好几个大单，佣金估计不少，你等着吧！包养你指日可待。"

这一刻的轻松让夏峻也放下了心里紧绷的那根弦，他笑："期待哦！想想都有点激动啊！"

两人朝猪肉柜台走去，夏峻对柜台里的售货员说："这块五花肉，帮我切一下，还有后腿肉，要两斤，梅花肉还有没有啊？"

陈佳佳在一旁听着暗暗惊叹，忍不住调侃他："可以啊！懂得真多，还知道梅花肉。"

不知道为什么会忽然脸一烧，他尴尬又心虚地笑笑："活到老，学到老，我这段时间，学了不少生活技能呢！比如说，在菜市场买菜，怎样省钱。"

这话勾起了陈佳佳的兴致："哦？怎样省钱？我都不知道，说说看。"

夏峻故作邪魅一笑，扬扬眉看了看旁边的一个老太太，悄悄对佳佳说："看到没，我会跟在一个这样的大妈后面，等大妈和卖菜的讲好了价，我马上说，给我也来两斤。"

"德行。"陈佳佳被这个老套的笑话逗笑了。连日来的那些不开心，似乎在不知不觉间已经烟消云散了。

买好了东西，快结账时，陈佳佳忽然又折返到文具类的货架，找了半天，终于在底层最里面找到了仅剩一套的船模材料，她走出来，手持船模材料，喜形于色："找到了找到了。"

夏峻把盒子放进购物车，笑了："这还差不多。女儿要宠，儿子也要爱。"

回去的路上，两个人有说有笑，聊了许多。说到了两个婆婆的去留问题。陈佳佳坦言，一山难容二虎，让两个婆婆都留下来不是长久之计，而自己和夏峻养母相处更舒适一些。

这正是夏峻焦虑的问题，他已经在心里翻来覆去想了无数遍了，却不知该如何向亲妈开口。他看得出，亲妈在极力地融入这个家庭，甚至带了一丝卑微、一丝讨好，他对她早已没有怨恨，但是若论母子感情，并不是一朝一夕可以建立的。他和妻子一样，并不想和严老师生活在一起。

"找个合适的机会，我和她谈谈。"他说。

佳佳心里又不忍，温柔地说："好好说，别伤了老人的心，河北的妈妈，也是个好人。"

两人又说到了孩子的教育,陈佳佳一时忘形,说漏了嘴:"我有时是急躁了点,那天你说疏而不堵,倒是很有道理,对夏天这样的孩子,不能简单粗暴,不能来硬的……"

话说到一半,忽然瞥见夏峻正一脸坏笑地看着她,陈佳佳自悔失言,下意识地吐了吐舌头。

夏峻故意装傻充愣,玩笑道:"什么疏而不堵?我什么时候说过这种话?我说过吗?"

上次装睡被识破了拙劣的演技,陈佳佳沮丧气恼,赌气道:"大概你说的梦话吧!"

"你什么时候听到的?哈哈哈哈!"

"大概在梦里听到的吧!真讨厌!"

回到家时夏天正在接水喝,陈佳佳把在超市采购的东西一样样拿出来归置,那套船模材料,就随意地放到了夏天面前的五斗柜上,她淡淡地说:"给你的。"

夏天故作高冷状,抬眼瞟了瞟,装作若无其事的样子,其实心里已经开心得冒泡了,他拿起盒子,又放下,克制地说:"我先去写作业。"

抬脚上了两级台阶,又折返回来,拿起盒子:"我放我房间。"

一转脸,背过去,他对着空气做了一个夸张的比耶的动作。陈佳佳看到了他那点小动作,忍不住提醒:"现在不许玩啊!写完作业再玩。"

夏天转过身,给妈妈用手指比心,又飞吻,迭声说着"爱你么么哒",欢脱地爬上了楼。

* 5 *

半个多月的休养,夏美玲可以开口说话了,她说的第一句话是:"严老师,谢谢你!"

她的声音有些改变,不像从前那样清澈圆润了,带了一丝沙哑和低沉,也别有韵味。严老师很担忧:"你以后还能唱戏吗?还能登台吗?"

"能，一定能。"夏美玲拿出手机，给她看自己穿着戏服，在本市地标性建筑城墙上拍的一段视频。视频里，她舞动水袖，身段妖娆，唱腔优美。这段小视频她发在自己的×音账号里，收获了无数赞美。

夏美玲一脸兴奋："就算不能登台了，我还是会坚持唱下去。我打算去旅行，每到一个地方，一定要在当地最美的建筑前，录一段视频，让更多的人听到越剧，接受越剧，喜欢越剧。"

严老师艳羡不已，望着屏幕里那个妖娆的伶人，又惊奇又佩服，说："这真是太美了，这主意真不错，我支持你。"她暗暗松了一口气，夏美玲终于要走了，这真是一件好事。这场亲情的较量，严老师眼看就要赢了，虽然有些胜之不武，但她还是为这个消息感到隐隐的开心。

出于一丝莫名其妙的愧疚，她决定照顾补偿一下夏美玲，说："您休息，今天我给你做点软软的汤面。"

陈佳佳下班回家了，手里大包小包提了很多商场的购物袋，笑得花枝乱颤，把购物袋里的东西一样样拿出来，有给南方婆婆的真丝衬衫，有给北方婆婆的鞋子，有给女儿买的小裙子，有给老公买的保温杯和剃须刀，还有给自己买的一套SKⅡ的护肤品，人人有份，有钱真好。陈佳佳明目张胆地嘚瑟，向每个人表功，炫耀："妈，你试试这个衬衫，现在就试试，好不好，真丝的，这个颜色很衬你的肤色。"

夏峻虽也拿到了属于自己的保温杯和剃须刀，但心里并不舒服——老婆能挣钱了，老婆会挣钱了，这是一件很恐怖的事。他拿起自己的保温杯看看，酸溜溜地调侃她："老婆，你暴发户的样子真好看。"

夏天等不及了，从楼上冲下来："我呢？有我的东西吗？我亲爱的妈妈不会忘记我吧？"

亲妈当然不会忘记他，就属夏天的礼物最丰厚——夏天最惨，妈妈给他买了一套习题集，这套习题书摞在一起，可真厚。

夏天一副生无可恋的表情，撇嘴道："确认过眼神，是亲妈。"

他抱着习题集垂头丧气地离开，嘴里嘟囔着："我爱学习，学习使我妈快乐！"下一秒，他忽然尖叫起来，在玄关处，放着一个崭新的滑板。夏天放下习题抱起滑板，笑得嘴快咧到耳根了，又学爸爸的口气："妈妈，你暴发户的样子真好看。"

说着，夏天就要下楼去玩滑板，被严老师拦住了："吃饭了，吃完饭再去玩。"

饭桌上，严老师对她那双皮鞋和夏美玲的衬衫价格耿耿于怀，旁敲侧击地问："真丝，挺贵的吧？"她在鞋底的一个小标签上看到了那双鞋的价——498。

陈佳佳不知有诈，随口回答："不贵，也就几百块，穿着合适好看就行。"

"几百是多少，二百也是几百，九百也是几百，那能一样吗？"严老师还是不死心，她想证明，自己在儿子儿媳的心里、在这个家里的地位是不一样的，是更重要的。

不过，陈佳佳还是没有回答，笑了笑，给自己盛了碗汤，转移了话题："妈，你做的这个汤真好喝！"

严老师没辙，把嘴边的话又咽了回去。

夏天急着出去玩，三下五除二扒完饭，正要抱着滑板开门出去，又被陈佳佳叫住："作业写了吗？什么时候写作业？今天老师在群里发的作业通知，说那个作文竞赛的稿子，下周必须要交了，你写了没有？"

夏天无奈，又上楼拿出自己做的KPI考核表来给妈妈看，拍着胸脯保证："看，奶奶和我爸爸的KPI考核，我大明星奶奶第一名，我决定就写她，今天晚上就写。"

严老师一看那个考核表，脸都绿了——怎么可能？夏美玲这个花架子怎么会胜出？她不服。

不服归不服，表面的气度还是要有，严老师故作姿态："夏老师人长得漂亮，性格温柔，又是大明星，确实值得一写。奶奶就是个普通人，没啥亮点，就写夏老师，一会儿奶奶给你指导指导。"

没想到夏天竟然拒绝了奶奶指导作文的好意，说："不用了、不用了，我自己写，我们老师说了，写作文要有真情流露，不要有套路，才是好作文。"

夏美玲本没有把KPI考核当回事，看到自己胜出有点意外，也推托道："我没什么好写的，我这个奶奶，连洗碗都不爱干，写不好的。夏峻，吃完饭去洗碗。"

夏美玲上楼进了卧室，过一会儿，穿着一身丝绒绣花的旗袍出来，搭配着珍珠项链和素色针织披肩，袅娜有致地下了楼，说："我有个约会，出去一下。"

明明是不太日常的打扮,可穿在夏美玲的身上却妥帖养眼,连严老师也忍不住暗暗惊叹,却又忍不住揶揄:"夏老师朋友真多啊!"

夏美玲笑笑没说话,径直出了门。

吃完饭,夏峻果然听话地去洗了碗。严老师心里闷闷不乐,提了垃圾袋,打算去楼下透透风。垃圾袋没绑紧,一张小纸条掉下来。她捡起来一看,顿时心里不平衡起来,那张纸条,是商场的购物小票,那件真丝衬衫,打完折还要866。她把那张小纸条揉了揉扔进了垃圾桶,怏怏地坐在长椅上,看那些老头老太太开始跳广场舞。有人叫她去跳,她摇摇头,动也不想动。

暴发户陈佳佳这一次扬眉吐气,翻身农奴把歌唱,享受到了家庭妇男夏峻的夏氏按摩。从前她做全职主妇的时候,也因忙碌一天腰酸背痛,撒娇要求夏峻按摩,会被他无情地怼回去:"你带带孩子、拖拖地有多累,矫情!"现在夏峻一边按摩,一边问:"轻重合适吗?"

佳佳转移话题,趁热打铁:"你和河北的妈,说了让她回去的事了吗?"

夏峻的手停了一下,口气有点迟疑:"还没,我,我今晚说吧!"

晚上十点钟,夏美玲回来了,手里依然带了一束花。这一次,是香水百合,她把花插在花瓶里,叫夏峻和佳佳过一会儿上楼来,有事要说。

十分钟后,夫妻俩上楼,坐在夏美玲面前。夏美玲还没卸妆,旗袍也没脱下,背脊挺拔地坐在床边,脸上的笑也没有褪去,说:"峻峻、佳佳,妈妈要走了。"

"走哪儿去?"夫妻俩异口同声。

"我打算去旅行,可能会去很久。"

夏峻马上说出担忧:"妈,你年纪大了,不比从前了,一个人出去,我不放心。"

"我和刘医生一起去。"她坦然地说。

"刘医生?就是给你做手术的那个刘医生吗?"

"对,我谈恋爱了。"

"咕咚"一声,门外不知什么东西响动,夏峻起身探头看了看,又掩上了门。

夫妻俩静静地坐在夏美玲面前，不知该说什么。屋子里静静的，气氛尴尬，夏峻先开口："刘医生人挺好的，可是……"

夏美玲轻声打断了他："你不用说可是，我只是告诉你这件事。"

"妈，我不是反对你什么，我是担心你的身体，长途旅行，吃不消的。"

"我的身体很好，他又是医生，不用担心。"

夏峻和佳佳又沉默了。

"我知道你们在想什么。我已经60岁了，该像其他老太太一样，含饴弄孙，然后告诉自己，平平淡淡才是幸福。没错，这样也很幸福。可是，我的人生就圆满了吗？夏天给大家搞了个KPI考核，还给我评了第一。如果人生也是一场KPI考核，我的人生合格了吗？不。多少人艳羡我站在舞台上光鲜亮丽，我人生的高光时刻，几乎都是在舞台上，人人都觉得我的人生绮丽，多姿多彩，是仙女，是与众不同的少数人；但是，在婚姻和感情上，我碌碌无为。现在，我想试一试，给自己一个机会。你们懂我的意思吗？"

夏峻听懂了，陈佳佳也听懂了。

"妈，你出门多久啊？什么时候回家？"陈佳佳问。

"也许几个月，也许一两年，或许看到什么地方山清水秀，就住下来了。"

话既已敞开了说，夏峻也没有顾虑了，劝她："妈，我支持你和刘医生在一起，但是这样的旅途，你们年纪大了，都吃不消，我们会挂念你，孩子们想你怎么办？"

"放心吧！不会让你们见不到我的。至于家里的这些事，我走了，严老师会帮忙照顾孩子，料理家务。就算没有严老师，还可以请保姆，夏峻一个人也可以，你们总会有办法的。"夏美玲莞尔一笑，"好了，去睡吧！"

夏峻和佳佳犹犹豫豫地起身，站在门口，又转身："妈，那你……"

"下周三，已经买好票，第一站，云南。"

"到时我去送你。"

夫妻俩回到房间，却双双失眠了。妈妈的那番话，一直在夏峻耳边翻覆，他一回头，看到佳佳也睁着眼，便问："如果人生也是一场KPI考核，你觉得你合格吗？"

陈佳佳转头，侧着脸面向他，认真地说："我不知道是不是合格，但是我很清楚地知道，比起昨天的我，我更喜欢我现在的模样。你呢？"

　　灯光掩映下，佳佳的眼神亮亮的，睡衣的一颗扣子开了，隐隐露出白皙的皮肤，夏峻的心紧跳了几下，敷衍道："我肯定不合格了，但我觉得可以从某些方面补救一下。"

　　他的手轻轻地抚上她的脖颈，翻身上去，佳佳娇嗔地推了推他："干吗呀！今天太累了。"

　　他吻向她的脖子、耳根，呼吸粗重起来，在耳边呢喃："给我个机会，让我弥补一下我的KPI数据。"

第七章

中产者是怎样走向贫穷的

* 1 *

第二天是周六,严老师还像往日一样早起,打扫了卫生,做好了早饭。阳光普照,小米粥和大馒头热气腾腾,和往日的清晨没有什么两样。

一家人围坐在桌前,还是其乐融融的一家人,严老师面前的粥一口没动,看着夏天大口地喝粥,忽然心里一酸。她看过夏美玲带来的相册,里面有夏峻小时候的样子,夏天活脱脱就是夏峻的翻版。看着夏天,她就忍不住想起夏峻的童年,她的心就会被后悔刺痛,如果一直陪着他长大,现在,她和夏峻之间,会是怎样呢?那些她缺席的成长,是无法用现在的几餐饭来弥补的。她已经深深地意识到这一点。

是夏天最先注意到玄关处的那个旅行包的,因为他出门的时候走得太急,被绊了一跤,就喊了一句:"谁把这个大包放在这里啊?"

夏峻认出了那个包,那是严老师那天下火车提的包。

"妈,你这是?……"他猜出来几分。

严老师讪讪地笑,说了一个无懈可击的理由:"你妹妹要出差,家里没人照顾孩子,我去顶几天。"她说的"你妹妹",就是自己和第二个丈夫的女儿,她的另一个孩子。

她当然不能说因为那双鞋没有真丝衬衫贵,不能说在 KPI 考核中败下阵来觉得丢脸和不甘。

她假装收拾碗筷，悄悄用余光打量着夏峻，心里默默祈祷，只要他挽留，只要他说一句："妈，我们也需要你。"她就会毫不犹豫地留下来。

没想到，懂事的儿媳先开口："那是应该的，妹妹出差，工作要支持，孩子没人照顾不行。"

夏峻马上顺水推舟："我帮你买票。不用这么急吧！……"

夏峻话音还未落，严老师马上表示："不急，不急！"

"不急的话，我等会儿洗完碗帮你买票，到时我送你去车站。"

夏天也若无其事，抱着篮球打算出门玩，颇有情意地说："爸，你下午送奶奶带上我，我也送奶奶。"

真是有情有义啊！严老师的心一点一点灰了，心里愤愤不平地暗骂，那些好菜好饭都喂到狗肚子里了，不对，是狼肚子，小白眼狼，一群白眼狼。

唯独夏美玲看穿了严老师的谎言，饭毕，找了个没人的时间，悄悄地问严老师："你瞎闹什么？我马上走了，给你腾地方了，不能再忍两天吗？"

一语戳破那点小心机，严老师还在扭捏作态不承认："谁闹了？什么就腾地方，这话真难听，搞得我和你争什么了一样？"

"什么女儿出差，孩子没人照顾，谁信啊？就这么巧，我要出远门走了，偏偏在这节骨眼你就有事了。你就是找存在感，作吧！"夏美玲的话一点也不客气。

这一次，严老师没反驳，也没承认，就坐在那里，叹了口气，忽然垂泪了。

夏美玲拿纸巾给她。

"说到底，我在这个家里，是个外人。生恩不如养恩大，我现在是体会到了，我想通了，回吧！这里不是我该来的地方，我也不给他们添堵，也不给自己添堵了。"

夏美玲轻轻地笑了："该来不该来的，你都来了，别说什么生恩不如养恩大，就是不和我争什么，就是没有我，你一定能和他们相处得舒服开心吗？就算是一个住家的保姆，也能和主家处出感情来，关键看怎么处。我可是听你说过，你教书几十年，次次都考第一，再烂的班到了你手里，都能把成绩提上去。你是个好强的人，怎么遇到这点事就退缩了？"

"谁退缩了？真是女儿家里有事。"

"你想想，你接到一个成绩很烂的班，是不是要先找找原因，才好对症下药？可是你在这里三个月了，待得不开心了，就体会出了生恩不如养恩大？你抛弃孩子是不对，可是为什么没有想一想，你现在做了这么多，为什么没落好？"

"为什么？"严老师不流泪了，被夏美玲把问题撕开、掰开、摊开到面前，她不得不面对了。

"界限。人和人之间，无论是母子，还是恋人、朋友，关系再亲密，还是要有个界限感。严老师，恕我直言，你有时，可能这个界限感没有把握好。"

在严竹君失败的大半生里，从来没有人这样直言不讳地为她指点迷津，这一刻，她像个小学生一样，没有了不甘，没有了不服，虚心地问："比如呢？"

夏美玲想了想，说："比如，你把外面不知哪里捡的小石头自作主张放进佳佳的鱼缸里，佳佳不喜欢，拿了出来放到花盆里。你还不懂，第二天又放进去了。比如，你那天进夏峻房间，看到电脑没关，觉得费电，就去关了电脑。你是好心，可是你越了界，现在年轻人很多工作都是要在电脑上完成的，他万一是在做正事，突然关机会怎样呢？这就是界限。孙悟空去化缘，留下唐僧，在他身边画了一个圈。那个圈，就是界限，如果出了那个圈，就有危险了。"

没想到，一辈子为人传道授业解惑的严老师，在退休后，在儿子家里，被上了深刻的一课。她脸上闪过一丝尴尬，自我解嘲："呵呵！我这人大大咧咧，有时没想那么多，疏忽了，呵呵！"

但夏美玲这番推心置腹的话已经有点晚了，严老师要回家的话已经说出去了，骑虎难下，覆水难收，懂事的儿媳甚至已经在外面张罗给她带特产，喊着："妈，我把这个西洋参给你带上，还有那个腰部按摩仪，是新的，你用得上。"

夏峻也探头进来，手里提着超市的袋子，说："妈，我刚去小区超市给你买了点吃的，带着路上吃。"

孩子们的这份孝心，毋庸置疑，但他们并不希望她留下，这也是真的。

严竹君和夏美玲面面相觑。

下午两点，夏峻开车送严老师去机场。为了弥补心里那股莫可名状的愧疚，他给严老师买了机票，免去火车劳顿之苦。

去机场的路上，突降暴雨，车子堵在高速上，车外白茫茫一片，雨很大，像绳子一般抽打着车子，听得人心烦意乱。严老师忧心忡忡："夏天的校服洗了晾在阳台上，窗不知道关了没有，雨飘进来别把衣服打湿了。"

夏峻便发微信给佳佳让她收衣服关窗。

"我看你昨天用剪刀开了快递，剪刀就顺手放在茶几上。这种东西，要放高一点，不能让玥玥摸到。"严老师又叮嘱道。

分别在即，看到严老师牵肠挂肚，他也知道，血浓于水，当年抛弃他是真，当下的感情也是真，夏峻一时也有些感怀，说："等过阵子妹妹家里没事了，您再来。"

"嗯！嗯！好。"严老师声音有点哽咽，转头去看窗外的雨雾。

顺利赶到机场，夏峻要拿严老师身份证去值机，她才发现，身份证找不到了，打开行李包翻看半天，也没找到。

这时，大屏幕发布了严老师所乘航班延误的消息，又没带身份证，又是航班延误，这是老天爷要留她，母子俩在大厅坐了会儿，打道回府。

进家门的时候，夏美玲正在厨房忙碌，一看严老师回来，倒没觉得意外，就像看到她下楼跳了一回广场舞刚刚回来，不等她坐定，就招呼她："严老师快过来给我帮帮忙。"

严老师进了厨房，下一秒，听到夏美玲大声说："什么？航班延误了？身份证还找不到了？这真是运气不好！"

"是啊！运气真不好。"严老师暗暗舒一口气。

夏峻在严老师睡过的书房里找身份证，翻遍了抽屉和书橱，也没有找到，追问："妈，你把身份证放抽屉里了吗？这里也没有啊！"

这事把严老师也搞糊涂了，也出去帮着找："我记得放在抽屉里的啊！"

夏美玲把做好的最后一道菜端出来，招呼大家都来吃饭，叫夏峻和严老师："好了别找了！只要没丢在外面，它就不会长脚跑了，肯定还在这个家里，用它时找不到，过两天不找了，它又出来了。来！不管它，安心吃饭吧！"

饭桌上，夏峻还在忧心忡忡："现在耽误了一时回不去，我那个妹妹那边怎么办啊？"

夏美玲轻描淡写地替严老师回答："还能怎么样？打个电话解释一下就行了，让她自己想办法。"

"对呀对呀！"严老师附和。

至于那个电话打没打，后来大家就都没在意了。

后来几日，全家人都陷入一种帮奶奶找身份证的轻度焦虑之中，不过那个身份证像有隐身术，怎么也找不到了。有一天，陈佳佳忽然说："不是可以先办临时身份证明乘机乘火车吗？回到老家再补办个身份证不就行了？"

夏峻一拍脑门："我这脑子，怎么没想到呢！"

陈佳佳不忘奚落一句："你啊！在家待傻了，快和社会脱节了。"

以前，每每陈佳佳对一些社会经验、职场规则懵懂无知，夏峻就会这样讽刺她——你在家待傻了，快和社会脱节了。这世界变化快，三个月河东，三个月河西，夏峻笑笑，没有辩驳。

不过夏峻并没有再次送严老师去机场或火车站办临时身份证明，他也不在家玩游戏了，每天往外跑。严老师以为他对找工作上心了，后来无意中听到，他在外面报了什么培训班，又是考驾照，又是考建造师、心理咨询师，严老师一听又头大："你考公交车驾照？你要去开公交车啊？"

"有这个可能。开公交车多威风啊！我小时候的梦想就是做一名公交司机，坐在驾驶座上，高高在上，掌握方向，把每个人送到他想去的地方，多好啊！"夏峻半开玩笑。

严老师气得也骂他："你啊！在家待傻了，快和社会脱节了。"

隔两日，夏美玲要出发了。临走前，悄悄把严老师叫到屋里，对她说："那个身份证，好像在厨房的顶柜里，你找找看。"

"你，你这个人——是你藏起来的？"

"还真不是我，好像是某人随手一放，忘记了吧！"

"一定是你放的。夏老师，这我就要说你了。界限，界限，人和人之间，要注意界限。"

夏美玲一笑了之。楼下，她的爱人正在等着她。

人间烟火，烟火人间，她仿似仙女飞离人间。

* 2 *

夏峻得了一笔意外之财，是在前公司的一笔奖金，项目结项流程和财务部人员更替的原因，导致他离开公司三四个月了才发放。

这笔钱不算多，只有五万多，但对于已经三四个月没有收入的夏峻来说，已经是一笔巨款了，足够他在家里扬眉吐气一回了。钱还没到账，他已经在计划着怎么花了——佳佳快过生日了，他打算找一家好饭店，请好友们吃顿大餐为佳佳庆祝生日，一向节俭的佳佳也赞同，说把小野和李筱音也叫上，顺便说和说和；夏峻还想，也快到五一小长假了，趁着孩子也放假，想带一家人去三亚玩。夏天一听去海边玩，乐得冒泡，马上回屋去翻找泳衣和泳帽去了。

严老师一听，马上表明态度："我，我就不去了吧！你们去。"

自从上次回老家的事耽搁下来，再也没有人提她回家那件事，稀里糊涂的，严老师就留了下来。她暗暗记住了夏美玲的话——界限，界限，所以，当儿子说全家人一起去三亚时，她马上把自己摘出来。

夏峻豪气冲天："都去，都去。"

严老师心里喜滋滋地甜。

然而理想很丰满，现实很骨感。几日后钱到账，一分不少。刚收到钱到账的短信，一家早教中心像是闻到钱味似的，正好打来电话，向夏峻推销课程。这家早教中心夏峻带孩子遛弯时被塞过传单，也被诱惑去中心考察过，环境不错，玥玥还上了一节体验课。夏峻被教务老师忽悠得一愣一愣的，觉得自己可爱聪明的女儿就该马上来上这个早教课，要不是当时囊中羞涩，他早就报名了，所以，这一次，当对方询问："玥玥爸爸，您考虑得怎么样了？现在报名立减两千，并赠送豪华大礼包，还能参加砸金蛋活动。"夏峻马上一口答应，并依对方要求微信转账两万四千八。

严老师在一旁听得肉痛，拦都拦不住，不停地唠叨："哎呀呀！这种早教课就是骗人的,能学到什么啊?我是教师,你们两个都是大学生,还不比早教中心那些小姑娘强吗?还教不了玥玥吗?你就乱花钱。"

夏峻虽然也有点肉痛,但作为一个女儿奴,想起女儿的锦绣人生,他觉得这钱花得很值,就安慰自己,对严老师说:"你不懂啊!这个课,注重孩子的全脑开发,注重孩子的个性自由发展,还能培养孩子的学习能力。小区的好几个孩子都报早教了,我们玥玥不能输在起跑线上。"

早教课的钱刚交完,佳佳的电话打进来,说夏天的校外英语班老师也打电话催续费了,她没空,让夏峻去缴一下。英语班离得不远,就在小区附近,夏峻亲自去缴,眼睁睁看着卡里的钱被划走一万二。回来的路上,他暗自叹气,看来三亚之行要泡汤了。

晚饭的时候,陈佳佳主动提出:"要不过生日就在家过吧!叫大家到家里来,就在露台上摆桌子,做几个菜,聊聊天,吹吹风,又有气氛。"

夏天不开心了,一语道破天机:"关键是还便宜啊!"

陈佳佳敲儿子的头:"瞎说什么大实话啊!钱都给你交培训班了,哪有闲钱请客吃饭啊?"

"我想吃海天饭店的大龙虾啊!鲍鱼,北极虾!我想吃海鲜大餐。"

奶奶笑笑,把排骨海带汤推到孙子面前:"乖!吃这个海带,补碘,降血压,还有这个虾米,也是海鲜,能提高免疫力,你多吃点。"

一提到海鲜,夏天想到三亚之行,有点担心:"去三亚,不会也泡汤了吧?"

夏峻盯着手机,假装没听到,夏天又对着妈妈问了一遍,陈佳佳撇撇嘴:"问你爸去。"

夏峻不知在手机上看到了什么自驾游攻略,忽然兴致勃勃地说:"要不我们五一自驾游吧!我觉得这条线不错。"

不用再问了,三亚泡汤了。夏天没好气,三两口吃完饭,气呼呼地上楼了。

吃完晚饭,严老师坐在沙发上休息,顺手拿起一份报纸看起来,一篇题为《中产家庭是如何走向贫穷的》的文章引起她的兴趣,她一边看,一边问:"夏峻啊!你们算不算中产家庭啊!"

夏峻心虚地回答:"算,勉强算吧!"

"你看这篇文章写的,中产家庭是如何走向贫穷的,你来看看,写得对不对?是不是这些个原因?我觉得这文章你需要看看,未雨绸缪。"

不用看夏峻也知道,"富豪死于信托,中产死于理财",他苦笑一下:"这种文章,我也能写,中产者比上不足比下有余,有点闲钱,就想理财,怎么走向贫穷?呵呵!股票,理财骗局,当房奴,再生场大病,怎么可能不走向贫穷?"

严老师听了,连连赞叹:"神了神了,你说的这些和这篇文章里讲的一模一样。"

陈佳佳从旁边经过,听到这母子俩的对话,揶揄道:"我觉得还少说了一条,孩子的补习班续费,也能让一个中产者走向贫穷。"

夏峻无奈地叹口气,乖乖洗碗去了。现在谁一提起股票,他的心就会骤然一紧,像是被一只手攥住。严老师说他神了神了,他也认为自己足够睿智,那又如何?他想,如果知道了所有的因,就一定能有惊无险地避开不好的果吗?其实不然,因为因是不受人掌控的,人定胜天,是一句虚张声势的空口号,灾难来临时,一点用也不顶。

* 3 *

陈佳佳生日那天很热闹,她的好友、她和夏峻的共同好友都来了。夏峻和马佐好久没见了,把马佐也叫来了。李筱音是陈佳佳亲自打电话邀请的,她本来还担心李筱音和钟秋野闹离婚,不出席他方亲戚的聚餐活动,没想到,佳佳一说自己过生日,李筱音马上一口答应,来时带着大蛋糕,涂着大红唇,画着细细的眼线,精心打扮过,和钟秋野也有交流,看上去像没事人一样。

李筱音看穿了陈佳佳的疑虑,背过人,悄悄地对她说:"我和佳佳姐也是朋友啊!你还是浩浩的姨妈,没有钟秋野,我也会来的;再说了,就算我和他离婚了,我们还是孩子的父母,以后的交集也不会少,爱情是没有了,但没必要搞得像仇人。"

这份大气和通透,让陈佳佳又生出几分敬佩。两人洗好了樱桃,一起上楼来到露台。

这一次的生日聚会,其实是一个小型的BBQ,夏峻已经支好了烤肉炉,马佐抱着孩子,想帮忙也帮不上,浩浩已拿了一根烤肉钎子当剑,满院跑,吓得钟秋野跟在屁股后面追。还是严老师有办法,上楼来招呼孩子:"孩子们,奶奶炸的无油薯条,快来,一起去吃,奶奶给你们放《小猪佩奇》。"到底是做了一辈子的孩子王,号召力十足,她哄走了孩子们,世界顿时清净了许多。

钟秋野和夏天一样,本来对海天大酒店的海鲜大餐充满向往,现在海鲜大餐降级为屋顶烧烤,心里有点落差,伙同夏天一起抗议:"说好的海鲜大餐呢?我可是饿了好几天才来赴宴的,你给我吃烤茄子、烤蔬菜好意思吗?"他一眼就看到钎子上穿的茄子、香菇、韭菜们。

夏峻不好意思地嘿嘿笑,递给他几个钎子和一盘鸡翅:"有肉,有肉,瞧!鸡翅、大虾、羊肉、牛肉、骨肉相连,什么肉都有,还有烤五花肉,今年猪肉不便宜,拿猪肉招待你,你是绝对的贵宾,绝对的真爱。来,自己动手,丰衣足食。"

夏天一看要干活,准备溜之大吉:"此地不宜久留,我先去吃无油薯条了,烤好了叫我。"

佳佳看着夏天的背影,无奈地叹气:"你们知道,中产家庭是因何走向贫穷的,不得不勒紧裤腰带吃糠咽菜?"

"因为什么?"几个人异口同声。

"富豪死于信托,中产死于理财,其实不只理财,失业、大病、买房、生二胎,都有可能让一个中产家庭走向贫穷,甚至,缴完孩子早教班兴趣班的费用,也能走向贫穷。"

钟秋野恍然大悟:"哦!所以,交完孩子们的兴趣班的费用,就要消费降级了,理解,理解。"

就在这时,钟秋野的手机来了微信,他打开一看,是那个大四女生的,她问:"在吗?"

微信上问"在吗"的人无非两种,一种是不熟的久不联系的人来借钱,一种是暧昧对象来撩,钟秋野当然知道标准回答。他背过李筱音,悄悄地打字:"在啊!我不是一直在你心里吗?"

一句话打完了，手下犹豫了一下，抬眼看看李筱音，再犹豫了一下，把那句话删除，忽略了那条私信，然后收起了手机。

李筱音对兴趣班颇感兴趣，和陈佳佳聊得热火："姐，你给孩子们都报了什么兴趣班？浩浩没上过早教班，现在上来不及了吧？围棋班怎么样？"

于是两个女人又凑到一起开始讨论给浩浩报什么兴趣班更合适。一说起兴趣班，陈佳佳想起了钟秋野的专业，好心提议："小野，要不你办个画画班？我把玥玥送你那里学画画，我们小区还有一些适龄的孩子，我还能帮你介绍生源。"

在培训班给小朋友教画画的工作，钟秋野干过，可是干得不开心。他常常擅自做主，临时更改内容，丢掉课件和教案，带着孩子们到附近公园里。他带头上树掏鸟蛋，把鸟蛋捧在手心，在阳光下，对孩子们说："来，画静物，画静物最重要的是什么，是对明暗的把握，怎么把握，要好好观察。"他带头下水摸石头，把石头在太阳下晾干了，献宝一样分给孩子们，说："来，我们今天学画石头画。"可是他忘了他的学生们是一群不折不扣的孙猴子，后来，有个孩子用他的石头砸了人，发生了流血事件；后来，他被辞退了。

后来，谁提让他去教小朋友画画他就跟谁急，他是一个画家啊！他说自己是发现美、翻译美的艺术家啊！美是多么神圣不容亵渎，他不能亵渎美。

于是，他再一次义正词严地拒绝了佳佳姐："我是画家，我不是幼儿教师，不是教书匠。等我的画这次获了奖，我就是某知名画廊的签约画家，我要去北京工作哒！哼！今天的我你爱理不理，明日的我你高攀不起，哼！"

佳佳笑倒，李筱音翻白眼。

陈佳佳的闺蜜琦可，还有公司里一位交好的同事霏霏也来了。琦可是富贵闲人，老公是房地产商，她其实对老公的生意并不懂，却一知半解煞有介事地分析起楼市来，不知怎的说起了学区房。李筱音颇感兴趣，也凑过去探讨。

浩浩已经上中班了，该考虑上小学的问题了，不过据李筱音所知，她家附近并没有什么好学校。向来见多识广、百事通晓的李筱音问出了一个很弱智的问题:"学区房和学位房有什么区别?"

资本家内部的叛徒琉可对这个倒是门儿清,义愤填膺地说:"千万别相信开发商的虚假宣传,学位房只是个噱头。现在的学位房很少,学位房一般是开发商和知名学校合作,引进项目,签订协议,然后送给购房者子女可以就学的学位名额,不过啊!买房时一定要擦亮眼睛,别听顾问忽悠,只有落实到合同中的才算数,什么?春晓居啊?春晓居不是学位房,不是,是学区房,是二小的学区房。对的,学区房和学位房是完全不同的两个概念,学区房是由政府每年根据片区入学生源情况而划分出来的,但是每年的政策和划分可能会有变化,所以是否在名校学区范围,买房的时候,一定要考察清楚的。嗯嗯!买春晓居可以的。"

佳佳的同事霏霏还没买房,一听琉可是万恶的开发商的老婆,又愤恨又想套近乎:"熟人买房,可以打折吗?嘻嘻嘻,哈哈哈哈!"

"必须啊!打折,你要买了来找我,我给老薛说一声。"

既然开发商的老婆朋友聚会也不忘帮老公卖房子,佳佳也就趁机无比敬业地推销保险:"琉可啊!上次听你说老薛耳朵有了什么内耳循环障碍,一定是你这枕边风整天给吹的,把耳朵吹出毛病了。老薛年纪也不小了,要不,给他也买一份保险?"

霏霏调侃:"佳佳姐太敬业了,我回去要向领导汇报,优秀员工称号,非你莫属。"

夏峻其实挺反感佳佳这种见缝插针的推销方式的。他过去的工作其实也算销售,他也有一套销售经验,销售是一通百通的,有时他想过问一下佳佳的工作,想给她教一些经验,佳佳总是很抗拒,说他好为人师,还会拿话呛他:"我们是不同的行业,不一样的,你不懂。"所以,他只能无奈地笑笑,在佳佳生日这种大日子,还是不要造次。

第一批烤肉熟了,香气四溢,被大家一抢而空,气氛热烈,买买提夏峻师傅的烤肉最受欢迎,夏天不忘送上赞美:"老爸!你要是找不到工作,可以到小区门口那个夜市卖烤肉啊!保准能赚钱。"

真是哪壶不开提哪壶,这么夸人,还不如不夸,夏峻尴尬地笑笑,保持着最后的倔强,心虚地说:"去去去!谁找不到工作了?管好你和妹妹,是我现在最重要的工作。"

夏天撇撇嘴："唉！多好的创业项目啊！我又失去了一次做富二代的机会。"

众人哄笑。

每个人都有烦恼，但这一刻，大家都很开心，大口吃肉，大口饮酒，多少烦恼都忘却，唯独马佐坐在角落，一口一口喝着闷酒，郁郁寡欢。

夏峻拿了烤好的肉走过去放在马佐面前的盘子里，坐下来，给自己也倒了杯酒，和马佐碰杯："别光干喝，吃点。"

马佐将杯中酒一饮而尽，他咬咬牙，深深地吸一口气，像是下决心似的，忽然说："哥，我想离婚。"

离婚的想法在马佐脑海里已经翻来覆去了无数次了，现在看着别人家夫妻甜甜蜜蜜，心里的凄惶更甚，离婚的念头就像一个越来越大的雪球，不断逼近，让他窒息。

劝和不劝分是中国人的传统美德，夏峻想了想，以过来人的心态给他开解："哪一对夫妻一天不起几次离婚的念头啊！谁家不是一地鸡毛？你看你嫂子，那独特的微商气质，暴躁的河东狮脾气，我有时真想算了算了不过了，可是下一秒就自己说服自己，这是自己选的，这是孩子的妈，凑合过呗！"

一听这话，马佐更加绝望："能凑合也行啊！我这整天连人也见不到，凑也凑不到一起啊？怎么凑合？"

夏峻又从经济角度给他分析："别冲动啊！你好好想想，离婚对你有什么好处？说句实话，你和马佑结婚，现在豪宅好车都有了，至少少奋斗三十年，多少人做梦都想不到的好事，如果离了婚，你还有什么？一朝回到解放前啊！你算算离婚成本，醒醒吧！"

马佐有一种被戳穿的羞赧，还在嘴硬："我和她结婚，不是为了那些东西，如果离婚，我也不会在乎这些。我要离婚，我受不了了，这样的婚姻就是桎梏，是牢笼，我不能被人牵着鼻子走，我一定要离婚。"

关于离婚成本，马佐自然也认真想过了，他不是冲动，他有自己的打算，今日聚会所得的一些信息，更让他豁然开朗。想到这里，他释然了许多，眉头舒展，站起身，也加入了烤肉的行列，也试图加入他们买学区房的话题："春晓居的房子是二小的学区房？多少钱一平？"

小人精夏天也插嘴："二小有那么好吗？为什么你们没买二小的学区房，如果我上了二小，说不定也能被熏陶熏陶，也是个学霸说不定。"

琉可见大家对春晓居感兴趣，索性把潜在客户一网打尽："大家组团买春晓居，我做主了，给大家团购价，绝对低于市场价，史上最低。"

李筱音也怂恿陈佳佳："姐，我打算买呢，过两天去看看，你也买吧！咱们还能离得近。"

"对对对，我还能去共享育儿。"钟秋野和老婆妇唱夫随。

玥玥醒了，奶奶抱上了楼，霏霏接过孩子，也附和道："是啊佳佳姐，咱们都买吧！你看，玥玥转眼就长大了，女孩子更要注重教育环境。"

夏峻夫妻俩异口同声："饶了我吧！"

* 4 *

李筱音想买套新房子，这个念头已经在心里思量很久了，除了为孩子考虑学区，也和现在住的这个小区问题多多有很大关系。他们现在住的这套房子，是她结婚时贷款买的，也是知名开发商开发的，后来资金断裂，中间各种曲折，最后被另一家公司接盘，楼盘就遗留下许多纠纷和问题：交房时人车未分流、楼间距也不对、冬天暖气水管爆裂、广场舞大妈噪音扰民……物业睁一只眼闭一只眼，李筱音早就想搬走了。

从佳佳的生日聚会回来之后，她去看了春晓居的房子，大三室洋房，南北通透，精装修，新风系统，金牌物业，一线湖景，英式五重台园林景观，总之，她很满意。

房子很美丽，价格也很美丽，李筱音手头有积蓄，但是全款略觉吃力，还是做按揭轻松点，但是她名下已经有现住的这套房，本市限购限贷，她有点为难。

晚上，钟秋野听到李筱音在接电话，大概是置业顾问打来的，她坐在客厅，坦然地接起，钟秋野正哼哧哼哧地拖地，在屋里晃来晃去，隐隐约约被他听了一耳朵。

"我名下有一套了，嗯，嗯！……限购？嗯对啊！……我不是本市户口……什么？假离婚？呵呵呵呵！这个，再说吧！"

钟秋野收起拖把，若无其事地走进了洗手间。

等他从洗手间出来，李筱音还坐在沙发上，开门见山地问他："我要买春晓居的房子，学区房限购，咱们赶紧离婚吧！这套房子过户到你名下，我就可以买了，你同意吗？"

钟秋野的眼皮跳了一下，佯装镇定："假离婚买房啊！哈哈，现在都这么干，行啊！为了孩子。"

"我没说假离婚，离婚没有假的，离婚都是真的。"

"那我不离，打死也不离。"

李筱音也不急不恼，轻轻笑笑："不离就不离，法院的传票你也收到了吧！过完节就开庭了，反正结果都一样，不差这几天。"

钟秋野还自我安慰："开庭怎么了？我不同意，第一次也不一定判离。"

"那好，那就耗吧！"

谈判不成，两人都窝了一肚子火，各自回房睡了。李筱音和儿子睡卧室，忙碌了一天，她很快入睡。

半夜，李筱音睡得迷迷糊糊，半梦半醒间，恍惚看到床前一个黑影，她顿时惊醒，一骨碌直起了身，吓出一身冷汗，定睛一看，才发现是钟秋野。

"你想干吗？"她吓得声音有点发紧。

他捡起被儿子踢到床下的薄被，悄声说："浩浩晚上蹬被子，我不放心，过来看看，现在晚上还是有点冷的。"

她恼火地从他手里拽过被子："我会给他盖。"

他没说什么，转身走出卧室，轻轻地带上了门。

早晨起床，钟秋野一如既往做了早餐，茶叶蛋、小米粥、橄榄菜，李筱音破天荒坐下来吃了，丢给他一句"谢谢"。

钟秋野送完孩子，回到家里，收拾完厨房，把洗衣机洗好的衣服晾起来，回到书房，摆出了画具，调好颜料，拿起了画笔，好久没静下心画画了，一时心烦意乱，万千情绪涌上心头。濒临破裂的婚姻，前途茫茫的事业，压力和恐慌他也都有，只是他会选择纾解压力，那就是逃避。他从现实中逃避出来，追求女人，追求快乐，追求一种虚幻的温暖。李筱音在那次事发追打他时曾经怒骂，说他是下半身思考的动物，说他结婚只为了性和传宗接代。后来他也自己想了想，她说得不对，并不是这么回事，他也是个人，是人，就想要快乐、甜蜜、依恋、温存、安全感、幸福感，这些渴望，他都有，但是他觉得自己并没有获得。当婚姻落到实处，每个人都要面对各自的孤独、寂寞、失望、苦涩、迷茫，他和儿子一样，也常常在深夜醒来后，寻找一个妻子一个母亲馨香的怀抱，可床边常常是空空如也。瞧！这就是一个渣男的自我辩护或是自我剖析。这些都是出轨的理由吗？他也问过自己，不是，他的自私脆弱才是。

在这个一如往常的早晨，在经过这一番自我剖析之后，他后知后觉地羞耻起来。被这种羞耻和自责的情绪推动着，他觉得自己必须做点什么证明自己。他叹了口气，又重新拿起了画笔。

这个早上，他画完了一幅画，然后吃了午饭，把泡发好的银耳焖在了锅里，午睡了一会儿。醒来后，看了一眼手机，自己之前参赛入围的全国油画大赛年展快要公布了，这个赛事在业界举足轻重，如若获奖，定会在业界声名鹊起。他快三十岁了，半生潦倒，一事无成，他的人生太需要这样一次翻盘的机会了。他记得，这一天就是公布获奖名单的日期。

他登录了大赛官网，果然，获奖名单已经公布了，在银奖名单里，他看到了林初夏的名字，她又获奖了。这个幸运的蠢女人，呵呵！从头到尾看下去，他的心慢慢灰了，他并没有看到自己的名字。

那幅参赛的画是当时和林初夏在一起时，一起外出写生画下的。那是他们常去的温泉山庄，林初夏是个矫情又挑剔的女人，她喜欢那里的野生蘑菇浓汤和红酒，也喜欢那里的盛夏的星空。他们在深夜爬上山庄后的一块巨石上，躺下来，与星空对望，久了，像是自己已消失在夜色中，星光如海浪的波动，浩瀚无垠。他们就在靛蓝色的苍穹下接吻，满足而感动。他回到房间，画下他看到的星空，星光搅动潭水，光和影辉映，爱与孤独融合，画中的星空，既亲近又遥远。那时的他信心满满，他和林初夏都觉得那会是一幅伟大的作品。林初夏建议他参赛，但大赛只接受协会和团体的推送作品，她便以她工作室的名义选送了他和另外两个画家的作品，她对他说，她悄悄问过了几位相熟的评委，大家都对那幅《浴》赞不绝口，他满怀信心和憧憬，现在，一切希望都落空，他连一个安慰奖也无。

他不信。

他拿出手机，在脑海中搜索着她的电话号码。上次，为了向李筱音保证，他已删除了所有女人的联系方式。

林初夏的电话很快接通，那头传来她的声音："您好！哪位？"

她已经删除了他的电话号码？

"是我。"

那头愣了几秒，反应过来："有事吗？"

他开门见山："我那幅《浴》，你根本就没选送去参赛，是吧？"

"选送了，不过后来又撤回了，换上了小鱼的。一个单位只有三个推送名额，你不是我们工作室的人，占一个名额不合适。"

她的理由冠冕堂皇，钟秋野无言以对，愣怔了几秒，才喟然说道："你说过，会支持我追求我的梦想。"

林初夏忽然轻佻地笑起来："亲爱的，那些不过是情话，听听就罢了，情话嘛！它的另一个名字叫谎话。"

以彼之道，还施彼身。他曾说过的话，她又原封不动地还给了他，并且加上了深刻的注解。爱之深，恨之切。他知道，她一定恨极了他的无情。

"你就这么恨我？"

"恨？可能是吧！我不是圣母，我没那么宽容，我不用急着去原谅，我会为自己的错误买单，你也是。后来我反省了那段荒唐的感情，也剖析了你。你是一个自私的人，你不爱任何人，你只是习惯性取悦女人，然后从中索取女人对你的关注、仰慕、尊重、宠爱和照顾。你总是挑剔苛责，要求别人为你付出，让你满意。你欲壑难填，从未被满足，一旦得不到或失去，就像小孩子一样撒泼打滚。钟秋野，你是一个自私的人。"

还不待他回应，她已挂断了电话。

忽然挂断的电话忙音震得他耳膜嗡嗡作响，半天没回过神来，那些话字字入心，像刺一般戳痛他。

他不仅是一个自私的人，更是一个失败的人，直到今天他才明白这一点：失败的丈夫，失败的父亲，失败的情人，失败的画家。他的人生所得皆是一些投机取巧或是命运馈赠，德不配位，那些美好就会被收回。

与其被动被收回时打滚撒泼，不如自己主动放手洒脱一些。他想。

晚上,李筱音按时下班回家了,刚进家门,就接到助理的电话,似乎某个项目出了纰漏,需要马上开一个会议。她进了书房,说:"我要开个视频会议,不要打扰我。"

钟秋野就带浩浩到客厅玩拼图,浩浩拼好一个,兴奋地大叫,钟秋野嘘声:"小声点,妈妈在工作。"

儿子听话,楼下的广场舞大妈可不听话,刚刚七点,就已经开始蹦擦擦,音响开得震天响,先是《小苹果》,接着是《最炫民族风》。李筱音的视频会议不得不中断,她走出来,冲到阳台上,关上了窗,可是根本无济于事。

"你等一下,我去和她们说说。"钟秋野拎起一根棒球棍,开门下了楼。

楼下大妈和大爷们舞姿翩翩,欢歌笑语不断,根本没有人注意到一个拎着棍子的愤怒的男人。

"能不能把音响关小一点啊?啊?"他扯着嗓子喊道。

他的声音淹没在噪音里,并没有人搭理他,他又喊道:"再这样扰民,我就报警了。"

有个大妈听到了,回过头看了一眼,并没有理睬。

多说无益,他索性走到他们的音响旁,伸手就关掉了它。

大爷大妈们的雅兴被打断,钟秋野触犯众怒,几个身强力壮的大爷和气势汹汹的大妈围上来,七嘴八舌:

"你干吗呢?"

"老年人跳跳舞碍你什么事了?"

"尊老爱幼懂不懂啊?"

"这个音箱很贵的,弄坏了你赔我。"

一个大爷手里拿着扇子,敲到了钟秋野的头上,一个大妈也温柔有力地推搡他:"走开点,一边去。"

这些大爷大妈,是易燃易碎的宝贝,宜轻拿轻放,钟秋野不敢还击,更不敢造次。他有点后悔了,这几栋楼有几百户深受其害,大家却都装聋作哑当瞎子,也有人找物业交涉过,报警过,但物业和警察来了劝说几句,消停两天,过几天再卷土重来,惹不起啊!现在他这样一时冲动乱逞强,让自己骑虎难下了。

钟秋野冲一个看起来慈祥的大妈笑了笑:"有话好好说,别动手。"

没想到一句话惹恼了大妈:"谁动手了?你这小伙子,别诬陷我啊!谁动手了?"大妈一边说,一边用手搡他。后面的人有人听岔了,瞎起哄:"谁动手了?敢对老人家动手?揍他。"

一群老人围上来,开始对钟秋野动手动脚,就在这时,一阵清凉的雨落下来,一个稚嫩的声音喊:"爸爸,我帮你打坏蛋。"

钟秋野挣脱出来,回头一看,浩浩端着玩具水枪,冲到他面前,对着人群一阵扫射,大喊:"爸爸,我保护你,我帮你打坏蛋,把他们打到外太空去。"

他的眼瞬间湿了。

这场闹剧最终以有人报警,警察出面调解而了事,警方和物业沟通协商后,把小区会所门口的一块空地专门划分给广场舞天团。钟秋野的额头不知被谁的指甲划伤了,大爷大妈们嘴硬骨头硬,不肯道歉,不过一转眼,那个带头推他的大妈从兜里掏出糖来给浩浩:"这个糖是草莓味的,特别好吃。"

浩浩把脖子一梗:"哼!"

"臭小子,你把我衣服都弄湿了,咱俩扯平了。"大妈说。

维权勉强成功,一家人回家去。他牵着儿子的手,父子俩相视一笑。虽然额头挂了点彩,但他从来没有如此满足和感动过。这时,裤兜里的手机微微振动了一下,他走慢了一点,掏出手机悄悄看了一眼,是大四女生:"在干吗?"

他叹口气,没有回复,手指轻触,拉黑了她。

回到家,李筱音从抽屉里找出一瓶云南白药喷雾,扔到他面前的沙发上,又回书房去开会了。

晚上十点多,他哄睡了浩浩,又回到客厅,静静地坐着,没开电视,没玩手机,就只是静静地坐着。

李筱音终于处理完工作,打着呵欠走出来。

两个人各怀心事地对视了一眼。钟秋野开口:"我同意了。"

她一时没反应过来:"什么?"

"同意离婚。"

他面前的茶几上，放着她草拟的那份离婚协议。

李筱音对他态度突然的转变有点意外，再次确认："不只是为买学区房，就是离婚，真的离婚。"

"真的。"

"为什么忽然想通了接受了？"

"我也不知道为了什么，也许是为了儿子，直到今天，就在刚才，儿子冲出来站在我身边的那一刻，我才发觉，我作为男人，真的很失败。我没能成为一个妻子、一个孩子的依靠，反而是我在依赖你们。儿子长大了，我他妈还是个没长大的混蛋，做错了事，像那些老人一样撒泼打滚耍赖。筱音，每个人都要为自己做的错事买单，所以，我同意离婚。"

李筱音一时语塞，对他的反省和改变暗自吃惊，但这并不值得嘉奖，她的坚持也没有错，他说得对，他要为自己做错的事买单。

"好的，明天下午。"她说。

第二天的离婚办得很顺利，从民政局出来，两人在门口略站了一会儿。钟秋野说起以后的打算："佳佳姐说得对，现在少儿教育培训很吃香，我想办一家少儿美术培训机构，谈什么梦想，还是给我儿子挣点钱吧！"

李筱音没有反对，但也并不支持，和他商量："坦白说，你那些画确实不错，教小朋友，是有点大材小用了。你可能只是缺少机遇吧！其实我有点后悔，那时没把那场画展办起来，没办法，女人就是这么小心眼。"

钟秋野自嘲："罪有应得，罪有应得。"

"我说这些的意思是，梦想还是要有的，你可以继续画。我最近有几个大的项目，会比较忙，孩子还是需要你来照顾。你放心，这件事已经尘埃落定，我不会再小心眼，经济制裁、打击报复不会再有，我会每月支付家用，还有你作为全职爸爸的薪水。你前段时间制作的那个KPI考核表，其实我看过了，心里也有个大概分值，做全职爸爸，你还算合格。怎么样？"

一听到"薪水"这种话，钟秋野有点羞愧，讪笑："付什么薪水？我是孩子的爸爸。"

"那么，你同意了？"

"也行吧！浩浩反正上幼儿园了，也不影响我白天干点别的，画画、开画画班，都不影响。"

李筱音本想说"也不影响泡妞",提起了一口气,又忍住了。这话无端地带出了几分怨怼,不应是她的作风,事已至此,无论是独木桥和阳关道,都只能往前走,往前看了。

* 5 *

五一长假,马佑回国了,这一次,她是主动回国,说是有事和马佐商量。马佐正好也有事要说,两人一拍即合。

回来那天,马佐开车去接。他抱着孩子站在出站口,远远看到马佑走出来,她人晒黑了一些,也胖了一些,脸上带着笑,一走近,就主动拥抱了马佐和孩子。一路上,两个人没怎么说话,马佐偶尔回头,她就冲他甜甜地笑。

那个神经质的女人不见了,现在站在他面前的,仿佛又是那个在大学时代可爱自信的小女生,一笑,天地都宽了。马佐感到一丝不安,小心翼翼地问:"佑佑,你的病……"

"医生说,没事了。"

他有点犹豫,想问她回来后还走吗,犹豫了一下,又把话咽下了。

"潼潼乖,叫妈妈,妈妈!"她和孩子开心地逗乐,眼睛里有爱,和那些普通的妈妈没什么区别。

回到家,孩子已经睡着了。她把孩子放在儿童房的小床上,自己去洗了澡,穿着浴袍,走过来,默默地抱住他、吻他。

他也吻她,那些欲望被禁锢了大半年,在身体里窜。他抱她上床,她隐忍地呻吟着,在他耳边呢喃:"老公,我想你了。"

高潮迸发的那一刻,他心软了。他伏在她的身上,喘息着,问:"这次回来,不走了吧?"身下的人半晌没说话,他翻身下去,和她并排躺着,马佑又乖巧地滑入他的怀抱,有些愧疚地说:"我过完节还得走。"

他忽然一把推开她,把一个枕头狠狠地踢到床下,破口怒骂:"滚吧!赶紧滚吧!走了就不要再回来,这日子不要过了,离了吧!离婚!"

马佑吃惊地望着他,被他忽然爆发的坏脾气惊得说不出话来,数秒,才声音发紧地说:"我在那边找了份工作,我必须要回去。"

"工作?什么工作?"

"我,加入了一个国际义工组织,我想做一些有意义的事。"

马佐强压着怒火,努力让自己平静下来,双目逼视:"什么是有意义的事?"

马佑的眼睛里闪着光,笑了:"去养老院做看护,去孤儿院照顾小朋友,环境保护,动物保护,这些,都是有意义的事啊!"

"你有病啊?去孤儿院照顾小朋友,你自己没有孩子吗?去照顾别人家的孩子,让你的孩子做孤儿。你真是有病。"

马佐的态度,佑佑早都想到了,她只是没想到他的反应这么强烈。她不奢望得到他的理解和支持,可是她没想到,他会这么言辞激烈地吼她。往日带孩子时那种被孤独包围的窒息感再次袭来,她无法向他去说明,这半年来,她的内心经历了怎样的雷霆和雨露。

在一次偶然的义工旅行中,她走进巴厘岛的一家学校,在那里度过了愉快的一周,与孩子们在一起,教他们做手工、学中文、写毛笔字。在那些纯真清澈的眼神里,她感觉到自己被需要、被热爱,在这需要中,她也感觉到快乐、满足。在这种平衡的关系中,她被治愈了,这是她在婚姻和育儿生活中从未感受过的。产后抑郁不是不开心,是病,很严重的病,而这些,马佐始终是无法理解的。

往日带孩子时身处婆媳关系困扰的那种孤独感、窒息感再次袭来,她倍觉委屈和心酸,忽然流下泪来。

"哭哭哭,就知道哭,让你爸看到,以为我欺负你了一样。"他并没有安慰她,而是烦躁不安地点了一支烟。

"我也想潼潼,想天天陪在她身边,可是不行啊!"

"怎么不行?你回来带孩子,我去工作。你不想带孩子,就让保姆来,我妈也可以搭把手,我们都去打理公司。你要做别的工作也可以,只要一家人在一起,怎么不行?"

往日重现,佑佑泪流满面,痛苦地抱头:"不行的,不行,我会回来的,可是不是现在。如果我们都没有改变,如果还是继续过去的生活,这样下去,总有一天,我们的婚姻会走不下去的。"

"你要是再走，婚姻现在就走不下去了。"

此言一出，佑佑愣了，不可置信地看着他，迟疑道："你什么意思？"

"你如果还要走，那我们就离婚吧！"马佐终于把埋在心里许久的话说出了口。

万籁俱寂，夜深人静，屋里呼吸可闻，烟草的呛味在身边萦绕，佑佑咳嗽了几声，顾左右而言他："你别抽烟了，对身体不好，孩子也闻不得这个。"

她心烦意乱，下床去开窗散味，以为不回答那个问题，问题就不存在了。离婚，她从来没想过，她爱马佐，爱潼潼，爱他们的这个家。他是她心里永远的白衣少年，她的初恋，她从来没想过会失去他。

"我们离婚吧！"他再次重复了一遍。

她的心"咯噔"一下，心里暗忖，他不是说气话，他说的是真的。

就在这时，儿童房传来哭声，潼潼醒了。佑佑跑过去安抚孩子，潼潼反倒哭得更厉害了："爸爸，我要爸爸。"

马佐走过来，从她的怀中接过孩子，轻轻地拍哄，潼潼止住了哭声。

佑佑羞愧自责，又满腹委屈，脸转过去，默默地垂泪。潼潼揉了揉眼睛，从迷糊的睡梦中彻底清醒过来，睫毛上挂着泪滴，大眼睛扑闪着，看了看爸爸，又看了看妈妈，伸出一只小手，喃喃道："要妈妈，讲故事。"

一家三口回到卧室的大床上，潼潼躺在爸爸妈妈中间，佑佑努力让自己平复了心情，拿了一本儿童绘本，开始给潼潼讲故事："小兔子想要去睡觉了，它紧紧地抓住大兔子的长耳朵，它要大兔子好好地听，它说，猜猜我有多爱你。"

潼潼笑了，伸出手，抓了抓妈妈的耳朵，嗲声嗲气地说："我是小兔子，妈妈是大兔子。"

佑佑也笑了："大兔子说，噢，我大概猜不出来。小兔子说，有这么多。它伸开双臂，拼命往两边张开，大兔子的手臂更长，它说，可是，我爱你有这么多。"

潼潼也伸开双臂，紧紧地抱住了妈妈，说："有这么多。"

又转身抱爸爸："有这么多。"

马佐摸摸女儿的头发，叹了口气。

第二日，马佐和佑佑带着孩子回了岳父家，吃饭的时候，佑佑对父亲说："过完节我要去工作了，在美国的一个义工组织。"

"好啊！这是好事，我的佑佑长大了，如果生活有了方向感，在工作中找到认同感，那吃过的苦就是有意义的。"老父亲面对女儿，依然是一副宠溺的表情。

马佐一脸无奈。

不料佑佑又说："爸爸，让敏姨还是去我们家帮忙带潼潼吧！我想让马佐再把我婆婆也接来一起帮忙。马佐还年轻，他需要事业和职场来定义自己，证明自己。"

马佐有点意外，他没想到，佑佑始终是为他着想的，而他却从来没有设身处地地考虑过她的感受。他苛责她，要求她是好妻子、好妈妈、好儿媳，要求她配合他的步调，听从他的安排，从来没问过他的安排是不是她想要的生活。她被抑郁症困扰，他和母亲一起嘲讽她矫情、娇气、无事生非，他从来没有真正走进过她的内心。

父亲笑笑："好啊！你们的生活，你们商量着来，朝着自己期待的方向，前进。"老人铿锵有力地喊了句口号，还做了一个屈臂前进的动作。潼潼被逗乐，也跟着屈臂前进，像一个小斗士。

夫妻俩四目相视，默默无语。

"马佐啊！你想回公司上班，还是自己出去做事，如果有什么好项目，想要自己创业，我也支持你啊！"岳父又说。

马佐受宠若惊。有一度，他曾非常怨恨老头子，他认为他插手他们小两口的生活，是佑佑离家出走远赴异国的幕后操纵者。他高高在上，总是以一副过来人成功者的姿态自居，对马佐的生活指手画脚。现在，马佐理解了他，当他带潼潼的时间越久，体会就越深，老头子所做的，只是一个父亲对女儿的保护，是最朴素直接的舐犊之情，他理解了他。

对于接下来的打算，马佐还没有想好，他实话实说："其实，我还没有想好。我觉得，现在国内经济不好，做什么都不容易，现在是内生型经济的发展阶段，也是一个转变过程，有很多企业在倒闭，所以，找准目标，选对行业很重要，无论是我去求职，还是创业，我一定要考虑清楚的。"

听完马佐这一番话，岳父赞不绝口："瞧瞧！人家马佐做全职爸爸，还是能与时俱进,对国内经济形势认识很明确,分析很到位,不错,不错。"

马佐心虚地讪笑。

有了岳父和妻子的支持,次日,马佐就欢欢喜喜地回老家去接母亲。

当日下午,佑佑也亲自去接了敏姨。敏姨对佑佑有感情,一叫就跟着来了,但心里颇有委屈,一路都在嘟囔:"你不在,我更不愿意和他们处,太累了,什么年代了,还搞地主长工那一套啊!一点都不懂尊重人。我们是家政服务员,是正规公司,经过培训的,不是旧社会的丫鬟。"

佑佑拢拢她的肩,安慰道:"放心吧!我会和马佐还有我婆婆说一说,以后让他们注意点。我就告诉他们,什么保姆啊家政服务员啊!这是我姨,潼潼的姨奶。"

事实上敏姨确实是马父老家的一个远房亲戚,在马家已经做了好几年,老头子没架子,佑佑随和,处得像一家人,佑佑婚后怀孕生孩子,敏姨也跟着过来照顾,像亲人一样。谁知婆婆一来变了天,把敏姨指东指西,还不准她和大家一起上桌吃饭。佑佑怀孕后期要敏姨陪伴出门散步,婆婆让敏姨给自己按摩肩颈,敏姨俨然成了她的专职丫鬟,佑佑就是在一次散步中被石子磕了一跤,早产了几天。这些事敏姨都始终埋在心里,直到后来愈演愈烈,佑佑怀二胎被逼堕胎,她才把一切对老爷子和盘托出,才有了后来老头震怒,佑佑离家出走的苦肉计。所以,现在再回到小家,要面对马佑的婆婆,她是有些忐忑不安的。

晚上,马佐把母亲接来了,佑佑和敏姨早已把婆婆的房间收拾好,铺了新的床单。佑佑给婆婆买了一双新拖鞋,婆婆也接受了进门要换拖鞋的潜规则。敏姨做了几个拿手菜,一家人其乐融融吃了一顿饭。佑佑这次回来,变了不少,人也开朗了许多,开言必先称"妈",叫得婆婆心花怒放。

饭毕,敏姨拖地,不小心撞倒了潼潼的积木,潼潼大哭起来,恼火地捡起一块积木朝敏姨砸去:"讨厌,赔我,赔我!"

一小块积木没什么重量,根本砸不疼人,敏姨也娇惯孩子,反倒过来哄她:"姨奶是不小心撞倒潼潼的城堡的,等会儿姨奶给你搭一个更漂亮的好不好?"

"走开,我讨厌你。"潼潼挥动着手,打到了敏姨的脖子。敏姨有点尴尬,和小孩子又不能计较。

这就是育儿公众号上说的"可怕的两岁",孩子迎来了第一个叛逆期,莫名其妙的脾气,让大人措手不及。

佑佑忽然走过来,脸上是不动声色,口气却是不容置疑的:"潼潼,不可以对姨奶这样说话。姨奶不是故意的,而且她也已经向你道歉了。你不可以这样没礼貌,说对不起!"

潼潼噘着嘴,把脸扭到一边,婆婆过来抱潼潼,打圆场:"算了算了,别把孩子吓着了。"

敏姨也不在意:"对啊!和孩子计较什么?"

佑佑轻轻地按住了婆婆的手,转头面向孩子,温柔又坚定地看着她:"不行,必须说对不起。潼潼,你听妈妈说,做错了事,就应该说对不起,不仅要说对不起,还应该认真地想一想,反思一下,自己到底哪里做得不对,姨奶也是我们家庭的一分子,像爸爸、妈妈、奶奶一样爱潼潼,潼潼也应该尊重她,对不对?"

潼潼噙着泪水,似懂非懂地点了点头。

敏姨听出来了,佑佑是借着这件小事的由头,在为她在这个家里找回尊严,给婆婆提醒,以后不可以再搞主仆尊卑那一套。

马佐有点看不下去,言语间也护着孩子:"她还不到两岁,懂什么啊?你和她较什么劲?"

听了这话,佑佑气不打一处来。教育孩子,最忌父母俩唱对台戏,意见不统一。现在的孩子猴精,能看出父母间谁东风压倒西风,来决定她应该听谁的。现在佑佑教育孩子,丈夫和婆婆都在拆台,那么,索性连他们一起教育。

"她不小了,能听懂,什么都懂。我今天要教她学会道歉,学会尊重,父母怎样引导,孩子就会怎样去听。看似一件小事,我们现在可以睁一只眼闭一只眼,以后呢?许多教育问题的失败,都是从父母的不坚持,睁一只眼闭一只眼开始的。为人父母,在原则的事情面前,父母的选择就是孩子的判断。所以,潼潼今天必须道歉。"

婆婆颇感吃惊,没想到从前柔柔弱弱,遇事只会哭哭啼啼、唉声叹气的儿媳,现在尖牙利嘴,讲起道理来头头是道,连她也数落了,但是佑佑说的句句在理,婆婆也无力反驳。她也深知自己这次再回来实属不易,只好顺着儿媳妇的话就坡下驴:"你说的也没错,好好跟孩子说。"

小孩子的脸说变就变,潼潼早已把刚才的不快忘到九霄云外去了,对敏姨甜甜地笑着要抱抱:"姨奶奶,对不起!抱抱,坐摇摇。"

小人精儿想坐摇摇车了。敏姨笑吟吟地抱起了潼潼,潼潼还贴心地在她脖子上吹气:"疼不疼?潼潼吹一口仙气,不疼,不疼。"

"哇!潼潼是小仙女啊?"一大一小早已达成和解,说说笑笑地出门去了。

马佐暗暗吃惊,他那个言听计从的小妻子,有什么地方不一样了。

一家人和和美美地度过了一个五一假期,佑佑安排好孩子和家事,又一次离开了。这一次,是马佐亲自送她去的机场,她轻松愉快,和丈夫孩子吻别,仿佛一切的阴霾已经过去了。

第八章

我们是一个 community

＊ 1 ＊

夏天经历了三亚游的惊喜到城市周边自驾游再到"新马泰"游的心理落差后，依然能安之若素地窝在家里，打游戏，写作业，看新闻里幸灾乐祸地报道人山人海。

倒是陈佳佳颇感失落，看着朋友圈里别人晒出的旅游美照，忍不住埋怨："说好的三亚游，变成了'新马泰'游，你爸就是个大骗子。"

大概每个城市，都有一条"新马泰"旅游线路。他们这座城市的"新马泰"是这样的——新街口、马鸿路、泰国菜餐厅，简称"新马泰"。

那天，一家人驾车前往城市周边的一个牧场，堵在一眼望不到头的高速路上，零食吃完，大家饿得肚慌慌，陈佳佳憋尿憋得心慌慌，玥玥想喝奶，保温杯的热水也喝光了。车子离休息服务站只有两公里，却像隔着千山万水，最后还是陈佳佳向前面一个女车主借来一点开水，玥玥才喝上了热奶，夏天才吃上了泡面。

后来，高速路上的车辆终于开始龟速前进，眼看着服务站越来越近，夏峻的车子忽然抛锚，他那辆劳苦功高的车子罢工了，最后他打电话叫了保险公司和拖车公司，其中艰辛不忍赘述，一把辛酸泪。一家人打道回府，回来的路上夏天的脸拉得老长，都快哭了。为了补偿，陈佳佳提议去吃泰国菜，于是，他们在热闹繁华的新街口逛了逛，穿过林荫蝉鸣的马鸿路，来到那家生意兴隆的泰国菜餐厅吃了泰国菜，夏峻自嘲："'新马泰'游也不错，性价比很高。"

他收获了儿子的一句"呵呵"，老婆的白眼一个。

严老师也颇感失望，年轻时她曾和爱人相约周游世界，后来爱情破灭，梦想落空，浑浑噩噩半辈子过去了，得知儿子事业有成，以期子荣母贵，也能享享儿子的福气。没想到投奔儿子之后才发现，夏峻外强中干，徒有虚名，他们的生活也一地鸡毛，用严老师给女儿抱怨的话来说，夏峻就是"驴粪蛋蛋表面光"，还不如她们小县城的生活滋润。严老师很失望。

这天，严老师接到了女儿的电话，女儿在电话里透露了一个消息，老赵留下的那套房子，快要拆迁了。

严老师有点坐不住了。

午饭后，玥玥睡着了，家里只有他们母子俩大眼瞪小眼，严老师试探性地和夏峻闲聊："你最近工作找得怎么样了？"

"还行。"夏峻盯着手机，敷衍地回了一句。

严老师纳闷了，这个"还行"是什么意思？

就在她暗自揣摩的时候，夏峻的电话响起来，他匆匆说了几句，把玥玥交给严老师，换上鞋，要出门去，在玄关处找了半天，又摸了摸口袋，严老师问："找什么呢？"

"马佐有点事，我过去帮帮忙，我车钥匙呢？"

"车不是拖到4S店去了吗？找什么车钥匙？"

一语提醒了他，夏峻一拍脑门，自嘲地摇摇头，打开门出去了。

马佐有点事，准确地说，是马佐的爸爸有事，事情还不小。就在马佐妈妈进城不到一个星期，马爸爸在附近村子一个工地干活时，从脚手架上摔了下来，伤了脊柱，已经躺在了急诊室，等待治疗。马佐六神无主，知道夏峻认识一个骨科的大夫，就请他过来找找关系，觉得更放心稳妥一些。

夏峻义不容辞。他打了一辆网约车，在车上，就给他认识的那个骨科的老大夫打了个电话。李医生算是陈佳佳的一个远房表叔，也算是夏峻的客户。夏峻几年前做过半月板手术，也是他的病人，两家逢年过节偶尔也会走动，关系不错。

李大夫正当班，夏峻打完电话没多久，李医生就已作出治疗方案，安排了手术时间。等夏峻赶到，马爸爸已进了手术室。

马佐忧心忡忡，夏峻坐下来，陪他在手术室外等，拍拍他的肩："放心吧！李大夫经验丰富，不会有事的。"

"我爸一辈子不容易啊！"马佐感慨道。

马佐妈妈一边垂泪，一边担忧："以后可怎么办啊？会不会残疾啊？家里那几亩地可没人管了，眼看麦熟了。"

马佐心烦意乱："都这会儿了，管什么地！"

马佐的大姐也一起陪着来的，帮着安慰妈妈："妈，别瞎操心了，有我弟呢！"

说着，大姐把几张单子递到马佐面前："这是爸刚才在县医院的缴费票据，你看……"

不用问，这钱当时是大姐出的，现在拿出来，就是让马佐报销的意思，毕竟马佐在她们眼中财大气粗，娶了富二代，是人生赢家，又是儿子，理应掏这个钱。

马佐接过票据，也没有多问，喟然道："回头给你。"

大姐觉得有点不好意思，解释道："也不是全让你拿，那个农村合作医疗还能报销一部分呢！"

漫长的四个小时，夏峻始终陪着，马佐不好意思，好几次让他回去，他都没走。夏峻从小一个人孤单长大，没有兄弟姐妹，在他眼里，是拿马佐当弟弟看的，虽然自己的生活也是焦头烂额，但看着马佐年纪轻轻要强撑着应对各种事情，他这个做大哥的，心里是有江湖义气的。

他安慰他："我回去也没什么事。刚才护士不是说了嘛！一会儿要两个力气大的男人好把人抬上病床，我搭把手。"

手术终于做完了，马爸爸苍白着脸，双目紧闭，眼皮在动，像是醒了。护士说手术顺利，大家悬着的一颗心才放下来。

马爸是个胖老头，夏峻和马佐一起搭把手，又叫了邻床的一个男家属，才把马爸抬上病床。过一会儿，李大夫过病房来，给他们交代注意事项。马佐千恩万谢，想包个大红包给李大夫，一摸口袋，才发现现金刚才缴费的时候已经被掏干净了。他又尴尬地把手从口袋里掏出来，握住李大夫的手:"谢谢你,谢谢你。"

李大夫一走,一个护士来了,又拿了一串长长的小票,交给马佐,面无表情:"你们的就诊卡里就剩下几十块了,要赶紧缴费了。"

大姐把单子接过去一看直咂舌:"这么贵啊?是换了两块金子做的脊柱骨吗?"不过她不打算掏钱,也就很知趣地没有再抱怨下去。

说话间,马佐的二姐也火急火燎地赶来了。二姐和姐夫都在城中一家建筑工地上做事,挣点辛苦钱。她胳膊上的一个套袖还没取下来,一双黑皮鞋全是灰,一进门就抱怨:"做手术时间怎么没通知我?这么大的手术,我得早点过来。"

大姐不屑地抬抬眼皮:"给你通知有什么用?你是出钱还是出力?"

二姐反唇相讥:"就好像你出钱出力了一样?"

"我出力啊!早上是我和大力把爸爸送到县医院的啊,你在哪儿?"

"那不是做儿女应该的吗?"

"应该的应该的,等爸出院了,你来伺候,这是做儿女应尽的义务。"

"你还是老大,这话说得真没水平。"

病人还没醒,两个女儿倒为谁来照顾病人吵起来,马佐妈妈心里一酸,老泪两行,低声怒斥:"赶紧走,你们都走吧!我和你爸不用你们管。"

马佐无可奈何地白了姐姐们一眼,叹了口气,拿起单子去缴费。

此地不宜久留,夏峻跟着马佐走出病房,和他告辞:"我先回了,有事打电话。"

马佐点头,默默无语。

夏峻回到家时已经十点,佳佳还没睡,一听马佐的爸爸伤了脊椎,也很同情,说次日要去探望探望。一听到近十万的医疗手术费用和后续还未知的费用,佳佳也咂舌:"肯定没买保险吧?还好马佐背后有靠山,否则也够呛。不过亡羊补牢,为时不晚……"

话音还未落,就被夏峻打断:"你想干吗?做销售要注意方法,不要让人反感。销售是一种舒适的交流,不是强买强卖。"

"你懂什么啊?不用你教我,我知道该怎么做。"佳佳很不虚心。

话不投机,夏峻撇撇嘴,翻个身睡去了。

第二天正好是个周六，夫妻俩一起去医院，又打了辆网约车。接单的车离得好远，半天不来，陈佳佳站在太阳底下，忍不住埋怨："你车到底怎么了？怎么还没修好？"

"快十年的车子了，有点毛病很正常。下午我过去看看。"

"过两天发了工资我得买辆车，以后上下班也方便点。"

夏峻不以为然："能发多少？吹吧你！"

到了医院，马爸爸已经醒了，虽然还很虚弱，但气色不错，马佐妈妈和大姐陪着，马佐从外面买了水果回来，招呼大家吃。

陈佳佳性格开朗，几句话就和人家长里短热聊起来，夏峻便和马佐到外面去抽烟。

马佐愁容满面："昨晚我没回家，敏姨说潼潼一直哭，早上回去看了看，孩子嗓子都哭哑了。"

"保姆毕竟代替不了父母。再坚持几天，出院了就好一点了。"

"是啊！我想让我爸出院了就住我那儿，互相是个照应，就怕他不肯。"

等两人抽完烟回到病房，陈佳佳已进入正题："买保险千万不能等，慢一步保费高了，迟一秒有病历了，晚一步被拒保了。……"

大姐首先表达不快："这话说的，人现在躺在病床上，你说这话不是扎人心吗？"

夏峻见状，皱眉扶额，忙岔开话题："让叔叔好好休息，我们先回吧！"

回去的路上，夏峻实在是恨铁不成钢，忍不住给陈佳佳上课："你真的是上个月的销售冠军？我不太相信啊！你这样会把客户缘耗尽的。我告诉你，像马佐父亲这种情况，有一个销售法则，这个方法叫消极反向销售法。"

夏峻的口气不太好，但抛出了干货，陈佳佳刚才在马佐大姐那里碰了一鼻子灰，此刻求知若渴，也只得放下身段，勉为其难地说："消极反向销售，说说看啊！"

"消极反向销售包括两个部分，先收紧，再松开。举个例子，比如这句话——消极反向销售是个好东西，但你不会喜欢。在这句话里，某某是个好东西就是收紧阶段，是鱼饵，松开阶段是你不会喜欢，这就是放线了。

如果你读过心理学，你就会知道，当你尝试强行生硬地销售产品或某种服务时，你这种强硬、生硬会让客户本能地防御，客户会不自觉地捍卫他已经拥有或使用的东西，哪怕那个东西不够好，他也会不断说服自己，自己当初的选择没错。所以你要耐心一点，引导客户去发现，引导客户通过痛点讨论，比如让他们去发现，医疗费数十万十几万，他们没法报销的那一部分，对于一个普通家庭来说，也是很大一笔开销，这就是痛点。让他们自己发现有更好的方法存在，而你这时再适时出现，让他们知道，你的产品或服务就是那个更好的方法，更好的选择。把选择权交给了客户，让他们舒服，被尊重，而不是你一上来就居高临下、英明睿智地嘲讽别人——慢一步保费高了，迟一秒有病历了，晚一步被拒保了，就好像是在说，你是个愚蠢的优柔寡断的傻瓜。懂了吗？"

一席话让陈佳佳心服口服，她若有所思地点头："醍醐灌顶啊！夏老师说的全是干货啊！"

夏峻被夸，有点嘚瑟，把手里的水递给她："你天资愚钝，干货不好下咽，喝点水好消化。回头我再推荐一本书给你看。"

"懂是懂了，我就是不太懂，夏老师这样优秀的销售人才，行业精英，为何一直迟迟没有找到合适的工作？"

陈佳佳这话不是反呛和讽刺，是真的困惑。

一提到这个，夏峻的心也颇不是滋味。像他这种人到中年跳槽失败的不在少数，原因很复杂，外因内因都有，一两句话说不清楚，他只好又一次敷衍道："不急，在找呢！男怕入错行，找工作和找老婆一样，一定要找一个各方面都合拍满意的，否则盲目进入下一份工作，只会有无尽的痛苦。"

"找老婆，各方面合拍满意，否则只会有无尽的痛苦？"陈佳佳意味深长地把他的话重复了一遍。

"我是说找工作，找工作，打个比方而已。"

"你痛苦吗？"

"不痛苦，幸福，很幸福。"

＊ 2 ＊

钟秋野离婚了，马佐爸爸住院了，唯独夏峻家里最近喜事连连。

夏天的作文《我的奶奶》在竞赛中获了奖，而且是一等奖。夏天欣喜若狂，一回家就戏精附身演起来，打开衣柜发愁："听说会有一个高大上的颁奖典礼，穿什么好呢？燕尾服我也没有啊！对了，家长也要出席的，爸爸你来参加吗？可别穿得太邋遢了。"

夏峻忙上下打量自己："邋遢？我邋遢吗？你重新组织一下语言。"

而他获奖作文中的奶奶夏美玲，已游历到云南。在梅里雪山，她身穿戏服，身姿婀娜，舞动水袖，唱一曲《碧玉簪》。她是戏中人，刘医生为她拍下视频，随后夏老师把那段视频上传到自己的个人账号上，很快会收获无数点赞和评论，俨然一位网络红人。连月来，她已在各地拍摄了几十条越剧视频，古城墙上、大海边、悬崖峭壁、雪山之巅、古镇小桥，都留下了她的身影和声音。夏峻有时和妈妈视频聊天，视频中的她容光焕发，神采奕奕，他就放心了，他知道，妈妈过得很快乐。

陈佳佳也很快乐，发工资后果然买了一辆新车，虽然只是一辆十万多块的国产车，但也足够她花式炫晒了。一回家，她一手钩着车钥匙，故作姿态地在夏峻眼前晃一晃，挑挑眉："走！姐姐带你兜风去。"

夏峻才不去，看了看她的钥匙，气不打一处来："你怎么买这个牌子，哎你这个人，买车怎么不和我商量一下？我陪你去啊！你不知道吗？足球和汽车，是我几十年的研究方向，我是专业中的专业人士，你自作主张就买了这款……"

他拉着陈佳佳到阳台往下看，追问："是那辆吗？就是这款吗？你不会咨询一下我吗？我可以给你点建议啊！你买的什么配置？别被卖车的给忽悠了啊！你怎么不叫我一起去呢？"

陈佳佳始终一言不发，待他牢骚发完了，轻轻吐出一句："我就喜欢这款。"千金难买我乐意。

对于小孩子来说，新玩具总是好的。夏天听说妈妈买了新车，马上吵吵着要去兜风，并很狗腿地送上祝福："恭喜你，老妈，喜提宝马。"

陈佳佳得意地笑，故作谦逊："和宝马还差一个字，我会努力的。"

玥玥也跟着哥哥开心雀跃,学舌道:"车车车,坐车车。"

陈佳佳抱起玥玥,一脸慈母的甜笑:"好呀!等会儿吃完饭带玥玥去坐车车。"

不知为何,严老师有点不开心,吃饭的时候,好几次欲言又止。

陈佳佳开心,邀请婆婆:"妈,等会儿也带你去兜兜风。"

严老师撇撇嘴:"你干的到底啥工作啊?这么挣钱?"

她始终没法接受和理解儿媳的工作,不过陈佳佳并不计较,反而拿出一份保单合同,笑吟吟:"都说了多少遍了,我在保险公司啊!妈,这个是我给你买的保险,这个你留着。"

"我有社保,我有退休金,买这个有什么用嘛!浪费钱。"严老师不领情。

佳佳也不生气:"这个嘛!现在没用,有用的时候就有用了。"

夏峻这一次帮着老婆说话:"妈,这是佳佳的一份孝心,你收好。"

孩子们一孝顺,严老师倒犹豫了,不知道自己那点小心思该不该说。

饭毕,陈佳佳果然要带着孩子们兜风去,邀婆婆也一起去,严老师心一横,终于说出来了:"今天我就不兜风了,明天,你能不能开车送我去火车站?"

"怎么突然又要回?"夏峻问。

"你妹真的是有点事,我得回去帮帮她。"严老师不善撒谎,但她不好意思直说是为了争老赵头的房产回去。

陈佳佳轻轻地"哦"了一下,竟然有一种如释重负的感觉。夏峻反应了几秒,也平静地回答:"也好!你出来大半年了,也该回去看看。明天我送你去车站。"

儿子这么爽快地放她走,又和上次一样,连一句挽留都没有,多少让严老师有点失落,不过这失落被分大房子和赔偿金的憧憬冲散了,她很快释然了,笑着:"你们快去玩吧!我要拖地了。"

一家人欢欢喜喜地上了陈佳佳的新车,陈佳佳开车娴熟老练,目视前方,掌握方向盘的样子,还颇有几分一切尽在掌握的职场丽人的凌厉和坚定。

车子又平又稳地驶出了市区,开上了一条乡村公路,路两旁是樱桃园,正是樱桃成熟的季节,有果农在路边卖樱桃。夏天馋虫大动,喊着要吃樱桃。

陈佳佳停下了车,大家下车,品尝,挑选,樱桃颗颗饱满深红,果农还热情邀请他们进园里亲自采摘。夏天兴起,早窜进了樱桃园。

买了樱桃,兴尽而归。回去的路上,两个孩子都睡着了。

夫妻俩默默,好像都想说点什么。陈佳佳先开口:"夏峻,你知道我为什么一定要去上班吗?"

"呃!寻找自我,实现自我价值吧!"这个答案滴水不漏,不会出什么错。

她不置可否,又追问:"你知道我为什么挣了钱第一件事先买车吗?"

还不待他回答,她自顾说道:"前年,我怀孕的时候,那天,你开着车,载着我,好像是从超市回来。我记得很清楚,那时也是樱桃刚上市,我看到路边有卖樱桃的,就特别想吃,让你停车去买。你不肯停车,嫌麻烦,说那里不好停车。你没有停,我当时也没有生气,第二天,你下班的时候顺路买了樱桃。"

"是吗?我都忘了。这么件小事。怎么了?"

"但是其实我知道,那个地方不是不能停车,你只是嫌麻烦。"

"哪有?瞎说。"夏峻心虚地辩解。

"我当时没有和你生气争吵,而且第二天你下班回来顺路买了樱桃,但是这件事我一直记得。你不是很会说情话,我记得你说过最动听的一句话,就是你刚刚买了车时,你说,愿意一辈子做我的司机。可是就是在那件事后,我才意识到,每个人都是独立的个体,即使是夫妻,也不会始终合拍,不会每天同路顺路,不是时刻都有空闲,没有人能时刻迁就你,方向盘只有掌握在自己手中,才能随心所欲,去你想去的地方。人生的方向盘,也应该掌握在自己的手里。这也是我一定要出去工作的原因。"

佳佳这一番推心置腹的话让夏峻沉默了,他有点汗颜,许久,才说:"你好好工作,我支持你。"

这是陈佳佳重返职场以来,夏峻第一次真诚地说"我支持你",陈佳佳一时心里五味杂陈,这半年来,她得到过公司的表彰、上司的褒扬、同事的赞许、客户的认同,可是得到丈夫的认可,还是第一次。得到他的认可,竟然最让她有成就感。在过去数年的婚姻里,她从夏峻那里,接收到最多的信息,是那些负面的评价:"你懂什么啊?""孩子怎么又发烧了?你怎么带孩子的?""你儿子又考了不及格,你这个211毕业的妈,怎么培养出这么个250?""这个菜怎么这么咸?"她做得越多越是错,好像什么都做不好,觉得自己一无是处。她也去看过心理医生,医生说她有轻度抑郁。她活在被否定和自我否定的泥潭里,就像学校里那个成绩最差的学生,成年后一路逆袭,最想见一见从前那个总打击他否定他的班主任,只是告诉他,看,我也没那么差劲。仅此而已。

一路上,夏峻也在默默自省,这些年,他到底做错了什么?

* 3 *

次日,夏峻送严老师去机场。临走的时候,陈佳佳给婆婆包了一个大红包,足有一万元。严老师心花怒放,推托了一番,收下了。夏峻看在眼里,对老婆的大方懂事暗暗感激。

从机场回来的路上,手机提示音不断滴滴响起,他接到一个猎头的电话,对方在电话里为他推荐了一家不错的公司,薪资待遇也很丰厚。他有点心动,回头看了看后座的玥玥,犹豫了一下,说:"我考虑一下。"

养母游历河山去了,亲妈又回老家去了,她们风风火火,现在夏峻落得冷冷清清,他又要重新面对独自带娃的问题,佳佳的工作又顺手顺心。人都有惰性,他忽然觉得,找工作的事,也没那么急。

晚饭,他对付出四菜一汤,佳佳按时下班,接了儿子放学,一起回家吃饭。

陈佳佳忙了一天,中午错过了饭点,吃了几块饼干对付,现在饥肠辘辘,夹起面前的菜就往嘴里送,刚咬了一口,皱了皱眉,又吐了出来:"怎么这么咸?"

"咸吗?我尝尝。"夏峻尝了一口,忍了忍,咽了下去,坚强地说,"还好吧!儿子你尝尝,配米饭刚刚好,很下饭。"

他想了想,一定是刚才炒菜的时候有点走神,多放了一次盐。至于为什么走神,想起来夏峻就觉头大,刚才看了一眼手机新闻,××集团的老总竟然出轨某女星，网上议论纷纷，他美貌的妻子会不会和他离婚？还是当然选择原谅？夏峻也很担心，担心他们的股票会跌。夏峻有买那只股票，他那点老本，可赔不起了。

夏天尝了一口菜，也吐了出来，鄙夷道："爸，我觉得你的厨艺有待提高，建议你报个班学一学吧！"

"这个建议不错，我也正好有这个打算。"

夏天把每个菜尝了尝，最后勉强用番茄炒蛋拌饭吃完了饭，抹了嘴拿了篮球下楼去了

陈佳佳一边吃饭，一边打开手机，忽然夸张地惊叫了一声："这个刘立诚竟然出轨了啊？天啊！他老婆那么漂亮，他还出轨，出轨对象也太砢碜了点，这女的演过啥来着？一看就是整容脸，下巴那么尖，这什么眼光啊？你们男人怎么想的啊？"

夏峻给女儿喂饭，没敢回应她这个送命题。

"你说他们会不会离婚？要是也且行且珍惜，那就太没骨气了，太丢女人的脸了。我问你话呢？夏峻！"

"啊？什么？你说什么？"

"我说，你觉得他们会不会离婚？还是选择原谅？"

原谅？怎么可以？一提起这个，夏峻气不打一处来，他转过脸，把碗忽然用力放在桌上，义愤填膺地说道："原谅？真是便宜他了；离婚？那不是傻吗？这种狗男女，就应该被扒光了游街示众，应该浸猪笼沉塘，应该处以黥面之刑，应该打入十八层地狱，永世不得超生。这种人没有廉耻，没有公德心，没有一个企业家应有的社会责任感，让他去死吧！"

他越说越激动，听得陈佳佳一头雾水，迟疑道："你没事吧？这也罪不至死啊！什么社会责任感？扯哪儿去了？"

"不是吗？他对得起谁？对得起老婆吗？对得起小三吗？对得起培养他的父母吗？对得起这个社会？对得起这个时代吗？对得起信任他的股民吗？你知道他这么一出轨，可不光是他会不会离婚的问题，股票一动荡，有多少人想跳楼？有多少人倾家荡产？有多少夫妻会吵架闹离婚？"

陈佳佳愣了一下，放下了碗，问："没那么严重吧？你是不是也买了立诚的股票了？"

夏峻端起了碗，转过脸，又开始给孩子喂饭，赌气道："没有，没买过，我才不会这么蠢，我才不会这么没眼光！没有！"

嘴硬归嘴硬，晚上夏峻再去看新闻，财经新闻娱乐新闻都在讲立诚股价大跌。他打开炒股软件，看了一眼，又闭上了眼睛，忽然一阵胸闷气短，像嗓子塞了一团干棉花一般。他喝了一口水，仰头闭目尽力让自己平复下来，脑海里却不断出现某一天一位客户跳楼的场景。那一天冷风割脸，那个男人绝望的眼神，像一口枯竭的死井，他跳下楼回望夏峻的那个眼神，他始终记得，有怨怼，有不舍，有悔恨。那个人后来也没死没伤，就是精神受了点刺激，再后来，夏峻没再打听过。

回到卧室，玥玥已经睡着了，佳佳也上床休息了，她正拿着手机刷微信，兴致勃勃地问："上次我生日来的那个霏霏，还有李筱音都买了那个春晓居的房子了。霏霏刚才给我发了户型图和样板间的照片，真漂亮，咱们要不要也买一套啊？夏天上的这个学校，我看也就那样，买了春晓居，到时可以让玥玥上二小，怎么样？"

"不怎么样。你儿子成绩不好，要找他自身的原因，别怪学校。"

"就算不为上学，就当投资总可以吧！现在有什么比房子升值快呢？有闲钱不如投资一套房子，保险。"

"你不是卖保险的吗？怎么又卖起房子了？请问，你有闲钱吗？"

"我，我没有，咱家股票里不是还有点吗？今天听你说股市动荡，那不如把钱拿出来干点别的。"

一提到这个，夏峻就心烦意乱，他躺下来，胡乱敷衍了一句："哦！改天再说吧！睡了。"

他又怎么能睡得着？十万投进股市，眼睁睁看着打了水漂，他悔得肠子都青了。佳佳说得对，有闲钱不如投资一套房子，要是几天前他们能这么想就好了。他常常给客户说"股市有风险，入市需谨慎"，这话是一则免责声明，没想到，股市的明礁暗礁，他也没躲过，这份损失，他无法免责。

接下来的几天，夏峻在焦虑不安中度过。网络里每天都有刘某人的新闻，他事发后首次发声，他与妻子合体出席活动貌合神离，他出席公益洗白，如跳梁小丑一般。隔两日，另一家上市影视公司也爆出偷税的负面新闻,夏峻看得心惊肉跳,那一只股票,他也持有,这又是一看跌信号,逃命要紧啊!

周五,夏峻做了一个英明的决定,瞅准了一个短线卖点,忍痛割肉,默默无语退了场,还好,保住了本金。那是他六年前投进股市的本金,十万。他对着空气,无声苦笑。

刚刚关掉电脑,那个猎头打来了电话:"夏先生,工作的事您考虑得怎样了?"

他找了个理由回绝了。前所未有的挫败感让他认怂了,退缩了,耳边仿佛有一个声音在不断地重复:"你不行,你做不好,算了吧!就这样吧!"他对未知的新职场忽然觉得有点生怯,他觉得心情不好,要带孩子,太忙了,状态不好,想再等等,他就像一个刚刚失恋的人,还没有信心再进入一段新的恋情里,他看看玥玥,觉得在家带孩子也挺好。

晚上,陈佳佳下班回家,一进门就兴奋地嚷嚷:"我有一个好消息。"

夏峻也说:"我有一个坏消息。"

陈佳佳一愣:"你先说。"

"股票大跌,咱家没钱了。"

说完,他把头转向一边,不敢看她的眼神。他知道佳佳有一个手账本,里面把每一笔支出记得清清楚楚。他持家这几个月也大略算了算账,家里的房贷、生活费、宽带、水电费、孩子的教育支出,各种费用林林总总加下来每个月都得两万,那么,从股市里拿回的那点本金,根本撑不了多久。

没想到佳佳并没有怪他,反倒安慰他:"现在大环境不景气,各行各业都是这样,股市有风险,这也不怪你。没事,佳佳姐可以养家了,以后我包养你,不要抗拒哦!我今天出了一个大单,拿下这个客户真的太不容易了。哦对了,我要晋升主管了,厉害不?"

说着,佳佳拿出手机,马上微信转账给他几千块钱,说:"这个月的买菜钱,收着。"

夏峻那颗焦虑不安的心迟疑地放回了肚子,他拿起手机,收了那笔钱。事实上近几个月已经是佳佳在养家了,但老婆拿钱给他支付家用,还是第一次。这种感觉很微妙,生活产生一种奇怪的倒错,一种莫名的失衡,这个家庭的秩序被不知不觉地打破了,新的秩序正在重建,而他也在不知不觉中渐渐接受了。

夏天下了楼，嚷嚷着饿了，他们的谈话，他听到了几句，看着爸爸垂头丧气的样子，调侃道："老爸，你知道电视剧里，那老太监为什么都比小太监有钱吗？"

"什么？"

"因为割得早啊！啊哈哈哈哈哈！你要是早点割肉不就没事了。"夏天知道玩笑过分了，早已逃开。

陈佳佳半天才反应过来，气得指着夏天的背影，怒斥："整天不好好读书，尽学一些歪门邪道，从哪里学的这些浑话、段子？夏峻，你儿子得好好修理修理了。"

夏峻后知后觉："修理，修理。夏天，你给我滚下来。"

夏天在楼上还做着鬼脸，佳佳气得爹毛，威胁他："夏天，别把我惹急了，我心狠手辣，惹急了，我可什么都做得出来。"

夏天还嬉皮笑脸地挑衅："真的吗？你什么都做得出来？"

只见夏天一溜烟跑回屋里，拿了一份卷子跑下来，追问道："妈，把你惹急了，你真的什么都做得出来？你看看，这道题你做得出来吗？"

熊孩子真是作死找打，佳佳差点气得吐血，夏峻这一次立场鲜明地站在老婆一边，护妻心切的他从厨房抄起擀面杖，声色俱厉："你小子，无法无天了，看我怎么收拾你！"

夏天见势不妙，忙呼"大侠饶命"，变戏法似的，忽然从那张卷子下亮出一张邀请函来，很臭屁地念道："亲爱的家长，诚挚地邀请您莅临君悦酒店闻芷厅，参加第二届文祺杯颁奖典礼。亲爱的家长，我要是被你打坏了，坐着轮椅去领奖，好像不太好啊！"

夏峻拿夏天没办法，擀面杖当然没用上，但对夏天没大没小地说这种"瞎"话的行为不能就随便算了。他不屑地瞥一眼："没空，不去。"

"我也没空。"陈佳佳也脸一沉。

这一次，夫妻俩在教育孩子上达成统一战线。

夏天此刻有邀请函在手，腰杆硬，以为大家都会对他包容忍让，还趾高气昂，撇撇嘴，"切"了一句，梗着脖子上楼了。

吃饭的时候，也没人叫夏天，夏天终于扛不过，灰溜溜地下楼来主动道歉了:"妈,我错了,不该说那种低级趣味的玩笑,我以后应该做一个文明文雅、知书达理的好少年。"

夏峻憋不住了,问:"颁奖式是明天吗?什么时间?我和玥玥一起去围观。"

"啊!你和玥玥?……"夏天想起上次开家长会的窘样,有点后怕,把目光投向了妈妈。

"明天两点半吗?我去吧!正好我明天出去办点事,我陪你去。"佳佳用这个答复表示原谅了夏天刚才的低俗和无礼。

夏峻好久没参加过这种金碧辉煌的"高端"的会议了,竟然有点想去,但碍于儿子刚才对他的嫌弃,他只好佯装不感兴趣,自己给自己找理由:"玥玥有点小感冒,让你妈陪你去就行。"

第二天,夏天早早穿上洗干净的短袖短裤校服,对洗漱的妈妈说:"打扮漂亮点,带你出去才有面子。"

"德行!"佳佳心里乐得开花。

陈佳佳化了淡妆,把卷发挽成了一个丸子头发型,穿了一件秋香绿的连衣裙,看上去端庄又不失青春。从卧室走出来,夏峻眼前一亮,眼珠子不动了,三秒钟后,惊叹道:"女神,你叫什么名字?我想重新认识你,从我问你名字的这一刻起。"

夏天也惊叹,是对爸爸惊叹:"没想到你这么会撩妹,大哥,请收下小弟的膝盖。"

陈佳佳脸红,少女一般矫情地笑。

"一边去。"夏峻推开夏天,掏出手机,凑到妻子跟前,"和女神合个影。"

夫妻俩头碰头,像初恋的少男少女一般,夏天从身后窜出来,非要往镜头里挤,一家四口留下一张搞怪又温馨的合影。照片里,老婆在笑,儿子在闹,女儿嘟嘴卖萌,夏峻的表情有点严肃,但这个比较严肃的人,现在完全不严肃了,他说:"等一下,我发个朋友圈啊!你要把照片美颜不?我觉得这张很好看了,不用美颜,我发了啊!"

夏天看不懂了:"老爸,你不是很少发朋友圈吗?更没发过我妈的照片,还说那些整天发朋友圈秀恩爱的人闲得慌。"

"我偶尔也发啊！今天你去领奖，值得我发一条朋友圈纪念一下。"

朋友圈发出去了，很快有人秒赞。

陈佳佳很开心，因为夏峻真的很少发朋友圈，更别提在朋友圈晒老婆照片秀恩爱了，这是他第一次在社交软件上秀恩爱晒老婆。她的心里涌出淡淡的甜蜜，甜蜜的背后，又觉得有点心酸。她记住了他刚才惊艳的眼神，也记得他面对她产后臃肿的身材时嫌弃的眼神。就在刚才，她发现一个悲哀又扎心的事实：这个一本正经的老干部一般的男人，并不是情感含蓄不善表达，并不是低调谦逊从不发朋友圈，而是从前平凡粗糙的妻子不值得他发一条朋友圈罢了。人性如此，婚恋中的法则也是如此简单残酷。

夏天催促："快点走了，别迟到了。"

母子俩临出门，夏天不忘转身皱眉，失望地摇摇头："你瞧瞧你，整得跟黄脸汉似的，黑眼圈，胡子也不刮，我都不稀罕带你出门。"说完赶紧关门逃走。

夏峻站在穿衣镜前，打量着镜中的男人，儿子说的没错，他昨晚辗转难眠，现在有两个大大的黑眼圈，胡子也有三天没刮了，T恤衫的领子没翻出来，似乎还有点驼背了。他撇撇嘴，才半年时间，儿子都有点嫌弃他了。悲哀！

* 4 *

母子俩走后，夏峻喂玥玥吃完饭，把脏衣篓中的衣服放进洗衣机，把冰箱里的瘦肉拿出来解冻。玥玥玩了一会儿，坐不住了，扶着沙发往玄关处挪。夏峻知道，这是玥玥的下楼遛弯时间到了，往常这个时候，奶奶会带她去楼下晒晒太阳，和同龄的小朋友玩一玩。他擦擦手，穿好衣服，带着玥玥的小水壶，抱她坐进童车，下了楼。

从前都是佳佳和保姆高姐带出来遛娃，后来是两位奶奶。夏峻这半年里，要么在家颓废打游戏，要么装模作样出门找工作，在咖啡厅一坐一整天，他带娃在小区里遛，还是头一遭。

小区里半大的孩子还真不少，妈妈怀里抱的，姥姥童车里推的，两三岁的满地跑，爷爷奶奶后面追着，还有稍大一点的孩子在骑小自行车，玩滑板车，滑滑梯，挖沙子，这里俨然是一个儿童乐园。

虽然是周末，人群中也夹杂着一两个年轻的爸爸，但是夏峻还是觉得走进一群妈妈姥姥队伍里有点突兀，他推着车子往湖边走，哄玥玥说去看鱼。

湖边没什么人，但是湖里也没什么鱼。他抱着孩子在湖边看了半天，也没找到鱼，不远处传来小朋友们的欢笑。玥玥在怀里扭手扭脚，扯着脖子朝那边看，无奈，夏峻又把孩子放回车里，推着车子，悄悄地混入了人群。

有一个年轻的爸爸和夏峻点头致意，一种找到了同类的惺惺相惜，夏峻也忙点头回礼。

玥玥已经会走路了，一到人堆里就闹着下了童车，很自来熟地和小朋友玩起来。

"周末了，老人们带娃忙了一周了，咱们也该替一下。"那个年轻的爸爸主动搭讪。

"是啊！"

"你女儿有两岁了吧？和我女儿差不多大。"

"一岁半了，很皮，像个假小子。"

"这个阶段最可爱，也最淘气最磨人，刚刚学会走路，恨不得满世界跑。我每天跟在屁股后面追，就累得够呛了，到了晚上，这腰都不是自己的了。"这位爸爸一不小心说漏了嘴，原来，他也是一个天天跟在孩子屁股后面的全职爸爸。

夏峻点了点头，感慨道："是啊！小儿难养啊！"

说话间，一眼没看，玥玥摔了个屁股墩，坐在地上哭起来。一位妈妈拉开旁边的小男孩："怎么了怎么了？在一起好好玩，要互相谦让，不可以欺负小朋友。"

那位妈妈扶起了玥玥，夏峻忙跑过去抱起了孩子，玥玥一看有了靠山，哭得更大声了："要小鸭几，小鸭几。"

只见那小男孩手里拿着一个小鸭子玩具，往身后一藏，脖子一梗："不给，这是我的。"

原来是两个孩子为抢玩具打起来了。

男孩的妈妈很尴尬，劝孩子："给妹妹玩一下啊！你是哥哥。"

夏峻也安慰玥玥："家里不是有好几只小鸭子吗！我们回家去拿吧！"

"不要，不要。"玥玥在怀里扭来扭去闹脾气。

男孩的妈妈觉得过意不去，从她随身的包里拿了一个小毛绒玩具给玥玥，笑眯眯地对夏峻说："大爷，这个给你孙女玩吧！你孙女长得真可爱。"

什么什么？大爷？孙女？夏峻的表情僵在脸上，一口气郁结在胸口，他愣住了：这个看上去有三十岁的女人管他叫大爷？玥玥是他的孙女？这女人眼神有什么问题？还是，他看起来真的很老吗？

夏峻郁闷极了，那只小毛绒玩具的善意无法哄好玥玥，也无法治愈他了。他尴尬地扯出一个难看的微笑，谢绝了对方，不管玥玥怎么哭闹，也要毅然决然地带走她。

玥玥一路哭闹，经过刚才攀谈的那位爸爸身边，那男人又推心置腹地向他传授经验："一看你就没经验，带孩子下楼遛弯，装备一定要齐全。你看——"

只见身旁的妈妈辈奶奶帮们，有的奶奶随身带着小马扎，累了就坐，有的妈妈奶粉和热水都带着，有人正追着孩子喂水果，再看看一个孩子的童车置物筐里，玩具、纸巾、尿布、故事书、平板电脑，应有尽有，就差把家搬出来了，俨然是一个移动的行宫。

夏峻草草扫了一眼，点了点头，和那位爸爸告辞，推着玥玥回家了。他又学了一招，下楼遛娃也不是那么容易的事，装备一定要齐全，以应对各种突发事件。

玥玥哭闹了一会儿，自觉无趣，也就停止了。进了电梯，迎面看到镜子中的自己，他忍不住打量了一番，昂藏七尺男儿下意识地挺直了背脊，身材虽不如健身男，但绝不是佝偻老汉啊！再看看脸，胡子虽然还没来得及刮，但自觉更添了几分男人味，老吗？他觉得自己帅爆了啊！

下午，母子俩回来了，夏天拿着奖杯和奖牌，得意地笑，花式炫晒完之后，放下奖杯，打算下楼去玩，被陈佳佳喝止："写作业去！"

"玩一会儿，回来就写。"

"不行，现在就写，不许下楼。"陈佳佳忽然一反刚才的和颜悦色，目露凶光，简直判若两人，夏天迈出的脚又收了回来，再反复确认眼神，妈妈是喜怒无常的人，然后灰溜溜地上楼去了。

夏峻觉得意外："怎么了？儿子作文获奖了，你还不开心？"

确认夏天已进了房间，陈佳佳叹了口气，疲倦地坐下来，望望楼上，说："他的作文写得是有灵气有新意没错，可是，刚才老师悄悄告诉我，这次月考，他是班级倒数第二。下学期就六年级了，这样下去，别说重点中学了，连本部的中学都悬。"

"倒数第二？这小子，随谁了啊？"

陈佳佳白了夏峻一眼，撇撇嘴，想了想，说："老公，我想过了，眼下经济不景气，各大企业都裁人，找一份满意的工作也不容易，你暂时就留在家里，好好把夏天的学习抓一抓。老实说，现在的小学生的习题，还挺难的，我都看不懂了。你当年可是学霸，这对你来说就是小菜一碟，小升初不容小觑，你儿子的前途更重要啊！"

不知不觉间，陈佳佳像从前安排一日三餐柴米油盐一样，开始安排这个家里每个人的进退、位置、方向，有些事情，在悄悄地改变了。而夏峻，也接受了这种改变，他平静地说："好啊！"

当天晚上，夏峻开始认真地坐在夏天旁边，辅导夏天写作业。五年级的题虽然夏峻有点生疏，但毕竟他从前是个985学霸，冷静思考，认真分析之下，仍能思路清晰地给夏天讲清楚。夏天不笨，在爸爸的监督和辅导下，奋笔疾书。

夏天埋头写作业的时候，夏峻看到他书桌上有一面镜子，忍不住拿了起来，左照照，右照照。夏天注意到了，好奇地抬起头看他，夏峻忍不住问儿子："天，你看爸爸老吗？"

夏天实话实说："不老啊！比小野叔叔那是老多了，但是比我们班很多爸爸都年轻。那个李子涵的爸爸，头发都掉光了，秃了；赵晨的爸爸，肚子有这么大，走路都困难。"

夏天惟妙惟肖地双手比画着，夏峻听了，心里安慰了许多。

父慈子孝，作业很快写完了，夏天忙着打游戏放松去了，夏峻下楼来，得意地给佳佳比了一个"OK"，说："简单，搞定，根本不用像你一样喊破喉咙。"

陈佳佳笑笑："愿你一直这么自信。"

忙完一天的事，夏峻草草洗了一把脸，疲倦地爬上了床。

佳佳正把脸上的面膜撕下来打算扔掉，夏峻叫住她："等一下等一下，别扔！"

"怎么了？"

"你给我说说，你们女人整天给脸上抹水啊乳啊，敷面膜什么的，到底有没有用啊？"

"你没听过古语有云嘛！保养了是老样子……"

夏峻没听过这样的古语，一脸困惑："既然保养了还是老样子，那还浪费时间和钱干吗？"

"古语又有云，不保养样子老啊！"佳佳揭开面膜，俏皮地挑挑眉。

原来语言的玄机在此，夏峻恍然大悟，伸手去要那张面膜，拿过来就往脸上贴，说："还有这么多精华呢！别浪费了，我贴贴，也保养保养。"

"也对，你那脸跟树皮似的，又糙又厚，别把我女儿划了。"

一听这话，夏峻更加怀疑人生了。过去他虽不是精致美男，但也是干净清爽的魅力大叔，献殷勤送秋波的大叔控小姑娘不少呢！怎么才回家几天，他这盛世美颜就被老婆嫌弃了？

面膜冰冰凉凉，夏峻的心也冰凉，面膜的眼睑设计有眼帘，以便覆在眼睛上。他闭上眼睛，眼前就是一个黑暗冰冷的世界，一想到茫茫未知的带娃生涯，他重重地叹了口气。想起那位错认他为大爷的女人，他有点不甘和不忿，故作轻描淡写地对佳佳说："你知道吗！今天早上我遛娃时，有个女的管我叫大爷，还说我孙女长得很可爱，我真想建议她赶紧去眼科查查。"

话音未落，佳佳夸张地笑起来："哈哈哈哈！大爷？孙女？这女人眼光毒辣啊，哈哈哈哈！你这脸确实也该保养了，男为悦己者容，你们男人打扮和保养得好看，不就是给我们女人看的嘛！好好敷，我负责挣钱养家，你负责貌美如花。"

夏峻本想在佳佳这里找点安慰，没想到却得到一番嘲讽奚落，心里愈发躁动，一把揭开了面膜，坐直了，质问道："陈佳佳，你是不是嫌弃我了？"

"没有啊！我在鼓励你变成更好的自己，做一个精致的大猪蹄子。"

"你没嫌弃我，你乱哈哈什么？你还说那个女的眼光毒辣，你什么意思？你就是开始嫌弃我了。"

没想到男人幼稚起来就像个孩子，陈佳佳累了，无心恋战，敷衍道："谁嫌弃你了？你要是这么想，我也没办法。"

"谁嫌弃你了？你要是这么想，我也没办法。"嘿！这不是夏峻从前说过的原话吗？这个女人，真是睚眦必报啊！小心眼。

佳佳翻了个身背对着他，一个人吵不起来架，夏峻提起几口气，在背后指着她，却无人接招，只好郁闷作罢。

* 5 *

再去遛娃的时候，夏峻想避开那些婆婆妈妈，但是他很快发现，根本避不开。小区里所有凉快的、通风的、有树荫的好地方都被占领了，婆婆妈妈帮三步一岗，五步一亭，根本避不开，而且，玥玥一靠近小朋友多的地界就挣脱安全带想下车，根本拗不过，他只好在一个妈妈堆旁停下来。这一次，夏峻有了经验，给玥玥带了一些小玩具，她下车后很快和孩子们玩去了。

几个奶奶正在聊天，一个说："我儿媳妇给老大辅导作业，气得高血压上来了，这两天在医院，我就过来给带两天孩子。哎！我这儿媳妇也是气性大。"

一个年轻妈妈说："阿姨你这就不懂了。我太理解你儿媳妇了。你说，那么简单一道长度单位题，他给你写8米长的钥匙，16米长的铅笔，你说能不气得犯心脏病吗？"

一群人笑起来。一位奶奶背对着夏峻，说："还真是，我们楼上有个孩子妈，每天晚上狂吼啊！你怎么又在玩游戏啊？还要不要写作业？这么简单的题都不会，你长的是猪脑子吗？你要气死我吗？你是我亲生的吗？嘿！她要不这么问，我还真以为孩子不是亲生的，那吼的声音，我家阳台都能给震塌了。"

"都是辅导作业给闹的。那个段子不是说了吗？不写作业，母慈子孝，一写作业，鸡飞狗跳。"

那位奶奶又说："不过，楼上那个狂吼的妈，已经好几个月没声了，我怀疑也是被气病了。"

夏峻听这声音有点耳熟，绕到面前一看，这不是他家楼下的王奶奶嘛！他笑笑，说："阿姨，我老婆好好的，没气病。"

老太太抬头一看是夏峻，笑笑，缓解尴尬，问："孩子现在不玩游戏了？写作业不用人陪了？"

"玩游戏，还玩呢！不光他玩，我也和他一起玩，不过我们制定了规矩，必须先写完作业再玩，有了激励机制，就有了写作业的动力。至于辅导作业嘛！现在由我来辅导作业，也没那么难。"

"噢！"王奶奶恍然大悟，注意力落在了夏峻推的童车和他身边的小女孩，追问，"咦？今天周一，你怎么没上班？"

"呃！我，我……"面对这个"你怎么没上班"的世纪难题，夏峻再一次结舌了，他没法坦然，顺嘴撒了个谎，"我这几天不太舒服，请了几天假。"

"我就说嘛！听说你以前在大公司上班的啊！怎么回家带孩子了？这带孩子，天生就是女人的事，男人也做不好啊！再说，男主外，女主内，大男人就该在外面闯，不工作，在家带孩子，像什么样子？"

字字句句，虽是妇人闲聊，在夏峻听来，却似有所指。他只觉耳根发烫。此地不宜久留。他找了个借口，谎称带玥玥去坐摇摇车，来到便利店门口一看，摇摇车旁也围了几位带孩子的妈妈。夏峻觉得实在是走投无路，只好带着孩子打道回府。玥玥意识到被爸爸骗了，在放进童车时撒泼打滚，哭闹不止，他努力安抚孩子，却无济于事。他忽然一阵心烦意乱，一种深深的孤独感袭来，四周喧嚣，却没有一个可以真正聊聊天的人，四周投来的目光仿佛都在说："看这个狼狈的不会带孩子的中年男人，真没用！"

他沮丧极了，盯着哭闹不止的孩子，索性让她哭个够。

就在这时，马佐打来了电话："哥们儿，春临公园，遛娃，来不来？"

夏峻如遇救星，马上答应："来来来，马上就来。"

玥玥一听不用回家了，眼珠子滴溜一转，表情无缝切换。夏峻望着这个小戏精，又气又好笑，说："好了，不哭了，带你去和潼潼姐姐玩。"

他开了车出来，带齐装备，载着娃，朝公园方向驶去。刚出小区，钟秋野也打来电话，声音有气无力："哥，我快被浩浩折磨疯了，能不能共享育儿去你家玩一会儿？"

"不能！因为我现在出门了，你可以来春临公园，马佐也在，我们可以一起共享育儿，互帮互助，组成一个community，来吧！"

大约二十分钟后，三个男人在春临公园集合了。

春临公园据说是某位皇帝的行宫，亭台楼阁，绿树阴浓，还有许多健身器材和儿童游乐设施，免费开放，是市民们遛弯的好去处。三位爸爸经过时间的熏陶，对孩子的穿搭审美已经有了很大的提高：浩浩已经不是非主流乡村风，穿了一身清爽的短袖短裤，只是耳根和脖子后面没擦干净的颜料泄露了天机——他刚刚在家里，和颜料进行了一场鏖战；潼潼穿了一件碎花连衣裙，只是有点短了，头发梳了两个麻花辫，不过歪歪扭扭，分股有粗有细，一看就是个生手；只有玥玥最正常，小T恤，蛋糕纱裙，不过让夏峻无语的是，他发现，玥玥右脚的鞋怎么也找不到了，大概是在童车上挣扎哭闹那会儿搞丢的。无奈之下，夏峻又独自出了公园，步行了好长一段，才找到一家店，买了一双童鞋回来给玥玥穿上。

三个男人都互相嘲讽对方。

"看看你儿子脸上的颜料。"

"你那麻花辫扎得也不咋的。"

"哥，你买给孩子的那个鞋也忒难看了点，有没有点审美啊？还么大，孩子脚多大你都不知道，怎么当爹的？"

互相嘲讽完了，又各自自嘲地笑了。

钟秋野大言不惭地总结："常言道，爸爸带娃，娃活着就行。"

自嘲和互讽之后，大家开始大倒苦水。马佐大呼命苦。父亲要在家中休养，他只好送父亲回老家，两个姐姐都声称脱不开身，母亲也就跟着回去照顾病人。祸不单行，敏姨的妈妈也生病了。敏姨娘家仗义，直到马佐把父亲的事处理得差不多了，才提了辞职。这一次，敏姨家里有事是真的，她说的时候都急得哭了，马佐也不能强留。现在，家中又剩下他一个孤家寡人，每天和潼潼大眼瞪小眼。他重出江湖的心，这一次彻底灰了。

带娃路——路漫漫其修远兮。

而钟秋野和李筱音离婚后,两人的关系竟意外融洽起来。新买的学区房交房还早,所以两人还在同一屋檐下,钟秋野还会每天做早餐给她,然后送娃上幼儿园,李筱音出差,他会送机接机,身份变了,对对方的期望值和要求降低了,还能像朋友似的聊几句。浩浩幼儿园开亲子运动会,两人还一同出席,和那些恩爱夫妻无二。李筱音也不经济制裁他了,主动把生活费和他的全职爸爸"薪资"打到卡上,早上送完浩浩,他还能在家里画几笔,或是出去找场地准备办培训班。他憋着一口气,暗暗发誓,要活出个人样来,把李筱音再追回来。可是浩浩这个他事业成功路上的绊脚石,一点也不让他省心,不是在幼儿园打破了小朋友的头,就是玩疯了尿湿裤子,钟秋野看似白天自由,其实随时待命,有时在外面谈事情,被老师一个电话就召回:"浩浩爸爸,浩浩裤子尿湿了,你方便送过来一条吗?"这还不算什么,最要命的是幼儿园的亲子作业,今天做灯笼,明天做树叶贴画,上一次让做桌面足球,他费劲巴拉地做到半夜,勉强交差,没想到老师私下评论让浩浩听到了:"听说还是个画家,手工做成这样。"

"术业有专攻啊,我是个画家,可我不是手工匠人啊!幼儿园的家长都这么难做,上小学怎么办?"钟秋野义愤填膺。

夏峻苦笑:"上小学?我告诉你,辅导小学生写作业,那才是要血命啊!我都想不通,现在小学生的题目怎么那么难。我都不敢告诉儿子,有一道题特别难,但是在他面前还要绷住,不能丢了当爹的老脸。我说,这么简单的题,你先想一想,我去上个洗手间。我是坐在马桶上悄悄百度的,哥厉害不?"

"厉害!"那两人异口同声。

"其实这些都不算什么,我觉得最难熬的是孤独。都说现在全职带孩子的爸爸越来越多了,都在哪儿?我带孩子在小区遛一圈,不是妈妈,就是姥姥、奶奶和爷爷,还有保姆,他们看我的眼神,就像看猴子,咦!现在是周一啊,工作日,你一个大男人怎么不上班?吃软饭的吧!就是那种眼神。我每天连个说话的人都没有……"

这时,小人儿潼潼提出抗议:"爸爸,小人儿也是人,潼潼说话。"

"对对对,爸爸和潼潼说话。"马佐安抚了孩子,转过头,苦笑,

"我现在理解了佑佑，抑郁症不是矫情，不是空穴来风，那种孤独、无助、漫长，我现在能感同身受了。我每天只能和潼潼说说话，都快憋出内伤了。现在来我家送水或送外卖的小哥儿，我都恨不得拉住说两句话。"

钟秋野无耻地笑起来。

草地上，三个孩子不知在玩什么游戏，拉起了手转圈圈。

忽然，夏峻神经兮兮地拉住了马佐的手，盟誓一般，说："兄弟，我们是一个 community，应该紧密团结在一起，互帮互助。我现在体会到了，想要安全度过这段漫长的独自带娃的生涯，我们得拉着一群人的手，才能坚持下去。"

马佐被夏峻这番话感染，也用力握了握他的手，说着，夏峻也抓住了钟秋野的手，钟秋野触电似的甩开了，嫌弃道："拿开你的爪子，我的手，只能女人来摸。"

这话被浩浩听了一耳朵，浩浩跑过来，就要摸爸爸的手："爸爸的手，只有我可以摸，摸！"小子趁机把两手的泥浆抹在钟秋野的手上，然后嘻嘻哈哈逃开了。钟秋野追着就要打。

远远地，夏峻看到一个年轻男人推着童车在一条甬道上走着，口中念念有词，不知是自言自语，还是在对孩子说着什么。他看了看，那人有点面熟，原来就是昨天他在小区遛娃时遇到的那个男人，那也是一个孤独的人，从他的身上，夏峻看到了自己未来的影子，但他总觉得，自己可以做得更好，自己可以和他不太一样。他望着那个身影，又重复了一遍："兄弟，我们是一个 community，应该紧密团结在一起，互帮互助，我们得拉着一群人的手，才能坚持下去。"

字字句句，如同坚定的宣誓，又似虔诚的祷告，也是夏峻给自己插的旗。